Mit der Geschichte seines Überlebens ›Kaiserhofstraße 12‹ (1978) gelang ihm ein in mehrere Sprachen übersetzter Bestseller. In seinem Erzählungen-Band ›Das Frauenbad‹ setzt Senger nun jüdischen Frankfurtern der Zwischenkriegszeit ein Denkmal und berichtet von merkwürdigen Begebenheiten von Juden, die die Schreckenszeit überstanden haben. Die Rede ist vom Jüdischen Kulturbund, der sich bis 1933 der zugewanderten Ostjuden annahm, erzählt wird von Trödlern, Proletariern, kleinen Leuten. Was nicht oft genug festgehalten werden kann: Der überwiegende Teil der jüdischen Bevölkerung der Vor-Nazi-Zeit setzte sich aus Kleinbürgern, Gewerbetreibenden, Proletariern zusammen; assimilierte Akademiker oder wohlsituierte Geschäftsleute waren in der Minderheit. Verhalten, ohne gewollte literarische Schnörkel erzählt Senger Geschichten zur Erinnerung, gelegentlich nicht frei von gefühlvoller Anteilnahme. Mit diesem Ton, so schrieb die *Neue Zürcher Zeitung*, »steht Senger in der deutschsprachigen Literatur allein«.

Valentin Senger, 1918 in Frankfurt/Main geboren, Lehre als Technischer Zeichner; Maschinenbauschule, Konstrukteur, Betriebsleiter; nach dem Zweiten Weltkrieg Journalist; bis zu seiner Pensionierung Redakteur beim Hessischen Rundfunk/Fernsehen, verantwortlich für Wirtschaft und Sozialpolitik. Senger lebte in Frankfurt/Main, wo er 1997 gestorben ist.

Vom selben Autor im Fischer Taschenbuch-Programm: ›Die Buchsweilers‹ (Bd. 11382).

Valentin Senger

Das Frauenbad

und andere jüdische Geschichten

Fischer Taschenbuch Verlag

5.–6. Tausend: Dezember 1997

Veröffentlicht im Fischer Taschenbuch Verlag GmbH,
Frankfurt am Main, Dezember 1996

Lizenzausgabe mit freundlicher Genehmigung des
Luchterhand Literaturverlags GmbH, München

Druck und Bindung: Clausen & Bosse, Leck
Printed in Germany
ISBN 3-596-13008-5

Inhalt

Schlomo, der Uhrendieb

Eines Tages im Spätsommer 1946 klingelte es an der Wohnungstür. Ich öffnete. Im Treppenhaus stand ein Bär von einem Mann, in ungewöhnlichem Aufzug. Er trug, als wolle er die warme Spätsommerzeit nicht zur Kenntnis nehmen, einen altmodischen langen Mantel aus schwarzem Wollstoff und auf dem Kopf einen schwarzen Hut. Er schwitzte stark. Seine dunklen Augen waren vom schmalen Hutrand beschattet. Die Schweißtropfen auf seiner Stirn bildeten eine glitzernde Kette. Seine Haare waren schwarz. Die langen, sich nach unten verbreiternden Koteletten wirkten exotisch. Er mochte Mitte Zwanzig sein. Ein verlegenes Lächeln spielte um seine vollen Lippen.

Nach seinem ganzen Erscheinungsbild konnte er nur ein Jude aus einem Lager für Displaced Persons in Zeilsheim sein, das die amerikanische Besatzungsbehörde in dem Frankfurter Vorort für Juden eingerichtet hatte, die den faschistischen Vernichtungslagern entronnen waren. Der Fremde im Treppenhaus hatte mit dem Reden Schwierigkeiten. Er knetete die Hände und sagte nichts.

Ich wartete. Nach einer Weile fragte ich: »Was gibt es? Kann ich Ihnen helfen?«

Fast erschrocken antwortete er in einem einwandfreien Deutsch, aber im klangvollen ostjiddischen Singsang: »Sie entschuldigen meine Störung.« Dabei hörte er auf, die Hände zu kneten, legte sie auf den Rücken und beugte sich leicht nach vorn. »Mein Name ist Salomon Davidowicz. Mein Freund Schäng, Johann Holler, hat mich zu Ihnen geschickt. Kann ich Sie einen Augenblick sprechen?«

Johann Holler, wegen seiner rheinischen Herkunft und seinem Dialekt von seinen Freunden Schäng gerufen, gehörte wie ich der Stadtteilgruppe Westend der Kommunistischen

Partei an. Er hatte während der Hitlerzeit elf Jahre im Zuchthaus gesessen und war jetzt Sachbearbeiter in einer Wiedergutmachungsstelle der amerikanischen Verwaltung. Zu dieser Zeit war es noch möglich, daß ein Kommunist bei einer amerikanischen Behörde arbeitete.

Wenn Schäng ihm meine Adresse gegeben hatte, so ging das in Ordnung. Aber warum schickte er ihn ausgerechnet zu mir? Bestimmt nicht aus politischen Gründen. Der Fremde sah nicht gerade wie ein kommunistischer Aktivist aus, aber auch nicht wie ein Schieber oder Schwarzhändler – wobei ich nicht einmal sagen konnte, wie ein Schwarzhändler auszusehen hätte.

Ich war unsicher und fragte ihn zur Vorsicht: »Kommen Sie von der Partei?«

»Von welcher?« fragte er zurück.

»Der kommunistischen.«

Der Fremde war überrascht: »O nein, damit habe ich nichts zu tun. Ich möchte geschäftlich mit Ihnen reden.«

Das war es also. Schäng hatte ihn zu mir geschickt, weil er wußte, daß ich im amerikanischen Offizierskasino als Bäderputzer arbeitete und Kontakt zu vielen Amerikanern hatte. Ich bat den Fremden herein.

*

Da ich schon den Schwarzen Markt und das Lager Zeilsheim erwähnt habe, möchte ich zum Verständnis des Folgenden erst einmal die damalige Situation in der Mainmetropole und die Bedeutung des DP-Lagers Zeilsheim schildern.

*

Als der Krieg zu Ende war, sammelten die Amerikaner die letzten überlebenden Juden, die sich in ihrer Besatzungszone aufhielten, ein und schafften sie in den Frankfurter Vorort Zeilsheim. Dort hatten sie eine Arbeitersiedlung zwangsgeräumt und sie als Auffang- und Durchgangslager eingerichtet. Von Zeilsheim sollten die Überlebenden der Vernichtungslager die Möglichkeit haben, schnellstens in andere Länder weiterzureisen, in denen sie künftig zu leben wünschten und die bereit waren, sie aufzunehmen. Keiner der jüdischen Lagerinsassen wollte zurück in sein polnisches, rumänisches oder ungarisches Geburtsland.

Doch wie schon bei den Nazis machten auch jetzt westliche Staaten den einreisewilligen Juden große Schwierigkeiten. Nach Palästina, dem ersehnten Ziel vieler Juden, war die legale Einreise ohnehin unmöglich. Dafür sorgte die britische Mandatsverwaltung, die seit 1920 über das Heilige Land bestimmte.

Die Einreiseverweigerungen der westlichen Staaten hatten zur Folge, daß die Aufnahmekapazität des Lagers Zeilsheim, die etwa fünfzehnhundert Personen betrug, in kurzer Zeit um das Vierfache überschritten wurde. Schließlich waren annähernd sechstausend Menschen auf dem Wohnareal zusammengepfercht. Die Lebensbedingungen der dort Untergebrachten waren entsprechend katastrophal.

Die Amerikaner taten herzlich wenig, um den Lagerbewohnern den Aufenthalt erträglicher zu machen. Dahinter stand sicherlich keine böse Absicht. Sie hätten ohnehin nicht viel zur Verbesserung der wohnlichen Verhältnisse tun können. Die Siedlung in Zeilsheim war Jahrzehnte zuvor für etwa zwölfhundert Menschen gebaut worden.

Wie sollte da ein normales Leben möglich sein?

Wie stets und überall in Zeiten der Not und vorrangig in den Städten, in denen der Mangel weitaus stärker als in den ländlichen Gegenden zu spüren war, blühte der Schwarz- und Tauschhandel: Familienschmuck gegen Butter und Kaffee oder schwarzgeschlachtetes Fleisch, teures Porzellan gegen Heizmaterial oder winterfeste Kleidung der US-Armee und Liebe gegen Dollars.

Amerikanische Zigaretten wurden auf dem Schwarzmarkt zur Leitwährung. Der Preis jeder angebotenen Ware ließ sich in Zigarettenpäckchen benennen. Nur die ganz armen Schweine, die selbst rauchten, waren gezwungen, sich amerikanische Zigaretten einzeln zu kaufen, wenn es sie nach einer Abwechslung vom limitierten deutschen Kraut, das stank, gelüstete. Der Durchschnitts-Schwarzhändler bezahlte oder kaufte Zigaretten nur in ganzen Stangen, das waren jeweils zehn Päckchen.

*

Die Überlebenden aus den Vernichtungslagern wurden von den Amerikanern großzügig mit Lebens- und Genußmitteln versorgt, die der deutschen Bevölkerung seit langem vorenthalten waren. Dadurch wurde das Lager Zeilsheim bald zu einem Zentrum des Schwarzmarktes, das noch dadurch begünstigt war, daß dort selten Razzien durchgeführt wurden.

*

Zu welchen kuriosen Auswüchsen der Schwarzhandel führte und wie abnorm die Zeit war, verdeutlicht die folgende Episode: Ein zuverlässiger Lieferant amerikanischen Kaffees war der deutsche Kaffeekoch Friedemann im Offizierskasino. Kaffee war neben Zigaretten ein begehrtes Tauschmittel. Man brauchte dem Koch lediglich mitzuteilen, was man anzubieten hatte, und er gab exakt an, wieviel Kaffee ihm das wert war. Bereits am anderen Tag fand dann der Tausch des Wertgegenstandes gegen gemahlenen Kaffee statt.

Das wäre nichts Besonderes gewesen, wenn nicht die Transportart, die der Koch für seinen Kaffeetransfer benutzte, so ausgefallen gewesen wäre. Er füllte nach Ende seiner Arbeitsschicht den Kaffee in seine engmaschigen Strümpfe, verschloß sie oben mit einem festen Gummi und zog darüber Stiefel, die ihm zwei Nummern zu groß waren.

So konnte er jedesmal ein ganzes Kilo Kaffee nach draußen schaffen. Keinem der Kontrollbeamten fiel auf, daß er stets etwas mühsam, als hätte er Blasen an den Füßen, nach Hause ging.

Inwieweit der Transport das Aroma veränderte, kann ich nicht beurteilen. Das wurde auch in der späteren Verhandlung vor einem amerikanischen Schnellgericht nicht erörtert.

Ich besorgte mir ebenfalls hin und wieder von Friedemann einen Strumpf voll Kaffee, aber nicht für den eigenen Verbrauch. Dafür war er mir zu wertvoll. Zudem wurde in unserer Familie fast nur schwarzer Tee getrunken. Den beschaffte ich ebenfalls auf dem Schwarzmarkt, ohne daß er mit Friedemanns engmaschigen Strümpfen Bekanntschaft machen mußte.

Den Kaffee verpackten wir sorgfältig in Halbpfundportionen und hatten auf diese Weise wertvolles Tauschmaterial für andere notwendige Lebensmittel, die nicht aus dem Kasino zu beziehen waren.

Wenn Friedemann den Kaffee in unserer Wohnung anlieferte, mußte ich darauf achten, daß Vater und Schwester nicht dabei waren. Sie hatten keine Ahnung, wie er den Kaffee transportierte. Mir selbst machte der leichte Schweißgeruch des Robustakaffees nicht viel aus, ich hatte während der Nazizeit mit weitaus unangenehmeren Gerüchen fertig werden müssen. Mein Vater und meine Schwester hatten sich jedoch ihre übertriebene Empfindlichkeit bewahrt.

Bisher hatte ich es immer so einrichten können, daß wir, Friedemann und ich, in meinem von innen abgeschlossenen Zimmer die Zeremonie der Kaffeeablieferung vollziehen konnten. Doch eines Tages ging alles schief. Friedemann kam zu einem Zeitpunkt ins Hinterhaus, als gerade ein Handwerker dabei war, einen im Krieg demolierten Fensterflügel auszubessern. Mein Zimmer lag voll Dreck und Handwerkszeug.

Meine freundliche Schwester sagte: »Ihr könnt ins Wohnzimmer gehen. Ihr braucht doch nicht lange für euer Geschäft.«

Erschrocken winkte ich ab. »Nein, nein, das muß nicht sein. Friedemann kann ein andermal wiederkommen.«

Der hatte keine Ahnung und reagierte verärgert: »Du spinnst wohl! Ich komme deswegen doch kein zweites Mal.«

»Das meine ich auch«, sagte meine Schwester und öffnete die Wohnzimmertür.

Sofort ging Friedemann ins Zimmer, setzte sich aufs Kanapee und verlangte eine Zeitung. Was blieb mir anderes übrig, ich brachte sie ihm. Er breitete sie unter seinen Füßen aus, schnürte umständlich seinen rechten Stiefel auf, zog ihn mit einem leisen Ächzen aus, löste den Gummi vom Strumpf, zog ihn vorsichtig nach unten und kippte den Kaffee auf die Zeitung.

Ich beobachtete Vater und Schwester, die Platz gegenüber am Ofen genommen hatten. Ohne ein Wort zu sagen, verfolgten sie mit weit aufgerissenen Augen den Vorgang. Meine Schwester hatte beide Hände an die Backen gepreßt, ihre Lippen verformten sich zu einem kleinen »Oh«.

Es war ungeschickt von Friedemann und auch völlig überflüssig, auch noch die letzten Kaffeekrümel in Gegenwart meiner Angehörigen zwischen den Zehen herauszupulen. Die hätten nicht mal mehr einen einzigen Schluck Kaffee ergeben.

Mein Kumpel aus der Kaffeeküche zwinkerte zufrieden zu den beiden hinüber, zog in aller Ruhe Strumpf und Stiefel wieder an, fuhr sich mit den Händen durch die Haare und wiederholte die ganze Prozedur noch einmal mit seinem linken Fuß.

Jetzt war es meinem Vater und meiner Schwester zuviel geworden. Ruckartig standen beide auf und verließen das Wohnzimmer. Friedemann merkte nicht, daß ihr Verschwinden ein stummer Protest war. Dieses Ereignis hatte zur Folge, daß sich der Rest meiner Familie danach beharrlich weigerte, mir beim Abpacken der Halbpfundportionen zu helfen.

Friedemann hatte bald darauf großes Pech. Um sich das beschwerliche Laufen mit den Kaffeestrümpfen zu ersparen, kaufte er sich ein gebrauchtes Fahrrad und radelte damit täglich zu seiner Arbeitsstelle.

Wie es genau geschah, weiß ich nicht. Jedenfalls stieß er auf dem Nachhauseweg von der Spätschicht im amerikanischen Sperrgebiet mit einem Jeep zusammen, der von einem Offizier gesteuert wurde. Dabei kam er mit einem Fuß unter das Vorderrad des Autos. Der erschrockene Offizier sprang aus dem Jeep, um Friedemann zu helfen und staunte nicht schlecht, als aus dem lädierten Fuß statt Blut Kaffee quoll. Die Militärpolizei war bald zur Stelle und brachte den hinkenden Koch nicht in ein Hospital, sondern in dessen Mansardenwohnung und schaute sich dort um. Die Polizisten brauchten nicht lange zu suchen, bis sie in einem Schrank, aus dem es wie in einem Kaffeehaus roch, einen ganzen Koffer voll Kaffee fanden. Bereits am anderen Tag verurteilte ihn ein amerikanisches Schnellgericht zu einer Gefängnisstrafe von zwölf Monaten, die er sofort nach der Urteilsverkündung antreten mußte.

*

Überhaupt war dem Einfallsreichtum beim Anzapfen der amerikanischen Lebensmittelreserven im Offizierskasino keine Grenzen gesetzt. In jeder nur erdenklichen Weise überlisteten die Deutschen die amerikanischen Kontrollposten. Nicht sonderlich originell waren Butterpäckchen in Büstenhaltern und Strumpfbandgürteln oder Frühstücksspeck in Spezialsuspensorien, die sich die Männer zwischen die Beine schnallten. Raffinierter dagegen war es, in den verschiedensten Kleidungsstücken flache Geheimtaschen einzunähen, die selbst beim Abtasten nur schwer entdeckt werden konnten.

Meine damalige Freundin Rosemarie, Serviererin im Kasino, eine verrückte Nudel, hatte sich eigenhändig einen besonders raffinierten Büstenhalter mit Plastikinnentaschen angefertigt. In ihm konnte sie die verschiedensten Lebensmittel transportieren, ohne daß ihr Busen deformiert aussah. Jedesmal, wenn sie das Kasino verließ, zeigte sie einen besonders aufreizend vollen Busen in der BH-Größe von etwa 100. Sie mußte sich dann nur vor den Grapschern unter den US-Boys in acht nehmen.

Nachdem mir Rosemarie den Laufpaß gegeben und sich einen nahrhafteren Offizier geangelt hatte, machte dieser den Spezialbüstenhalter überflüssig. Sie konnte wieder flachbusig, wie sie von Natur aus war, das Kasino verlassen.

Aber auch die amerikanischen Soldaten und Zivilbeamten, die im Offizierskasino Dienst taten, in dem täglich über zweitausend Offiziere drei üppige Mahlzeiten erhielten, betrieben eifrigen Schwarzhandel. Sie hatten es einfacher, die »organisierten« Waren aus dem Sperrgebiet herauszuschaffen, denn sie wurden nicht kontrolliert. Einen großen Teil davon brachten sie in das Zeilsheimer Lager.

*

So weit zu den Praktiken des Schwarzen Marktes, und zurück zu dem Fremden vor meiner Wohnungstür, der sich Salomon Davidowicz nannte. Ich bat ihn also herein und erfuhr, was es mit meinem Genossen Schäng und dem Geschäft, über das der Fremde sprechen wollte, für eine Bewandtnis hatte.

*

Die Organisation des Lager Zeilsheim wurde von einer freiwilligen Selbstverwaltung betrieben. Deren Exekutive war ein Lagerrat, der wiederholt bei der amerikanischen Militärregierung vorstellig wurde, um Abhilfe für die unerträglichen Zustände zu erbitten und vor allem um für eine beschleunigte Ausreise der dort untergebrachten Juden zu sorgen.

Salomon Davidowicz gehörte dem Lagerrat an und kam des öfteren in die Diensträume der Besatzungsbehörde. Hier lernte er Schäng kennen. Der war dem Juden, so gut es ging, behilflich. Salomon Davidowicz brachte, obwohl er sonst keine Schwarzmarktgeschäfte machte, Schäng hin und wieder ein paar Schachteln amerikanischer Zigaretten oder einige begehrte Lebensmittel mit, für die er sich keinen Pfennig geben ließ.

Eines Tages kam Davidowicz sehr erregt in Schängs Büro. Er müsse ganz dringend mit ihm unter vier Augen sprechen. Schäng behagte das nicht. Wenn er etwas so Wichtiges mit ihm zu besprechen habe, solle er am Abend zu ihm nach Hause kommen.

Doch Salomon Davidowicz ließ sich so schnell nicht abweisen. Es seien ganz besondere Umstände, versicherte er, die ihn zwängen, jetzt und nicht erst am Abend mit ihm zu sprechen.

»Hier im Büro geht's nicht«, sagte Schäng entschieden.

»Dann draußen. Nur fünf Minuten. Bitte, kommen Sie!«

Schäng ließ sich beschwatzen und ging mit ihm in den gegenüber gelegenen Rothschildpark. Sie setzten sich auf eine einsame Bank, niemand würde sie dort belauschen können.

»Also, was gibt's?« fragte Schäng ungeduldig.

Der Jude holte zwei Armbanduhren aus der Manteltasche und hielt sie schweigend meinem Freund Schäng hin.

»Ich hab's geahnt, Sie wollen ein Geschäft mit mir machen. Stimmt's?«

»Ja, das stimmt.«

»Schlagen Sie sich das aus dem Kopf.« Verärgert wollte Schäng aufstehen, doch Davidowicz hielt ihn am Arm fest.

»Hören Sie mich einen Augenblick an, bitte!«

»Ich mache keine Schwarzmarktgeschäfte«, sagte Schäng in einem Ton, der keinen Widerspruch duldete.

»Sollen Sie auch nicht. Helfen Sie mir nur. Bitte!«

»Wie kann ich Ihnen helfen?«

»Das sind echte Schweizer Uhren, beste Qualität. Und so billig! Sie können sich kaum vorstellen, wie billig! Davon habe ich tausend Stück.«

Schäng lachte schallend auf. »Nur tausend? Warum nicht gleich zehntausend?«

Ohne auf die bissige Bemerkung einzugehen, sagte der andere: »Ich dachte, Sie könnten mir vielleicht einen Amerikaner aus Ihrem Amt nennen, mit dem ich das Geschäft machen kann. Alle Amerikaner machen doch Geschäfte. – Mehr wollte ich nicht von Ihnen.«

Schäng holte tief Luft. »Mein lieber Davidowicz, hören Sie einmal gut zu: Glauben Sie wirklich, ich gefährde wegen einer so heißen Sache meinen Arbeitsplatz?«

Es entstand eine Pause. Dann sagte Davidowicz: »Es ist nicht nur wegen des Geschäfts. Ich muß die Uhren unbedingt aus dem Lager schaffen.«

Schäng schaute ihn von der Seite an. Der andere machte einen äußerst nervösen Eindruck. Er schien große Angst zu haben.

»Wenn Sie in Ihrem Amt nichts tun können«, fuhr er fort, »wissen Sie jemand anderen, der an den Uhren Interesse hat?«

Der Jude tat Schäng leid. Er hatte ihn bisher als einen integren und gutmütigen Menschen kennengelernt. Da erinnerte er sich an mich und dachte, ich würde im amerikanischen Offizierskasino möglicherweise einen geschäftstüchtigen Amerikaner kennen, der an einer Kiste voll Schweizer Uhren zu einem günstigen Preis interessiert wäre. Wenn er ihn an mich empfahl, war das weiß Gott kein schlimmes Vergehen. Nein, so ehrpusselig war er nicht. Und er gab ihm mit einer Empfehlung meine Adresse.

Salomon Davidowicz setzte sich auf die Vorderkante des angebotenen Stuhls, nahm den Hut vom Kopf, tupfte sich mit dem Taschentuch den Schweiß von der Stirn und wischte über den Innenrand des Huts. Er behielt ihn in der Hand.

Schnell kam er zur Sache und erzählte mir von seiner Kiste Schweizer Uhren, die er für einen sehr günstigen Preis abzugeben hatte.

»Das ist für mich ein Geschäft mit zu vielen Nullen«, winkte ich ab.

So einfach ließ sich der Fremde jedoch nicht abweisen. Er wolle den Handel auch nicht mit mir machen, ich solle nur der Vermittler sein. Und das nicht etwa für ein lumpiges Taschengeld. Wenn das Geschäft zustande käme, wären gut zwanzig- bis dreißigtausend Mark für mich drin. Schäng habe ihm gesagt, daß ich im amerikanischen Offizierskasino arbeite. Dort gebe es bestimmt mehr als einen Geschäftsmann, der eine so günstige Gelegenheit wahrnehmen würde. Ich brauchte mich nur umzuhören.

Die Verlockung war groß. Selbst in einer Zeit, in der ein Pfund Butter auf dem Schwarzen Markt 250 Mark kostete, ein Pfund Kaffee 400 Mark und eine Packung amerikanischer Zigaretten 200 Mark und ich selbst manches kleinere Schwarzmarktgeschäft für den Eigenbedarf machte, war das für meine finanziellen Verhältnisse eine horrende Summe. Dennoch blieb ein solcher Handel für mich indiskutabel. Nicht etwa aus moralischen Gründen. Moral, gesellschaftliche Verantwortung, Skrupel waren in dieser Zeit Begriffe, die mit sehr kleinen Buchstaben geschrieben wurden. Anständigkeit war oft nur Mangel an Gelegenheit. Dieser Mangel mag auch bei meiner Ablehnung eine gewisse Rolle gespielt haben. Der einzige Mensch im Kasino, den ich für ein solches Geschäft hätte vorschlagen können, Küchenchef Mike, war zehn Tage zuvor bei dem Versuch, einen ganz großen Coup zu landen, tödlich verunglückt.

Außerdem kam es mir so vor, als sei an dem Geschäft etwas nicht in Ordnung. Der Fremde hatte es zu eilig und die mir angebotene Vermittlungsprovision war unüblich hoch. Und darüber hinaus: Die Juden im Lager Zeilsheim, die schwarzhandelten, hatten immer große Geldbeträge zur Verfügung. Es wäre ein leichtes, die Uhren zu einem so günstigen Preis an Ort und Stelle an den Mann zu bringen.

Das sagte ich ihm. Doch er schüttelte den Kopf. Ein Verkauf im Lager käme nicht in Frage. Eindringlich versicherte er mir: »Sie müssen keine Sorge haben. Es gibt keinerlei Risiko für Sie.«

»Es ist dennoch kein Geschäft für mich«, wiederholte ich. »Tut mir leid.« Ich stand auf.

Salomon Davidowicz stand auch sofort auf und sagte: »Ich will Sie nicht bedrängen. Wenn Sie nicht wollen – «

»Schon gut. Sie brauchen sich nicht zu erklären.« Ich reichte ihm die Hand.

Er zögerte zu gehen. »Darf ich Sie noch etwas fragen, Herr Senger?«

»Um was geht es?«

»Sind Sie wirklich – auch Jude?«

Schäng hatte nichts Eiligeres zu tun gehabt, als ihm auch das zu erzählen.

»So ist es. Wir sind Juden. Meine Eltern kamen aus der Ukraine. Aber sie sind schon lange vor dem Krieg nach Deutschland gekommen.«

»Und waren die ganze Nazizeit hier?«

»Ja, die ganze Zeit.«

Er versank einen Augenblick ins Grübeln. »Wie war das möglich?«

Ich winkte ab. »Lieber Mann, das ist eine lange Geschichte.«

»Sie leben.« Er faßte mich am Arm. »Gott hat es so gewollt.«

»So kann man es auch sehen.«

Ich griff an die Klinke der Wohnungstür. Er verstand, daß ich das Gespräch beenden wollte und setzte den Hut auf.

Er sagte: »Ihre Geschichte interessiert mich. Wenn Sie erlauben, möchte ich einmal wiederkommen und Sie werden sie mir erzählen – wenn Sie wollen.«

»Ist mir recht. Kommen Sie – aber ohne Uhren.«

Salomon Davidowicz ging. Er tappte die dunkle Hinterhaustreppe hinunter, als trüge er einen Doppelzentner Mehl auf den Schultern.

Schon eine Woche später kam er wieder und hatte den gleichen warmen Mantel an. Er schien ihm der Ersatz für einen Kaftan zu sein. Er ging ins Wohnzimmer und setzte sich in gleicher Weise auf denselben Stuhl, ohne den Mantel auszuziehen.

Ich fragte: »Darf ich Ihnen ein Glas Tee anbieten, Herr Davidowicz?«

»Ja, gern. Aber nennen Sie mich bitte Schlomo. So rufen mich alle.«

»Einverstanden. Dann sagen Sie auch Valentin zu mir.«

»Gut, Herr Valentin.«

Nachdem ich ihm den Tee serviert hatte, fragte ich neugierig: »Hat das Geschäft mit den Uhren geklappt?«

Er schüttelte den Kopf. »Nein, es war alles umsonst.«

»Was ist geschehen?«

»Man hat mir die Uhren gestohlen.«

»Dann sind Sie jetzt ruiniert?«

»Ist nicht so schlimm.«

»Was haben Sie eingebüßt?«

»Nicht so viel. Ich hatte die Uhren ja auch billig bekommen. Aber fragen Sie bitte nicht weiter. Ich will die Angelegenheit schnellsten vergessen.«

*

Dann erzählte ich ihm die Geschichte vom Überleben meiner Familie. Schlomo saß mit dem Rücken zum Fenster, hatte sich nach vorne gebeugt, und die Sonne zeichnete durch die Gardine helle Muster auf seine Schultern. Den Mantel hatte er weit geöffnet, die Enden fielen nach unten und berührten links und rechts den Boden. Seine Unterarme lagen schwer auf den Oberschenkeln, den Kopf hielt er gesenkt. Kein einziges Mal unterbrach er mich.

Nachdem ich meine Geschichte beendet hatte, stand ich auf. Schlomo blieb unbeweglich sitzen, starrte auf seine Schuhspitzen und schwieg. Ich holte mir Tabak und Zigarettenpapier und drehte mir eine Zigarette. Da hörte ich seine Stimme, als käme sie von weit her.

»Wollen Sie meine Geschichte hören?«

»Erzählen Sie.«

*

Schlomo Davidowicz stammte aus Wolka Krylowa, einem Dorf in Südpolen zwischen Jaroslaw und Lublin. Einundzwanzig Jahre war er alt, als im Spätherbst 1942 sämtliche Juden aus seinem Dorf in ein Konzentrationslager geschafft wurden. Die Zustände dort waren so unmenschlich, daß viele Juden, insbesondere die Alten und Kranken, innerhalb weniger Monate vor Hunger und Erschöpfung starben, auch Schlomos Eltern. Über mehrere Stationen kamen die noch Überlebenden schließlich im Herbst 1944 in das Vernichtungslager Maidanek.

Schlomo hatte das Glück, dort einem Bautrupp zugeteilt zu werden, weil er im Gegensatz zu den anderen Todeskandidaten noch einigermaßen bei Kräften war. Und so endete er nicht, wie Millionen andere Juden, in einer Gaskammer, obwohl er am Ende ebenfalls zum Skelett abgemagert war.

Sechs Monate nach seiner Einlieferung in das Vernichtungslager befreiten ihn die Russen. Irgendwo in Österreich kam er in ein amerikanisches Lazarett, wurde dort ein wenig aufgepäppelt und danach in das Durchgangslager im Frankfurter Vorort Zeilsheim gebracht.

*

Schlomo zog nun doch den Mantel aus, wischte sich den Schweiß von der Stirn und trank Tee. Er stellte die Tasse ab, preßte die Fingerspitzen beider Hände aneinander, schaute zur Erde und schwieg. Minuten verstrichen. Dann fragte er unvermittelt, als wolle er sich von der Erinnerung an die schreckliche Zeit der Verfolgung befreien: »Wollen Sie wissen, woher ich die Uhren hatte?«

»Gewiß interessiert mich das.«

»Ich habe sie gestohlen.«

Von diesem Geständnis war ich so überrascht, daß ich nur stammeln konnte: »Gestohlen? Sie haben sie gestohlen? Wo denn?«

»Bei uns im Lager Zeilsheim.«

»Und von wem?«

»Von einem UNRRA*-Beauftragten aus Zürich.«

»Wie kann man einfach so eine Kiste mit tausend Uhren stehlen?«

»Man kann schon«, sagte Schlomo bedächtig. Er zuckte geringschätzig mit den Schultern. »Der Mann hat nicht aufgepaßt.«

»Was hatte er denn im Lager zu tun – mit so vielen Uhren?«

»Amtlich hatte er sehr viel und Wichtiges zu tun. Er sollte im Auftrag der Züricher UNRRA-Zweigstelle Gespräche mit

* UNRRA, United Nations Relief and Rehabilitation Administration, war der Hilfs- und Wiederaufbauausschuß der Vereinten Nationen zur Versorgung und Rückführung von rund neun Millionen Displaced-Persons in ihre Heimatländer oder andere Länder ihrer Wahl.

Verfolgten führen, die nach südamerikanischen Staaten auswandern wollten, und deren Dokumente überprüfen.«

»Und die Uhren?«

»Warten Sie, ich werde Ihnen alles erzählen.«

Und nun trug mir Schlomo eine so verwirrende Geschichte vor, daß ich nur ungläubig den Kopf schütteln konnte.

*

Der UNRRA-Beauftragte hatte zwei volle Tage im Lager zu tun, um alle Ausreisewilligen zu befragen und ihre Papiere zu kontrollieren. Zum Übernachten wies man ihm einen Raum neben dem Büro der Lager-Selbstverwaltung an. Am Abend holte er neben seinem Necessaire mit den Toilettensachen noch einen schweren Koffer aus seinem Auto und bat den Diensthabenden im Büro, den Koffer bis zum anderen Morgen in einem verschließbaren Schrank aufzubewahren, da sich wichtige Dokumente darin befänden. Unverständlich ist, warum er den Koffer nicht mit zu sich ins Zimmer genommen hat.

Schlomo, der im Haus nebenan wohnte, ging spätabends zufällig an dem hinteren, zum Garten gelegenen Fenster des Büros vorbei, sah einen dünnen Lichtschein durch den Fensterladen dringen, schaute durch eine Ritze und sah, wie ein Mitbewohner seines Hauses, an dem Koffer hantierte. Der Schrank stand offen. Schlomo drückte sich hinter das Gebüsch, um nicht gesehen zu werden und beobachtete gebannt, was geschah.

Der Eindringling verließ für einen Augenblick den Raum, kam dann mit einer kleinen Kiste wieder und füllte den Inhalt des Koffers um. Schlomo staunte nicht schlecht. Er sah, es waren lauter Uhren, keine Dokumente. Der Dieb machte die Kiste zu, stellte den leeren Koffer in den Schrank und verschloß ihn. Dann verließ er mit der Kiste den Raum.

Es fiel Schlomo nicht schwer, ihm zu folgen, denn sie wohnten im gleichen Haus. Vom Garten aus konnte er sehen, wie sein Mitbewohner die Kiste in einem festen Verschlag unter der Treppenschräge versteckte. Schlomo wartete, bis der andere in seiner Wohnung verschwunden war und betrat erst dann das Haus. Lange lag er wach, grübelte und kämpfte mit sich. Am Ende verlor das bessere Ich und Schlomo entschied, die Kiste mit den Uhren an sich zu nehmen. So eine günstige Gelegenheit würde sich ihm nie wieder bieten, an das »große Geld« heranzukommen. Schlomo: »Ich dachte nur an das Risiko, andere Bedenken, moralische, hatte ich nicht. Außerdem: ich würde keinen meiner Mitbewohner im Lager schädigen, auch nicht den, der die Uhren aus dem Koffer herausgenommen und in dem Verschlag versteckt hatte.« Noch bevor der Morgen graute, ging Schlomo ans Werk. Sein Auto stand hinter dem Garten, niemand konnte ihn beobachten, wie er die Kiste aus dem Versteck holte, durch den Garten trug – die Kiste war nicht sehr schwer, sie wog keinen halben Zentner – und im Kofferraum seines Autos verstaute.

Die Uhren waren allerdings im Auto nicht sicher genug versteckt. Am anderen Morgen würde sowohl der Dieb als auch der UNRRA-Beauftragte den Verlust bemerken und nach den Uhren suchen – laut Alarm schlagen konnten beide nicht. Dennoch würden sie auch die in unmittelbarer Nähe stehenden Autos beobachten.

An das Lager schloß sich ein nicht mehr bewohntes, verfallendes Barackenlager an, in dem während des Krieges ausländische Zwangsarbeiter, die bei den IG-Farben in Höchst arbeiten mußten, untergebracht waren. Dort kannte Schlomo eine Stelle, die nicht so leicht entdeckt werden konnte, und dorthin brachte er noch in der Dunkelheit die Kiste.

Ich fragte: »Und dann hat man Ihnen die Uhren gestohlen?«

»Das ist richtig, aber nicht aus diesem Versteck.«

»Man hat also dem Uhrendieb Schlomo die Uhren wo anders gestohlen?«

»Ja und nein. Ich war in einer Zwangslage. Im Lager Zeilsheim konnte ich mit den Uhren nichts anfangen. Das werden Sie verstehen. Außerdem mußte die Kiste schnellstens weg, auch aus meinem relativ sicheren Versteck. Was blieb mir anderes übrig, nachdem auch mein Freund Schäng mir nicht weiterhelfen konnte, als mich mit Schwarzhändlern aus dem Bahnhofsviertel einzulassen. Natürlich wußte ich, daß das ein großes Risiko war. Denn dort hat man schneller ein Messer im Rücken als Geld auf der Hand.«

Schlomo trank in langsamen Zügen Tee, steckte sich eine Zigarette an und fuhr fort: »Als ich zwei Amerikanern eine der Uhren zeigte, waren sie bereit, das Geschäft zu machen. Zuerst aber wollten sie alle Uhren sehen. Ich nahm an, das sei bei solchen Geschäften üblich. In der folgenden Nacht holte ich die Kiste aus dem Versteck, und am frühen Morgen zeigte ich sie ihnen an einer ruhigen Stelle hinter der Opernhausruine. Sie sagten, sie würden die Uhren im Auftrag eines anderen Amerikaners kaufen, und der wolle erst die Uhren sehen, bevor er zahle. Das leuchtete mir ein und ich lud die Kiste in ihr Auto.«

Ich unterbrach Schlomo: »Sind Sie denn nicht mit den angeblichen Käufern mitgefahren? Sie wußten doch, mit wem Sie es zu tun haben.«

»Ich wußte das sehr wohl und bin darum auch mitgefahren und behielt die Kiste im Auge. Sie stand direkt unter meinen Füßen. Sicherer konnte sie gar nicht stehen. Aber an der Kontrollstelle zum amerikanischen Sperrgebiet haben sie mich ausgetrickst. Ich mußte aussteigen, um mir bei dem Militärpolizisten einen Passierschein zu holen. Im gleichen Augenblick sind sie davongefahren, in das Sperrgebiet hinein. Ich konnte dem Kontrollposten nicht einmal sagen, daß da meine Kiste mit Uhren davonfuhr.« Und leise murmelte Schlomo:

»Diese amerikanischen Gangster!« Er schaute mir ins Gesicht und lächelte schwach. »Nun wissen Sie, wie die Sache mit den Uhren ausging.«

»Pech für Sie.«

»Ich werde es überleben.« Er machte eine wegwerfende Handbewegung. »Eigentlich bin ich ganz froh, daß die Geschichte so ausgegangen ist. Wenn man recht überlegt, hatte ich ja keinen Verlust, sondern nur ein paar Ängste auszustehen und den Ärger wegen der verdammten Amis zu verkraften. Außerdem: ich versteh nicht viel von Uhren, obwohl mein Seide selig Uhrmacher war und ich ihm oft bei der Arbeit zugesehen habe. – Wußte ich denn, ob die Uhren wirklich gut oder nur Tinnef waren, mit denen ich vielleicht noch einen viel größeren Ärger bekommen hätte? So war's gut, wie es gekommen ist. Vergessen wir 's.«

Ich war neugierig und fragte weiter: »Und was ist mit dem UNRRA-Beauftragten geschehen?«

Schlomo antwortete: »Genaugenommen, nichts. Er verriet sich selbst. Als er am anderen Morgen nur noch den leeren Koffer vorfand, verdächtigte er lautstark den Angestellten der Lager-Selbstverwaltung, ihn bestohlen zu haben. Der bestritt natürlich energisch irgend etwas mit dem Diebstahl zu tun zu haben. Bei einer genauen Befragung über den Inhalt der Koffers verwickelte sich der Schweizer in so große Widersprüche, daß er schließlich über den wahren Inhalt Auskunft geben mußte. Er gestand, für die Uhren im Lager einen Käufer gesucht zu haben. Aber er wollte keinesfalls, daß jetzt groß der Verbleib der Uhren untersucht würde. Das kann man gut verstehen. Wie hätte er am Ende dagestanden? Auch die Leute, die ihn befragt und herausbekommen hatten, was in dem Koffer war, wollten nicht, daß um die Uhren ein großes Geschrei gemacht würde. Und so erfuhr außer dem Lagerrat niemand etwas von den bestohlenen Dieben. Außerdem war die Lagerleitung der Meinung, die Angelegenheit sei es nicht wert, der Militärpolizei oder gar der UNRRA in Zürich weitergemeldet zu werden. Mit dem Verlust der Uhren sei der UNRRA-Mann genug bestraft. Ich schloß mich dieser Meinung natürlich an. – Übrigens: mein Mitbewohner, der die Uhren ebenfalls gestohlen hatte, ließ sich nichts anmerken. Auch das war gut und klug von ihm.«

*

Nach diesem Besuch kam Schlomo öfters zu uns nach Hause, trank schwitzend große Mengen schwarzen Tee, den er, genau wie mein Vater, mit einem zischenden Geräusch über ein abgebissenes Stückchen Würfelzucker schlürfte, und erzählte von seiner Heimat und seiner von den Nazis ermordeten Familie. Außer Vater und Mutter hatte er noch drei Geschwister verloren, zwei Schwestern und einen Bruder.

Monate später kam Schlomo mit einer interessanten Neuigkeit zu uns. Er habe erfahren, daß in Zürich ein Skandal in der UNRRA-Vertretung aufgedeckt worden sei. Dabei habe es sich um Schiebereien mit unverzollten, möglicherweise sogar gestohlenen Uhren gehandelt. Ein UNRRA-Angestellter sei verhaftet worden. Das könne nur, meinte Schlomo, der Tausend-Uhren-Mensch aus dem Lager Zeilsheim gewesen sein, und die Diebstahlsstafette schien sich fortzusetzen.

Wenn alles so stimmt, wie Schlomo es mir erzählt hat, begann seine Tätigkeit als Schwarzhändler nach dem Desaster mit den Uhren erst richtig. Der große Coup war ihm mißlungen, aber er brauchte eine Menge Geld in harter Währung, damit er seine Ausreise finanzieren könne. In den Monaten, in denen er sich als Mitglied des Lagerrats darum bemühte, mußte er erkennen, daß eine schnelle Erledigung der Formalitäten nicht möglich war. Zur Beschaffung der Ausreisepapiere in ein anderes Land bei den amerikanischen Behörden mußten eine Fülle bürokratischer Hürden überwunden werden, und auch die ließen sich nur nehmen, wenn hohe Schmiergelder gezahlt wurden. Er machte kein Geheimnis daraus, daß er sich die nötigen Devisen durch Schwarzmarktgeschäfte beschaffte.

Eines Tages zeigte Schlomo uns glücklich seine Ausreisepapiere. Nun konnte er Zeilsheim verlassen.

*

Doch damit ist die Geschichte von Schlomo, dem Uhrendieb, noch nicht ganz zu Ende. 1947 fuhr er mit einigen tausend Dollar in der Tasche über Holland und Nordafrika nach Palästina, dem Land unserer Väter. Als er sich von meiner Familie, meinem Vater, meiner Schwester und mir, in der Kaiserhofstraße verabschiedete, versprach er, sich zu melden, wenn er in Palästina angekommen sei.

Doch Schlomo meldete sich nicht. Vielleicht war er wie tausende anderer Juden bei dem Versuch, nach Palästina zu gelangen, umgekommen. Die britische Blockade war unerbittlich. Die Erinnerung an ihn verblaßte. Da kam, völlig unerwartet, fast fünf Jahre später ein ausführlicher Brief von ihm, und Schlomos Geschichte erfuhr doch noch eine Fortsetzung. Der Brief war jedoch nicht in Israel abgeschickt worden, sondern kam aus dem Westen Amerikas, aus Los Angeles, und war in englischer Sprache abgefaßt. Das erstaunte mich, denn Schlomo sprach ein einwandfreies Deutsch. Als ich den Brief zu Ende gelesen hatte, verstand ich, warum er mir sein gutes Amerikanisch vorführen wollte.

Schlomo schrieb, die Jahre nach seinem Auszug aus dem Lager Zeilsheim seien so turbulent und aufregend gewesen, daß ihm der Kopf nicht nach Briefeschreiben gestanden hätte. Wir sollten dafür Verständnis haben und sein langes Schweigen entschuldigen. Er habe im Herbst 1947 Palästina erreicht, an den Befreiungskämpfen teilgenommen, den Triumph der Staatsgründung miterlebt und sich in Haifa niedergelassen. Zufällig sei ihm zu dieser Zeit zu Ohren gekommen, daß ein

Onkel von ihm, der schon vor der Nazizeit in die Neue Welt ausgewandert war, in Los Angeles lebe, und er habe ihm sogleich geschrieben. Die Antwort des Onkels kam prompt. Er schrieb, er betreibe in Los Angeles einen gutgehenden Import- und Exporthandel mit Schmuck und Uhren, sei aber ein alter, kranker Mann und wünsche, er könne in absehbarer Zeit seinen Handel an einen Jüngeren abgeben, am liebsten an jemanden aus der Mischpoche. Ob er, Schlomo nach Los Angeles kommen und sein Geschäftspartner werden wolle. Schlomo schrieb, er habe lange gezögert, sich dann doch entschlossen, nach Amerika zu fahren und in das Geschäft einzutreten – er habe es nicht bereut.

Seit einigen Monaten betreibe er den Import- und Exporthandel allein, der alte Mann, der zu seinem zweiten Vater geworden sei, habe sich aufs Ruheteil gesetzt. In Kürze würde er geschäftlich in Frankfurt zu tun haben und uns bei der Gelegenheit gern besuchen.

*

Der Mann, der vierzehn Tage später an unserer Wohnungstür klingelte und mich stürmisch umarmte, war beileibe nicht mehr der düster aussehende, schwitzende Schlomo aus dem Lager Zeilsheim. Ein Bär von einem Mann war er noch immer, aber er war elegant geworden, sein Anzug war ein todschicker, maßgeschneiderter Zweireiher. Auch die langen Koteletten waren ab, und statt des zotteligen Schopfes schmückte jetzt ein moderner Bürstenhaarschnitt seinen Schädel.

Viele Stunden saßen wir zusammen und erzählten und erzählten. Schlomo sagte: »Ist es nicht ein seltsamer Zufall, daß ich jetzt wieder mit Uhren zu tun habe? Ich handele zwar hauptsächlich mit Schmuck. Darum bin ich nach Deutschland gekommen. Aber ich kaufe auch Uhren im Schwarzwald, vor allem Kuckucksuhren, die sind in den Vereinigten Staaten sehr beliebt.« Er machte eine Pause.

»Ist das wirklich nur ein Zufall, daß ich immer wieder mit Uhren zu tun habe? Was ist Eure Meinung?«

Ich zuckte mit den Schultern. »Keiner kann sagen, was Zufall ist. In der Mystik, wenn Ihr darauf hinauswollt, haben Uhren einen hohen Symbolwert.«

Schlomo fuhr fort: »Uhren – das hat etwas mit Zeit zu tun. Und Zeit, so habe ich einmal gelesen, sei der Stoff, aus dem das Leben gemacht ist.«

»Schlomo, Ihr seid ein Philosoph.«

»Ich kläre nur«, wehrte er ab. »Vielleicht meint Er«, er deutete mit dem gestreckten Zeigefinger nach oben, »ich solle die Zeit, die Er mir gegeben, nutzen und nicht vergeuden. – Aber lassen wir das. Ich werde weiter klären – und weiter Uhren verkaufen.«

Diese starke Wundergläubigkeit überraschte mich nicht. Sie war bei vielen Juden aus dem Osten ausgeprägt und selbst mein eigener Vater konnte sich nicht davon frei machen.

*

Schlomo, der Uhrendieb, Salomon Davidowicz, wurde mit seinem Uhren- und Schmuckhandel zu einem wohlhabenden Mann. Er hat Dependancen in vielen Städten eingerichtet und ist Vater von drei Kindern, die alle auf exklusive Highschools gehen.

Einmal jedoch im Jahr besucht er mich, und wir erinnern uns wieder an die vermaledeite Kiste mit den tausend Uhren aus der Schweiz.

Das Frauenbad oder Das Geheimnis der Friedberger Mikwe

Vor dem Eingang zum Haus Nummer 20 der Judengasse in Friedberg, in dessen Hinterhof sich das berühmte Judenbad befindet, schlug Recha, die Frau des Textilwarenhändlers Sally Katz, der Länge nach hin. Sie erlitt einen Wadenbeinbruch und eine klaffende Wunde an der Stirn.

Als Recha mit einem dicken Verband um den Kopf aus der Narkose im Israelitischen Krankenhaus in Frankfurt erwachte, saß ihr besorgter Mann am Krankenbett und hielt ihre Hand. Die Wunde war genäht, das Bein geschient und in Gips gelegt.

Stöhnend vor Schmerzen klagte sie: »Ich kann es mir nicht erklären, Sally, wie es passiert ist. Ich bin nicht gestolpert, es war, als schlüge mir jemand die Beine weg. Was ist los mit mir?«

Sally Katz streichelte seine Frau und sagte: »Zerbrich dir darum nicht den Kopf, Recha. Es ist nun mal geschehen. Jeder kann einmal stolpern.« Bei sich aber dachte er: Merkwürdig ist es schon. Man fällt nicht mir nichts, dir nichts auf die Straße wie ein beschickerter Goj. Laut fuhr er fort: »Es muß am Pflaster gelegen haben. Es gibt keine andere Erklärung. Im vergangenen Jahr ist an derselben Stelle Hanna gestürzt und hat sich sehr wehgetan. Erinnere dich.«

Hanna war die Frau des Lehrers und Gemeindevorstehers Heinrich Ehrmann. Sie wohnten mit Familie Katz im selben Haus, Judengasse 6.

»Ja, ich erinnere mich. Es war kurz vor dem Sederabend, und die Arme konnte das Fest nicht miterleben.«

»Die Stadtverwaltung muß endlich die Straße ausbessern lassen«, sagte Sally Katz entschieden, »sonst geschieht noch einmal ein Unglück vor der Mikwe.«

Diese Begebenheit trug sich Anfang der dreißiger Jahre zu, noch bevor Hitler an die Macht kam. Sally Katz konnte nicht ahnen, daß der Sturz seiner Frau wie auch schon vor Jahresfrist das Hinschlagen der Frau des Lehrers weder etwas mit dem unebenen Pflaster der Judengasse zu tun hatte, noch die Folge eines Schwächeanfalls war. Wie sollte er auch wissen, daß die Ursache für die Stürze der beiden Frauen vermutlich weit über ein halbes Jahrtausend zurückdatiert werden mußte, genau in das Jahr 5020 des jüdischen, beziehungsweise 1260 des Gregorianischen Kalenders.

*

Im Jahr 1258 christlicher Zeitrechnung reiste der wohlhabende jüdische Handelsmann Isaak ben Nathan aus Koblenz in die Freie Reichsstadt Friedberg zum Frühjahrsmarkt. Dieser Markt war im ganzen Heiligen Römischen Reich berühmt und wurde von Kaufleuten aus vielen europäischen Ländern besucht. Die Schneeschmelze nach einem ungewöhnlich langen, strengen Winter und darauffolgendem anhaltenden Regenwetter hatten viele Bäche und Flüsse, die Isaak ben Nathan auf seinem Weg überqueren mußte, in reißende Ströme verwandelt und machte seine Reise zu einem Abenteuer. Als er schon die breitesten und gefährlichsten Wasserwege überwunden hatte, wurde ihm ein ansonsten harmloses Flüßchen namens Weil zum Verhängnis. Im selben Augenblick, als er mit seiner Kutsche die Mitte der Holzbrücke über den Fluß erreicht hatte, hielt sie dem Druck der starken Strömung nicht mehr stand und brach zusammen. Der Wagen fiel mitsamt den Pferden und dem Handelsmann in das reißende Wasser. In seiner großen Not rief Isaak ben Nathan Gott an, ihn aus der Todesgefahr zu retten. Und Gott in seiner unendlichen Güte erhörte ihn. Nathan konnte sich so lange an einen in der Strömung treibenden Baumstamm klammern, bis Bauern in der Nähe seine Hilferufe vernahmen und ihn unversehrt an Land zogen. Aus Dankbarkeit für diese wunderbare Rettung stiftete er der Friedberger Judengemeinde eine Mikwe, ein rituelles Tauchbad.

Das war ein großherziges Geschenk für die Gemeinde und die Friedberger Judenfrauen. Bis dahin hatten sie allmonatlich den beschwerlichen Weg nach dem zwei Wegstunden entfernten Nauheim machen müssen, um sich nach der Menstruation rituell zu reinigen, wie es das jüdische Gebot vorschreibt. Dort befand sich das nächstgelegene Kalte Bad, wie die Friedberger Juden die Mikwe nannten.

Für die Bauleute war es ein schwieriges Unternehmen, die Stiftung des Koblenzer Handelsmanns in die Tat umzusetzen. Friedberg liegt auf einem hohen Basaltfelsen. Um bis hinunter zum fließenden Wasser, zum Grundwasser zu gelangen, was für die rituelle Reinigung Voraussetzung ist, mußte der Felsen bis in eine Tiefe von fünfundzwanzig Metern aufgebrochen werden. Bei dieser Arbeit setzten sich die Bauleute der Gefahr aus, von einbrechendem Gestein, das dem enormen Außendruck nicht mehr standhielt, erschlagen zu werden.

*

Um die gleiche Zeit im 13. Jahrhundert wurde auch die Friedberger Liebfrauenkirche errichtet, ein monumentales Bauwerk, das heute noch ein Wahrzeichen der Stadt ist. Die Kirchenbauhütte verpflichtete dazu die erfahrensten Bauleute. Viele kamen von weit her. Eines Tages ereignete sich ein folgenschweres Unglück. Eine große Glocke mit dem Namen Osanna, die für die Liebfrauenkirche bestimmt war, stürzte auf dem Weg zwischen Glockengießerei und Kirche von dem Transportwagen und erschlug ein Kind, das neben dem Wagen mitlief. Die abergläubischen Friedberger Bürger sahen das als eine Unglücksbotschaft an und zwangen die Bauhütte, die Arbeiten an der Kirche einzustellen. Gleichzeitig wurde ein Bittgesuch an den päpstlichen Stuhl geschickt, damit der

Papst entscheide, wie die Bauarbeiten unter diesem unglücklichen Umstand weitergeführt werden können.

Die Judengemeinde nutzte die erzwungene Pause beim Kirchenbau. Mit einem guten Aufgeld zum üblichen Lohn gelang es ihr, Bauleute für den gefährlichen Durchbruch durch den Basaltfelsen zu gewinnen. Diese Arbeiter waren Meister ihres Fachs und hatten den Ehrgeiz, das Unmögliche möglich zu machen. Auch das versprochene Aufgeld beflügelte sie und sie schafften es, einen quadratischen Schacht von fünf Metern Seitenlänge in das massive Gestein bis zum Grundwasser zu brechen. Es war ein einzigartiges, bergmännisches Meisterwerk, das die Bauleute in knapp zwei Jahren schufen. Gegen den seitlichen Druck sicherten sie den Schacht mit mehreren Spannbögen ab, die auf Säulen und Wandkonsolen ruhten. Zweiundsiebzig Stufen führten an den Seitenwänden entlang bis unter den Grundwasser spiegel. Besonders schwierig war es, am unteren Ende der Treppe, dreieinhalb Fuß unter dem Wasserspiegel, eine Steinplatte anzulegen, die es den Frauen ermöglichte, im Grundwasser ganz unterzutauchen, wie es das mosaische Gesetz vorschreibt.

Nach eineinhalb Jahren wurde die Arbeit an der Liebfrauenkirche wieder aufgenommen. Einige Bauleute blieben jedoch bei der Mikwe, um den Durchbruch zum Grundwasser zu vollenden. Sie waren bereits dabei, auf der Höhe des Wasserspiegels die Inschrift des Stifters in den Felsen zu meißeln, als plötzlich große Wassermengen durch das Gestein brachen. Einer der Gesellen konnte nicht schnell genug nach oben flüchten und ertrank.

Die Handwerker, die sich hatten retten können, waren überzeugt, der Wassereinbruch und der Tod einer der ihren sei eine Strafe Gottes. Bruder Emanuel, ein Dominikanermönch, hatte ihnen längst schon ein Unglück für ihr unchristliches Tun prophezeit. Mit unheilschwangerer Stimme hatte er den Bauleuten verkündet: »Während unsere herrliche Kirche, das wunderbare Bauwerk zu Ehren des Allmächtigen in den Himmel wächst, wagt ihr es, euch von Ihm abzuwenden. Ihr legt mit Hand an einen Bau für diejenigen, deren Blutschuld am Tod des Herrn Jesu untilgbar ist und die dem falschen Messias huldigen. Ich sage euch«, und er hatte dabei den Bauleuten die geballte Faust entgegengestreckt, »wer es wagt, unseren Herrgott zu beleidigen, wird dafür bestraft werden, so wahr es eine göttliche Gerechtigkeit gibt!«

Solange die Arbeiten an der Mikwe gut vorangingen und keine Zwischenfälle eintraten, hatten Meister und Gesellen die Kassandrarufe des religiösen Eiferers, der sich seit einiger Zeit in Friedberg als Ablaßhändler betätigte, überhört. Jetzt aber gerieten sie in Gewissensnot. Sie überlegten, auf welche Weise sie ihre vermeintliche Schuld am Tod des Gesellen begleichen und die Juden bestrafen könnten. Da ihnen selbst nichts einfiel, wandten sie sich an Bruder Emanuel, der, wie nicht anders zu erwarten, Rat wußte. Er hatte in seiner Klause reichlich Zeit und Gelegenheit gehabt, nicht nur fromme und erbauliche Bücher zu studieren, sondern sich auch mit weißer und schwarzer Magie zu beschäftigen. Er wußte Bescheid über den bösen Blick, der zum Veitstanz oder zum Abortus führen kann. Er hatte gelernt, daß der Nagel eines Galgen Wunden kuriert, daß der Zahn eines lebenden Fuchses gegen Schlafsucht, jedoch der eines toten Fuchses gegen Schlaflosigkeit hilft und daß Augenschmerzen durch Spucken in das betroffene Auge geheilt werden. Auch die zweifache magische Wirkung einer Glocke war ihm bekannt. Glockenscherben schützten die Häuser der Gläubigen vor Feuer und Blitzschlag und waren zugleich dem Ungläubigen Fallstrick und brachten ihm Unheil.

Bruder Emanuel empfahl den Bauleuten, damit sie ihre Schuld tilgen könnten, strenge Gebetsübungen, Fastentage und den Erwerb mehrerer Gebetsbüchlein, die bei ihm zu kaufen waren. Zur Bestrafung der Juden mußten jedoch noch magische Kräfte eingesetzt werden. Er erläuterte den Bauleuten die geheimnisvollen Kräfte von Glockenscherben und gab ihnen den Rat, sie sollten mit Hilfe einiger Bruchstücke der Unglücksglocke Osanna am Eingang zum Judenbad einen Bannkreis schaffen. Die Glockenscherben würden all denen, die die Eingangsschwelle überschritten, eine Verwünschung sein. Außerdem sollten die Bauleute im Innern des Schachts an einer versteckten Stelle Kreuzzeichen einmeißeln. Sie würden auf die Judenfrauen, die sich zur rituellen Reinigung begäben, die gleiche unheilvolle Wirkung wie die Scherben der Unglücksglocke haben.

Die Bauleute waren dankbar für diesen Rat, der sie aus ihrer Schuld entließ, und sie folgten den Empfehlungen des Mönchs. Bevor sie die letzte Schwelle der Eingangspforte zu dem Felsenschacht einfügten, legten sie einige Bruchstücke der zerschlagenen Glocke Osanna darunter und meißelten neben dem Eingang in eine dunkle Nische der Innenwand drei christliche Kreuze.

*

Schon bei der feierlichen Einweihung der Mikwe zeigte sich die Wirkung des durch die Glockenscherben und die eingemeißelten Kreuze geschaffenen Bannkreises. Rabbi Mose ben Baruch, der seit über dreißig Jahren geistliches Oberhaupt der Friedberger Judengemeinde war, sprach an der obersten Treppenstufe das Dankgebet für Isaak ben Nathans großherzige Stiftung, die den Bau der Mikwe ermöglicht hatte, und erbat den Segen Gottes auf die geheiligte Stätte. Beim Hinausgehen stieß er mit dem Kopf gegen eine der steinernen Wandkonsolen und zog sich eine stark blutende Wunde zu. Und die erste Jüdin, die einen Tag nach der Einweihung das Tauchbad benutzen wollte, stürzte von oben elf Stufen bis zum ersten Absatz hinunter.

In den folgenden Jahren und Jahrzehnten muß es im Friedberger Kalten Bad eine Reihe von Unglücksfällen gegeben haben. Anders ist es nicht zu erklären, daß fast ein Jahrhundert lang, von etwa 1430 bis 1520, die Mikwe nicht benutzt werden durfte und sich die Judenfrauen zum Reinigungsritual wieder nach Nauheim begeben mußten. Auch danach gab es immer wieder Unterbrechungen im Badebetrieb, manchmal über einige Wochen oder Monate hinweg, manchmal über Jahre. Am baulichen Zustand der Mikwe kann es nicht gelegen haben, er war über die ganze Zeit ausgezeichnet und die Absicherungen gegen den Einsturz des Gesteins und gegen Wassereinbrüche hielten hervorragend. Erst 630 Jahre später, im Jahr 1903, mußte der Felsenschacht renoviert werden.

Genauso ungeklärt sind auch die Gründe, weshalb der Felsenschacht Anfang des 19. Jahrhunderts für rituelle Zwecke geschlossen und nie wieder eröffnet wurde, obwohl in Friedberg bis zur Vertreibung durch die Nazis noch immer eine große Judengemeinde lebte. Bauliche Mängel können für die Einstellung des Badebetriebs, wie gesagt, nicht den Ausschlag gegeben haben. Denn der Schacht durfte, nachdem die Jüdinnen nicht mehr das Bad benutzten, dennoch von jedermann besichtigt werden, und man konnte jederzeit den beschwerlichen Weg die zweiundsiebzig Stufen hinunter bis zum Grundwasserspiegel machen. Auch der Hinweis, daß im Vorhof der Synagoge ein Ersatzbad mit Regenwasser geschaffen wurde, damit den Frauen der gefährliche Abstieg erspart bliebe, ist nur eine schwache Begründung. Provisorien dieser Art bestanden immer nur kurzzeitig, denn sie entsprachen nicht der strengen mosaischen Vorschrift, nach der das Untertauchen der Frauen in »lebendigem« Wasser erfolgen müsse, also in Fluß-, Quell- oder fließendem Grundwasser. Weswegen die Friedberger Mikwe endgültig geschlossen wurde, bleibt also ein Rätsel.

*

Zurück zu den Anfängen. Eine Reihe unheilvoller Ereignisse und Merkwürdigkeiten rund um die Friedberger Mikwe sind uns überliefert, und es besteht kein Anlaß, an ihrer Richtigkeit zu zweifeln. Immer wieder rutschten Frauen beim Untertauchen von der vorgebauten Steinplatte ab, und manche ertranken sogar. Das Grundwasser steht in der Friedberger Mikwe durchschnittlich fünf Meter über der Sohle des Schachts. Wer abrutschte, geriet in der Tat in Lebensgefahr. Nicht selten stürzten Frauen auch die Treppenstufen hinunter. Gewiß war es mühsam, die hohen glatten Stufen ins Bad hinunterzusteigen und darum kein Wunder, wenn Frauen ausglitten und zu Schaden kamen. Sonderbar und unerklärlich ist es dennoch, wie viele dabei in den Tod stürzten. Alle, die schriftlich oder mündlich über die Unglücksfälle in dem Kalten Bad berichten, betonen diesen Umstand.

Auch das folgende Ereignis verdient im Zusammenhang mit dem Mysterium um das Judenbad besondere Aufmerksamkeit. Im Jahr 1588 starb in Friedberg Rabbi Chaim ben Bezalel, der Bruder des berühmten Rabbi Löw ben Bezalel, des »Hohen Rabbi Löw« in Prag. Er war zu seiner Zeit ein bedeutender Gelehrter, ein exzellenter Kenner der Kabbala und ein wortgewandter Prediger. In Friedberg hatte er auch eine Jeschiwe, eine jüdische Hochschule gegründet, was die große Bedeutung der damaligen Gemeinde bezeugt. Ausgerechnet bei der Trauerrede für eine junge, noch unverheiratete Jüdin, die in der Mikwe ertrunken war, traf Rabbi Chaim ben Bezalel der Schlag.

Sonderbar ist auch der Fall der Jente von Hanau, der Frau eines jüdischen Metzgers Ende des 17. Jahrhunderts. Sie hatte nach der Geburt ihres ersten Kindes das vorgeschriebene rituelle Tauchbad genommen. (Jüdische Frauen sind nicht nur nach ihrer Menstruation verpflichtet, sich rituell zu reinigen, sondern auch nach der Geburt eines Kindes und am Tag vor der Eheschließung.) Dann war Jente wieder die zweiundsiebzig Stufen hinaufgeklettert, hatte sich angezogen und war auf die Straße getreten. In diesem Augenblick wurde sie von einem Veitstanz geschüttelt, zuckte am ganzen Körper, schlug um sich und schrie gellend. Man brachte sie nach Hause, wikkelte sie in feucht-heiße Tücher, flößte ihr heiße Mixturen ein, verbrannte unter ihrem Bett Kräuterwurzeln gegen böse Geister und betete ohne Unterlaß. Nichts half. Ihr Zustand verschlechterte sich schnell, und zwei Tage später war sie tot. Hätte man gewußt oder auch nur geahnt, daß mit Glockenscherben ein Bannkreis um die Mikwe gezogen war, dann hätten den Anverwandten und besonders dem berühmten Wunderheiler Simon ben Abaji aus der benachbarten Gemeinde Forst-Rosbach, den man eilends an Jentes Krankenlager geholt hatte, viel wirkungsvollere Mittel zur Austreibung böser Geister zur Verfügung gestanden, und Jente wäre vielleicht zu retten gewesen.

Ähnliche Fälle von plötzlicher Erkrankung nach dem Besuch des Tauchbades sollen sich öfter zugetragen haben. Meist erholten sich die Frauen jedoch wieder. Üblicherweise glaubten die im jüdischen Zauberwesen Bewanderten, böse Geister seien in die Frauen gefahren, und ließen Geisteraustreiber, die es bei den Juden genauso zahlreich wie bei den Christen gab, gegen diese Geister zu Werke gehen.

Ungeklärt blieb in den neunziger Jahre des 18. Jahrhunderts auch der Fall der Mate, Frau des gelehrten Schloime ben Jakob und Tochter des Rabbi Jehuda. Sie soll eine tiefreligiöse Frau gewesen sein. Wie üblich, ging sie am Abend nach ihrer Regel zur rituellen Reinigung in die Mikwe – und kam nicht mehr nach Hause. Sie blieb verschwunden, alle Fahndungen nach ihr waren vergeblich. Es läßt sich nicht mehr überprüfen, ob an der Behauptung eines Friedberger Geldwechslers etwas Wahres ist, ihm sei kurz nach dem Verschwinden der Mate bei einem Besuch in der Judengasse in Frankfurt eine Frau aufgefallen, die ihr täuschend ähnlich gesehen habe. Die

Frau sei, als sie sich von ihm beobachtet fühlte, schnell in einen dunklen Hausgang geflüchtet.

Als ich von dem Schicksal der Mate erfuhr, wurde ich neugierig. Sie konnte sich nicht einfach in Luft aufgelöst haben, das brachten auch Glockenscherben und Christenkreuze nicht zuwege. Entweder war sie einem Verbrechen zum Opfer gefallen oder sie wollte Friedberg unbemerkt verlassen. Da ihre Leiche nie gefunden wurde, ist sie vielleicht doch aus Friedberg geflohen und in der Frankfurter Judengasse untergeschlüpft. Ich wollte einmal versuchen, ob die Hintergründe dieses Falls sich recherchieren ließen.

Wie ich in Friedberg herausfand, war Mate bis zu ihrem Verschwinden bereits fünf Jahre mit Schloime ben Jakob verheiratet gewesen, hatte ihm aber noch kein Kind geboren. Er soll ihr deswegen heftige Vorwürfe gemacht und sogar angedroht haben, einen Scheidebrief an den Ältestenrat zu richten.

Meine Nachforschungen in Frankfurt ergaben, daß immer wieder Männer und Frauen von außerhalb der Stadt versuchten, in der Judengasse unterzutauchen, obwohl strenge Bestimmungen des Magistrats jeden Zuzug verboten. Dennoch gelang es dem einen oder anderen sich im Gedränge und Durcheinander von rund dreitausend Juden, die dort lebten, unsichtbar zu machen.

Ich erfuhr von einer gewissen Mate, die etwa zu dieser Zeit im Haus des Moses Speyer als Dienstmagd angestellt war. Sie brachte die Familie in Schwierigkeiten, als herauskam, daß sie zu ihrer Herkunft und ihrem Geburtsnamen falsche Angaben gemacht hatte. Bei solchen Verstößen der Dienstboten, zogen die städtischen Behörden auch den Familienvorstand zur Rechenschaft. Doch auch dieser Hinweis war weiter nicht verwertbar, denn mit der Überstellung der Dienstmagd an die Polizei ging ihre Spur verloren. Allerdings war Mate zu dieser Zeit ein beliebter jüdischer Vorname, und es wird weiß Gott mehr als eine unverheiratete Frau in der Frankfurter Judengasse den gleichen Vornamen getragen haben, so daß sich nicht nachweisen läßt, ob die Dienstmagd des Moses Speyer identisch mit der verschwundenen Friedberger Mate war. Das Verschwinden der Frau des Schloime ben Jakob läßt sich nicht mehr nachvollziehen und bleibt wohl für immer ein Rätsel, das sich in die lange Kette von Merkwürdigkeiten einreiht, die bei der Friedberger Mikwe ihren Ausgang nehmen.

*

Mysteriös war Ende des 18. Jahrhunderts, als das Tauchbad noch rituellen Zwecken diente, auch der Fund einer männlichen Leiche auf dem Grund des Schachts. Es konnte nie geklärt werden, wer der Tote war, wie er sich Zugang zu dem Judenbad verschafft hatte, und warum er seinem Leben ein Ende setzte. Alles deutete darauf hin, daß er freiwillig aus dem Leben geschieden war.

Diesen Freitod im Badeschacht übermittelte ein jüdischer Lehrer und Gemeindeschreiber der Nachwelt. Der Schriftsteller Manfred Hausmann muß den rätselhaften Fall und auch das spurlose Verschwinden von Schloime ben Jakobs Frau gekannt haben. In seinem 1929 erschienenen Roman *Salut gen Himmel* machte er das Friedberger Judenbad zum Schauplatz eines erregenden Geschehens. Geschickt und spannungsvoll verbindet er die wesentlichen Elemente der beiden unaufgeklärten Fälle miteinander. Aus dem toten Mann macht er einen nichtjüdischen Studenten, der in der Mikwe versucht, sich das Leben zu nehmen, und aus Mate wird Maacha, dessen Braut, die spurlos verschwindet.

*

Weniger mysteriös, eher tragikomisch ist ein Zwischenfall, der sich in der Mikwe ereignete und von dem Chronisten und Geschichtenschreiber namens Mayer Hirsch überliefert wurde. Er trug sich ebenfalls um die Wende zum 19. Jahrhundert zu.

In der gleichen Wohnung im Vorderhaus der Judengasse 20, in der heute die Beschließerin der Mikwe wohnt und für ein kleines Entgelt zu bestimmten Zeiten Neugierige in den Felsenschacht hinunterführt, wohnten früher stets die von der Judengemeinde beauftragten Mikwefrauen mit ihren Familien. Sie waren für die korrekte Ausübung der rituellen Reinigung verantwortlich, weshalb sie mit jeder Judenfrau bis auf den Grundwasserspiegel hinuntersteigen mußten. Bei Anbruch der Dämmerung gingen sie mit einer Glocke durch die Judengasse und läuteten. Daraufhin mußten sich alle Männer in die Häuser zurückziehen und die Läden der Fenster, die auf den Innenhof des Bades hinausgingen, schließen. Die Frauen, die in das Bad gingen, sollten nicht gesehen werden.

Eines späten Abends bemerkte die Mikwefrau, von der der Chronist Mayer Hirsch berichtet, daß der Schlüssel für die Tür zum Badeschacht nicht an seinem gewohnten Platz hing. Sie dachte, sie müsse ihn versehentlich steckengelassen haben und ging nachsehen. Doch er steckte nicht im Schloß. Zu ihrer Überraschung entdeckte sie aber, daß die Tür nicht verschlossen war. Sie erschrak, denn sie hatte noch nie vergessen, die Tür abzuschließen. Noch größer wurde ihr Schreck, als sie hinter der Tür Flüstern hörte. Sie preßte das Ohr ans Schlüsselloch und vernahm deutlich das Gemurmel von mindestens zwei Stimmen. Verstört lief die Beschließerin zurück ins Haus und alarmierte ihren Mann. Obwohl nicht mehr einer der Jüngsten und recht beleibt, weswegen er nicht sehr wendig war, hatte ihn der Vorstand der Judengemeinde mit Billigung der Stadtverwaltung zu so etwas wie einem Hilfspolizisten im jüdischen Wohnbereich gemacht. Deshalb trug er auch immer einen mit bunten Biesen besetzten Rock, der einer Uniform ähnlich sah. Er war also der richtige Mann, um gegen das unbefugte Eindringen von Fremden in der Mikwe einzuschreiten.

Der Gemeindebeamte griff sich einen Säbel und einen mutigen jungen Mann, der im selben Haus wohnte, und schlich mit ihm über den Hof. In gebührendem Abstand folgte die Frau. Sie trug eine Öllampe, mit der sie ansonsten den Jüdinnen auf dem Weg hinunter zum »fließenden Wasser« leuchtete.

Der Ordnungshüter der Judengasse riß die Tür auf und schrie in den Schacht hinunter: »Wer ist da unten? Heraus mit euch! Ergebt euch, wenn euch euer Leben lieb ist!« Das war ein erstaunlich mutiges Vorgehen, er wußte ja nicht, welche Bösewichte sich in dem Schacht versteckt hielten und was sie Schlimmes vorhatten.

Ein Fluch, der erschrockene Aufschrei einer Frau und ein leise zitterndes Echo aus der Tiefe waren die Antwort.

»Herauskommen! Auf der Stelle!« rief noch einmal der beleibte Hilfspolizist und stocherte mit dem Säbel in die Schwärze der offenen Tür.

Inzwischen war auch seine Frau etwas näher herangekommen und hielt die Lampe in den Eingang zu dem finsteren Schacht. Auch der junge Mann hatte sich vorsichtig genähert und starrte mit vorgerecktem Kopf in das schwarze Loch. Nichts rührte sich, niemand war zu sehen. Gleich hinter der Eingangsnische steht eine Säule, hinter der der Gang einen scharfen Knick nach rechts macht, bevor es die steinernen Stufen hinuntergeht. Es dauerte eine ganze Weile, bis zögernde, schlurfende Schritte zu hören waren.

Um sich Mut zu machen, rief der tapfere Säbelträger noch einmal: »Heraus mit euch! Ergebt euch!«

Nun war endlich hinter der Säule eine klägliche Frauenstimme zu vernehmen: »Wir kommen ja schon, tut uns nichts!«

Die Köpfe der drei, die aussahen, als seien sie auf einer waagerechten Schnur aufgereiht, füllten den Türrahmen. Die

Lampe baumelte am ausgestreckten Arm der Mikwefrau hin und her.

Plötzlich schrie die Beschließerin auf, wankte und drohte in Ohnmacht zu fallen. Der junge Mann hielt sie fest. Hinter der Säule tauchte zögernd und mit ängstlichem Blick Esther auf, ihre Tochter, und neben ihr ein junger Mann, an den Esther sich klammerte. Es war Afrom Guntzenhausen aus Schwalheim, einem Ort nahe Friedberg. Er hatte als Geselle bei dem Friedberger Bäckermeister Hirsch Fürth in der Judengasse gegenüber der Mikwe gearbeitet. Vor einigen Monaten war er in eine Schlägerei zwischen Schwalheimer und Dorheimer Bauernburschen geraten, bei der einer der Burschen schwer verletzt wurde und wenige Tage später starb. Die Behörde lastete Afrom dessen Tod an, die Polizei fahndete nach ihm. Afrom flüchtete und es ging das Gerücht um, er habe sich einer Räuberbande angeschlossen.

Die Mutter wußte, daß ihre Tochter den Bäckerburschen gern hatte. Er wäre auch kein schlechter Bräutigam für Esther gewesen, aber seit der Bocher von der Polizei gesucht wurde und auf der Flucht war, hatten die Eltern ihr streng untersagt, sich wieder mit ihm zu treffen. Doch die beiden liebten sich und hielten sich nicht an das Verbot.

Die Mutter ahnte nicht, daß Afrom trotz der großen Gefahr, der er sich dabei aussetzte, nachts öfter heimlich nach Friedberg kam. Er schlüpfte beim Lehrer Aron Süßkind unter, der Esther verständigte. Sie nahm dann unbemerkt den Schlüssel zum Badeschacht und schloß die Tür auf. Afrom kletterte über die Mauer in den Innenhof und versteckte sich im Felsenschacht. Kurz darauf schlich auch Esther dorthin, nicht ohne eine warme Decke mitzubringen, denn in dem Schacht war es kalt wie in einem Eiskeller. Wenn es hell wurde, verschwand Afrom wieder auf dem gleichen Weg, auf dem er gekommen war. Esther klemmte sich die Decke unter den Arm, schlich vorsichtig über den Hof und hängte den

Schlüssel wieder an seinen Platz. Das war bisher immer gutgegangen.

Außer sich vor Wut, zerrte der Ordnungshüter der Judengasse seine Tochter aus dem Schacht und schüttelte sie so stark, als wolle er reife Birnen vom Baum schütteln. Die Mutter jammerte: »O Gott, welche Schande hast du über unsere Familie gebracht! Mit einem steckbrieflich gesuchten Totschläger hast du dich eingelassen! Und dann hast du auch noch eine heilige Stätte entweiht!«

»Wir haben nichts entweiht. Und Afrom ist kein Totschläger!« verteidigte Esther ihren Geliebten unter Tränen. »Er ist unschuldig.«

»Schweig!« schrie die Mutter.

»Unschuldig?« zischte der Vater. »Das wird sich herausstellen.«

In dem Durcheinander versuchte Afrom zu entwischen. Die Mikwefrau packte ihn aber am Arm, stieß ihn in den Felsenschacht zurück und schlug die Eingangstür zu. Sie entriß ihrer Tochter den Schlüssel und verschloß schnell die Tür. Afrom war gefangen.

Der Ordnungshüter mußte unverzüglich dem Polizeikommandanten der Stadt den Fang eines Gewalttäters melden. Sein Amt verpflichtete ihn dazu. Die ganze Judengemeinde wäre in große Schwierigkeiten geraten, wenn er Afrom laufen gelassen hätte und das in der Stadt bekannt geworden wäre. Außerdem wollte er damit verhindern, daß sich seine Tochter in ihrer Unvernunft weiterhin mit Afrom treffen konnte.

Zwei Polizisten holten den Delinquenten in der Mikwe ab und sperrten ihn in die Arrestzelle der Stadtpolizei. Afrom aber wollte nicht warten, bis er dem hohen Richter zur Vernehmung vorgeführt würde. Er wußte, was ihm blühte, wenn er schuldig gesprochen würde, im ungünstigsten Fall der Strick. Am zweiten Tag nach seiner Gefangennahme brach er aus. Ob Esther ihre Hand im Spiel hatte, oder wie es ihm sonst gelang, ohne Anwendung von Gewalt aus seiner Zelle zu fliehen, blieb ein Rätsel. Afroms Flucht erregte einiges Aufsehen, aber bald ging man wieder zur Tagesordnung über.

Nach einiger Zeit stellte sich durch einen Zufall Afroms Unschuld heraus. Die an der Schlägerei beteiligten Bauernburschen aus Schwalheim bekamen untereinander Streit und einer verriet, wer in Wahrheit den Dorheimer Müllergesellen totgeschlagen hatte. Afrom stellte sich der Polizei, erhielt wegen des Ausbruchs aus der Arrestzelle einige Monate Kerkerhaft und konnte danach Esther wieder in die Arme schließen. Die Mikwefrau und ihr Mann ließen sich erweichen und gaben zur Heirat ihren Segen.

Die Brautleute konnten jedoch nicht verhindern, daß der Badchen, der Spaßmacher, der auf keiner jüdischen Hochzeit fehlen darf, während des Festes aus dem Stegreif den Knüttelvers vortrug:

Nu sog mir, Afrom, du narischer Chossn,
wos hostu in frostiger Mikwe gemacht,
as Esther, die Kalle, dich hot aijngelossn
in kalter, pechfinsterer Nacht?
Du schwajigst as a Tojter? Nu, so mecht ich es sogn:
Nischt zu dawenen dort. – Doch zu wos un farwos?
Sich zu kuschen mit saijner herzlibinken Esther.
Holt geholt sich dabei a kaltige Nos.

Der Spottname Familie Kaltnos blieb ihnen über viele Jahre erhalten.

*

Die Affäre um eine gewisse Rahel Posen, die Tochter eines angesehenen Mitglieds des Gemeinderats, erregte im Jahr 1805 Aufsehen. Auch diese Begebenheit hat der Chronist Mayer Hirsch aufgezeichnet.

Rahel war, obwohl bereits siebzehn Jahre alt, noch nicht verheiratet. Eines Tages erschien sie bei dem Pfarrer der Friedberger Liebfrauenkirche und erklärte, sie wolle zum christlichen Glauben übertreten und von ihm die Taufe erhalten.

Verwundert fragte der Pfarrer, der Rahel gut kannte: »Wie bist du zu diesem Entschluß gekommen? Was ist der Grund?«

»Muß ich es sagen, wenn ich die Taufe erhalten will?« fragte Rahel verlegen.

»Du mußt nicht.«

»Dann laß ich es«, sagte sie erleichtert.

»Wie du willst.« Der Pfarrer machte eine Pause. »Weiß dein Vater von deinem Vorhaben?«

»Er weiß von nichts, Herr Pfarrer. Es ist allein mein Entschluß.«

Der Geistliche gehörte nicht zu den klerikalen Eiferern, die jede Missionierung als einen Sieg des Christentums feierten. Zudem schätzte er Isaak Posen, den Vater Rahels, als einen besonnenen und toleranten Kaufmann. Darum gab er Rahel den dringenden Rat, vor der Taufe doch mit dem Vater zu reden.

»Das werde ich nicht tun«, gab Rahel zur Antwort, »denn ich weiß genau, wie er sich verhalten wird.«

»Das weißt du? Woher?«

»Er wird ein großes Geschrei anheben.«

»Das wird er auch danach«, bemerkte der Pfarrer.

»Ich weiß, und ich bin auch sehr traurig darüber. Vater und Mutter tun mir leid. Aber ich habe mich entschieden, und dabei bleibe ich.« Fast verzweifelt fügte sie hinzu: »Es geht nicht mehr anders.«

Ein solches Verhalten war ganz und gar ungewöhnlich für ein jüdisches Mädchen und dem Pfarrer in seiner langjährigen Tätigkeit als Seelsorger noch nicht vorgekommen. Er grübelte, was Rahel veranlaßt haben könnte, auf diese Weise aus ihrer festgefügten Tradition und damit aus ihrer Familie und ihrer Glaubensgemeinschaft auszubrechen. Er spürte, daß dieser schwerwiegende Schritt keine Marotte einer Halbwüchsigen war.

Der Pfarrer wußte, welch ein Skandal entstünde, wenn er die Taufe gegen den Willen der Eltern zu vollziehen hätte. So versuchte er Zeit zu gewinnen. »Ich mache dir einen Vorschlag, Rahel. Du kommst in zwei Tagen wieder. Dann werden wir über den Zeitpunkt der Taufe sprechen.« Rahel war damit einverstanden.

Der Kirchenmann setzte gleich am darauffolgenden Tag Isaak Posen vom Vorhaben seiner Tochter in Kenntnis, obwohl er damit gegen Rahels Willen verstieß. Eine Lawine der Entrüstung rollte daraufhin durch die Judengasse. Es hatte seit Jahren in der Friedberger Gemeinde keinen Übertritt mehr zum christlichen Glauben gegeben. Die Juden machten die Christen für Rahels Absicht verantwortlich. Der Pfarrer der Liebfrauenkirche habe sie überredet, mit Versprechungen gekauft, ihre Minderjährigkeit mißbraucht.

Der Geistliche konnte seine redliche Absicht, einen Skandal verhindern zu wollen, wiederholen so oft er mochte, die Bewohner der Judengasse glaubten ihm nicht, schlimmer noch, sie legten seine Versicherung als Heuchelei aus. Ein Schreiber im Jüdischen Mitteilungsblatt verstieg sich zu der Behauptung, die berüchtigten Friedberger Judenschläger vergangener Jahrhunderte feierten fröhliche Urständ, die Judenhatz ginge von neuem los.

Das wiederum löste im ohnehin traditionell judenfeindlichen Friedberg eine neue Welle antijüdischer Aktionen aus. Die Fensterscheiben eines sogenannten adligen Juden, der außerhalb der Judengasse wohnen durfte, wurden eingeworfen, die Synagoge des Nachts mit Kot beschmiert, und Hepphepp-Rufe erschollen in den Straßen, wenn sich ein Jude blicken ließ.

Rahel verließ ihre Familie und bestand trotz aller Tumulte auf ihrer Taufe. Danach fand sie Anstellung und Unterkunft beim Friedberger Burggrafen. Ein Jahr später heiratete sie einen Wollwebergesellen.

Kurz darauf wurde Rahel, die den christlichen Taufnamen Elfriede angenommen hatte, von Mayer Hirsch aufgesucht. Es habe ihm keine Ruhe gelassen, so berichtet er, zu erfahren, was der wahre Grund ihres Übertritts zum christlichen Glauben gewesen sei.

»Die Mikwe war daran schuld«, erklärte Rahel dem verdutzt dreinblickenden Mayer Hirsch.

»Habe ich recht gehört, die Mikwe?« fragte er ungläubig.

»Ihr habt recht gehört.« Rahel berichtete ihm, sie habe sich bereits nach dem ersten Besuch der Mikwe fürchterlich erkältet und tagelang mit hohem Fieber im Bett gelegen. Das wiederholte sich bei jeder weiteren rituellen Reinigung, selten nur blieb sie fieberfrei. Die Eiseskälte im Schacht und vor allem des Grundwassers, in das sie jeden Monat dreimal bis über den Kopf eintauchen mußte, setzten ihr derart zu, daß sie bereits beim Gedanken an das nächste Bad einen Schüttelfrost bekam. Jeder Besuch in der Mikwe wurde zu einer unerträglichen Qual. Eines Tages habe sie versucht, mit der Mutter darüber zu reden, die auch noch regelmäßig das Kalte Bad aufsuche. Aber sie sei bei ihr auf völliges Unverständnis für ihre Nöte gestoßen. Schließlich habe sie sich eine schwere Lungenentzündung zugezogen und sei lange Zeit dem Tod näher gewesen als der Genesung. In dieser Zeit habe sie, ohne daß sie vorher mit jemandem gesprochen hätte, den Entschluß gefaßt, sich den Pflichten der rituellen Reinigung zu entziehen, auch wenn Vater und Mutter und niemand in der Gemeinde Verständnis für ihren Schritt aufbringen würden. Sie war sich sicher, wenn sie das mosaische Gebot weiter befolgen würde, bedeutete das unweigerlich ihren Tod.

»So war es und nicht anders. Niemand hat mich überredet. Das ist die Wahrheit. Das ist alles, was ich Euch dazu sagen kann.« Ruckartig wandte sie den Kopf ab. »Und fragt bitte nicht, wie ich mich jetzt fühle.« Sie stand auf und deutete damit an, as Gespräch sei zu Ende. Der Geschichtenschreiber konnte nicht anders, er mußte sich verabschieden. Seine Aufzeichnungen enden mit der Frage: Was Rahel mit dem letzten Satz wohl gemeint hat, ›Fragt bitte nicht, wie ich mich jetzt fühle‹?

*

Einige Jahre nachdem der Gemeindevorstand Anfang des 19. Jahrhunderts die Schließung der Mikwe verfügt hatte, kaufte sie ein christlicher Friedberger Metzger. Er benutzte sie viele Jahre als Kühlhaus.

*

Was alles mag in dem Felsenschacht und in dem mit den Glockenscherben und Kreuzeszeichen gezogenen Bannkreis geschehen sein, was niemand aufgezeichnet, niemand der Nachwelt erhalten hat?

Erhalten aber blieb über die Jahrhunderte der Eindruck der Düsterheit, des Unheimlichen, ja, des Grauens, den die Friedberger Mikwe ausstrahlt. Als die ersten Postkutschen regelmäßig verkehrten, nahmen viele Friedberger Jüdinnen lieber den Weg nach Nauheim oder gar nach Frankfurt auf sich, statt in das heimatliche Kalte Bad hinabzusteigen.

Leider sind die Memorbücher, die von den Judengemeinden stets gewissenhaft geführten Personalbücher ihrer Mitglieder, den christlichen Kirchenbüchern vergleichbar, und auch die Eintragungsbücher der jüdischen Beerdigungsbruderschaft seit 1938 verschollen, wahrscheinlich von den nationalsozialistischen Synagogenstürmern vernichtet worden. Sie hätten noch weit mehr Aufschlüsse über ungewöhnliche

Ereignisse im Zusammenhang mit der Mikwe geben können. Trotzdem wurden noch eine Reihe anderer kurioser Dinge rund um das Kalte Bad überliefert, die als Hinweise auf die seit Jahrhunderten wirkenden Glockenscherben und Kreuze gedeutet werden können.

Da ist zunächst der in keinem Dokument begründete Beschluß des jüdischen Gemeinderats, die Mikwe zu schließen, obwohl zu dieser Zeit keinerlei bauliche Mängel bestanden. Das allein ist erstaunlich genug. Völlig unverständlich, ja mysteriös ist dagegen, daß eine so bedeutende Judengemeinde wie die Friedberger, die um die Wende zum 19. Jahrhundert noch 470 Mitglieder zählte, ihre Mikwe vergessen konnte. Einfach vergessen.

Fünfzehn Jahre nachdem die Mikwe geschlossen war, verfügte die Administration der französischen Revolutionsarmeen in den von ihnen besetzten deutschen Gebieten die Öffnung der Gettos. Auch in Friedberg wurde das Getto geöffnet, und die Stadtverwaltung hängte ein Emailschild an das Haus Judengasse 20, hinter dem sich die nunmehr zum Kühlhaus eines Metzgers umfunktionierte Mikwe befand. Das Schild trug die Inschrift »Römisches Bad«. Niemand störte das, auch die Friedberger Juden nicht. Das Emailschild war kein übler Scherz und kein »Irrtum« eines subalternen städtischen Beamten oder gar eines Privatmannes, dem nunmehr das Haus gehörte. Selbst in den offiziellen Friedberger Chroniken des 19. Jahrhunderts wird die einstige Mikwe als »Römisches Bad« bezeichnet.

Doch nicht genug damit. Um 1815 hielt es ein deutscher Reiseschriftsteller und verfrühter Neuklassiker namens Johann Isaak Freiherr von Gerning für besonders originell, das angeblich antike Römerbad in der Hauptstadt der Wetterau in einer Ode zu besingen. Eine solche Ehre ist wohl keinem anderen Judenbad in der ganzen Welt zuteil geworden.

Aber das Merkwürdigste und Unverständlichste bleibt bei

alledem doch das Schweigen der Judengemeinde. In keinem Dokument, in keiner Verlautbarung fand ich einen Protest oder wenigstens eine Richtigstellung dieser Umbenennung. Kein Aufschrei beim Anbringen des Emailschildes wurde laut, keine Korrektur der Friedberger Chronik und kein höhnischer Kommentar zum Abdruck des Gerningschen Gedichts im Allgemeinen Friedberger Wochenblatt waren zu lesen.

Über ein halbes Jahrhundert hing das Schild mit der Inschrift »Römisches Bad« an dem Haus. Dann endlich wurde man auf den Irrtum aufmerksam. Die Stadtverwaltung entfernte das Schild etwa um 1870, konnte sich aber nicht dazu entschließen, die Mikwe nunmehr als das zu benennen, was sie einmal gewesen war, ein jüdisches Ritual- oder Tauchbad, kurz ein Judenbad. Das schien ihr in der Wetterau, einem der Zentren der Judenhetze in Deutschland, nicht angezeigt.

Die findigen Stadtväter mogelten sich geschickt aus diesem Dilemma heraus. Sie mochten gedacht haben, daß ein vor über sechshundert Jahren durch den Basaltfelsen zum Grundwasser gebrochener Schacht, den seit seiner Fertigstellung abertausende Jüdinnen hinunter- und wieder hinaufgestiegen waren, von oben bis unten voller Geschichte ist und somit als »Historisches Bad« bezeichnet werden könnte. Damit hatte man die unbeliebte Bezeichnung Judenbad umgangen. Gedacht, getan, und das städtische Bauamt ersetzte das alte Schild durch ein neues, auf dem geschrieben stand: »Historisches Bad«.

Die Friedberger Juden, die schon zum »Römischen Bad« geschwiegen hatten, schwiegen auch jetzt wieder. Dieses Schild zierte das Haus in der Judengasse 20 bis nach dem Zweiten Weltkrieg.

*

1903 hatte der Friedberger Architekt und Baumeister Hubert Kratz den Auftrag erhalten, das alte, baufällig gewordene Eingangshäuschen vor und über dem Tauchbad abzureißen und ein neues zu errichten sowie innerhalb des Felsenschachts umfangreiche Renovierungsarbeiten vorzunehmen. Dabei mußten seine Bauarbeiter auch die Schwelle des Eingangs zum Badeschacht aufheben und fanden darunter die im Jahr 1260 vergrabenen Teile der Unglücksglocke Osanna. Und es gab für ihn eine weitere Überraschung. Er fand die in einer dunklen Nische neben der Eingangspforte eingemeißelten drei Kreuze.

Baumeister Kratz wußte mit den Glockenscherben nichts anzufangen, ahnte aber, daß sie nicht zufällig unter die Steinschwelle geraten waren. Auch die drei Kreuze – christliche Kreuze in einem jüdischen Sakralbau! – wußte er sich nicht zu erklären. Er zog den Historiker und Heimatforscher Professor Emil Hirsch ins Vertrauen und zu Rate. Der Professor, ein Christ, hatte Aufsätze über Zaubermittel und Zauberzeichen geschrieben und war besonders mit der magischen Bedeutung von Glocken und Glockenscherben vertraut. Er wußte auch genau zwischen weißer und schwarzer Magie zu unterscheiden.

Baumeister und Professor beratschlagten und waren sich schnell einig, was zu tun sei. Auf keinen Fall sollte das Auffinden der Scherben und Kreuzzeichen in der Öffentlichkeit bekannt werden. Das würde peinliches Aufsehen und großen Ärger bereiten. Also mußte beides verschwinden. Bei den Kreuzzeichen war das keine Schwierigkeit. Der Professor empfahl kurzerhand, die Nische mit den Kreuzen zuzumauern. Das tat der Baumeister auch.

Bei den Glockenscherben ergab sich keine so einfache Lösung. Ahnungslos über die Absicht ihres Chefs, hatten die Bauarbeiter bereits einige aufgefundene Scherben herumgezeigt. So war der Fund auch dem Leiter des Friedberger Heimatmuseums zur Kenntnis gekommen, und der hatte sofort großes Interesse gezeigt. Damit aber war das Vorhaben von Emil Hirsch und Baumeister Kratz zunichte gemacht.

Der Museumsleiter nahm die Scherben an sich und stellte sie im Museum in einer Vitrine aus, wo sie noch heute zu sehen sind. Er tat noch ein übriges und zog ebenfalls den Heimatforscher Emil Hirsch zu Rate, um Näheres über die Bedeutung der Glockenscherben zu erfahren. Und nun, so schient es, kamen dem Professor seltsame Zweifel über die wahre Bedeutung der Scherben. Es sei sowohl eine positive als auch eine negative Erklärung denkbar, gab er zögernd zur Antwort. Der Museumsleiter wollte das genauer wissen und forderte ihn auf, eine Expertise anzufertigen, welche Bewandtnis es in diesem Fall mit den Scherben habe.

Das Forschungsergebnis von Professor Hirsch war, wohlwollend formuliert, erstaunlich. Die umfangreiche Untersuchung endete mit der Feststellung, bei den Glockenscherben unter der Eingangspforte zur Mikwe habe es sich um einen Wetterzauber oder auch Feuerzauber gehandelt. Sie seien zur Abwehr von Feuergefahr eingemauert worden.

Das ist eine sehr kühne Behauptung. Ich kenne keinen einzigen Fall, in dem Juden christlichen Schutz vor Feuer oder Blitzschlag gewünscht hätten. Im Gegenteil, in der jüdischen Literatur wird wiederholt darauf hingewiesen, Glocken seien rein christliche Sakralgegenstände und hätten mit mosaischem Glauben und mosaischer Liturgie nichts zu tun, ihre Benutzung sei darum streng abzulehnen. Glokken gereichten Juden weder als Ganzes noch als Bruchstücke zum Segen. Ein gewisser Rabbi Bechai, der Jüngere, er lebte im 14. Jahrhundert, behauptete, das Läuten auf den christlichen Kirchtürmen sei von heidnischen Zauberern übernommen. Man müsse sich darum vor der finsteren Macht ihrer Töne und also auch vor den Glocken selbst hüten. Aber ganz abgesehen davon, welchen praktischen

Wert sollte ein Feuerzauber in einem von oben bis unten steinernen Felsenschacht haben, in dem nichts Brennbares vorhanden ist?

Es gibt nur eine einzige, im mosaischen Sinn gerechtfertigte Art, wie Juden ihre Wohnung, ihr Heim, ihr Haus vor Gefahren schützen: mit einer Mesusa. Das ist ein Pergamentstreifen, der in einer kleinen Hülse, meist einer Blechkapsel, eingelegt und am rechten Türpfosten befestigt wird. Der Pergamentstreifen enthält die Verse aus dem 5. Buch Moses: »Es sollen die Worte, die ich gebiete, in deinem Herzen sein ... und du sollst sie schreiben auf die Pfosten deines Hauses und an deine Tore.«

Auch dem Museumsleiter muß die Expertise suspekt gewesen sein. Anders ist nicht zu verstehen, weshalb sie nicht veröffentlicht wurde. Erst zwanzig Jahre später, 1926, erschien sie in einer Heidelberger Zeitschrift. Danach wurde sie wiederholt abgedruckt.

*

Seit den letzten Instandsetzungsarbeiten im Jahr 1958 ist der Felsenschacht für jedermann zugänglich. So nahm auch ich, als ich von Recha Katz' und Hanna Ehrmanns mysteriösen Stürzen vor dem Haus Judengasse 20 hörte, die Gelegenheit wahr, der Mikwe einen Besuch abzustatten. Vielleicht würde ich so ihrem Geheimnis näher kommen.

Am frühen Nachmittag, eine halbe Stunde vor der offiziellen Öffnungszeit, kam ich in Friedberg an. Ich setzte mich in die wenige Schritte entfernte Grünanlage, wo einst die Synagoge stand, die die Nazis im Pogromjahr 1938 zerstörten und an die nur noch ein Gedenkstein erinnert. Meine Gedanken und Empfindungen kreisten um das Mysterium der Mikwe. Der Zweifler und der Wundergläubige in mir führten einen Disput.

»Du klärst und klärst und suchst noch immer nach Wundern«, höhnte der Zweifler, »und vergißt, daß es längst keine Glockenscherben mehr unter dem Eingang zur Mikwe gibt. Was also klärst du?«

»Es sind noch die eingemeißelten Kreuze vorhanden, auch wenn sie zugemauert sind«, rechtfertigte sich der Wundergläubige.

»Kreuze! Traust du ihnen heute noch Zauberkraft zu? Im 20. Jahrhundert?«

»Ich bin mir nicht sicher. Ist Zauberkraft denn vergänglich?«

»Sie ist es«, sagte der Zweifler. »An was du denkst, das sind Spintisierereien. Und die haben keinen Platz mehr im Computerzeitalter.«

»Und was ist deine Erklärung zu den Stürzen von Recha Katz und Hanna Ehrmann?«

»Sie sind gestolpert und hingefallen. Schau dir einmal das hundsmiserabel schlechte Pflaster in der Gasse an. Ist es da ein Wunder, wenn jemand stolpert und hinschlägt?«

»Aber ausgerechnet vor der Mikwe!«

»Reiner Zufall.«

»Zufall? Du machst es dir einfach. Was ist Zufall?«

»Jedenfalls kein Mysterium.«

»Das ist keine Antwort auf meine Frage. Ich gestehe, daß ich noch immer nicht verstehe, was da geschehen ist.«

»Hör mal gut zu, mein Lieber: Dem Wundergläubigen ist alles, was er nicht versteht, ein Wunder.«

»Du wagst es also, das Unbegreifliche, Rätselhafte, was im Lauf der Jahrhunderte und bis in unser Jahrhundert in der Friedberger Mikwe und um sie herum geschehen ist, als Zufall abzutun?«

Darauf wußte der Zweifler keine Antwort.

Und die andere Stimme fuhr fort: »Wer so denkt und empfindet, ist arm dran. Ihm fehlt ein Stück Leben, ein Stück Gläubigkeit, ein Stück schöpferische, jüdische Phantasie.«

An dieser Stelle wurde der Dialog unterbrochen. Die Uhr schlug zwei, kurz darauf quietschte ein Schlüssel im Schloß und die Beschließerin der Mikwe trat auf die Straße. Ich beeilte mich, von meinem Ruheplatz in der kleinen Grünanlage zum Haus Nummer 20 zu kommen, um endlich den geheimnisvollen Felsenschacht aufsuchen zu können. War es nun ein Zufall, daß ich ausgerechnet vor der Eingangstür über einen der verflixten Basaltsteine stolperte und mich gerade noch am Türgriff festhalten konnte?

Ich blieb lange auf der oberen Stufe stehen und horchte in den Schacht hinein. Ein merkwürdiges, leise hallendes Geräusch umfing mich, als flüsterten irgendwo unentwegt Menschen miteinander. Modrige Kälte stieg von unten hoch und ließ mich erschauern. Aus einem Lichtschacht über mir sank spärliches Tageslicht in die Tiefe und malte ringsum an die Wände bizarre Schattenfiguren. Nach einer ganzen Weile erst wagte ich es, mich über das eiserne Geländer zu beugen und hinunterzuschauen. Unendlich tief unten erkannte ich eine schwarze Wasserfläche.

Bereits hier, auf der obersten der zweiundsiebzig Stufen, die den Felsenschacht hinunterführen, fühlte ich mich beklommen. Es war, als würde ich zu erstarren beginnen, und eine Schwere lastete auf mir, als säßen unsichtbare Kobolde auf meinen Schultern. Vorsichtig, mich an das Geländer klammernd, stieg ich die hohen, steinernen Stufen, die fast doppelt so hoch wie normale Stufen sind, hinab. Sie waren feucht und glitschig und rochen – ich weiß nicht, nach was. Dieser Geruch hatte nichts mit Moder zu tun. Es roch nach Geschichte, nach Geistern, nach Verfluchungen.

Auf dem langen Weg, Stufe für Stufe hinunter zum Wasserspiegel kam ich unwillkürlich ins Nachdenken. Auf diesen halsbrecherischen Weg mußten sich die Friedberger Judenfrauen jeden Monat, sommers wie winters, machen. Bereits oben in einer kleinen Kammer der Mikwefrau hatten sie sich ihrer Kleider zu entledigen. Dann schlangen sie ein weißes Leinentuch um Schultern und Hüften und schlüpften in einfache Holzpantinen. Derart spärlich bekleidet überquerten sie den offenen Hof zum Eingang in den Badeschacht, überschritten die Schwelle mit den unterlegten Glockenscherben, gingen an der dunklen Mauernische mit den eingemeißelten Christenkreuzen vorbei und stiegen die vielen hohen Stufen bis zum Grundwasser hinunter. Die Mikwefrau begleitete sie mit einer Leuchte und war strenge Zeugin dafür, daß die rituelle Reinigung auch so vorgenommen wurde, wie es das Gesetz vorschreibt. Das Rabbinat bestand auf dieser Kontrolle.

Auf der letzten Stufe, die bereits ein wenig überspült war, blieb ich stehen. Ich schloß die Augen und versuchte, mir vorzustellen, wie den Frauen zumute gewesen war, die splitternackt noch einige Stufen weiter in das eiskalte Wasser und auf die vorgebaute Steinplatte traten. Dort fand das statt, was rituelle Reinigung genannt wird. Dreimal hintereinander mußten die Bedauernswerten bis über den Scheitel untertauchen. In Friedberg, so erläuterte mir die heutige Beschließerin, hat das Grundwasser das ganze Jahr über eine Temperatur von sechs bis höchstens acht Grad. Mir fröstelte bei der Vorstellung, ich müßte selbst bis über den Scheitel in das Wasser eintauchen, weil irgendein Gesetz es mir befiehlt.

Fasziniert beobachtete ich kleine Lichtflecken, letzte Reste des Tageslichts, die auf der Oberfläche des tiefdunklen Wassers schaukelten und miteinander spielten. Da geschah etwas Wundersames. Der schwarze Firnis des Wassers wurde transparent, öffnete sich, und helle, nackte Körper nahmen Gestalt an. Es waren junge Frauen von verführerischer Schönheit. Sie erregten mich so sehr, daß ich zu frösteln vergaß. Gebannt starrte ich in die Tiefe. Die Frauen spielten mit anmutigen Bewegungen unter der Wasseroberfläche miteinander. Doch alle hatten traurig-ernste Gesichter.

Je länger ich in das Wasser schaute, desto näher kamen mir die Frauen. Ich bildete mir sogar ein, daß sie mir winkten. Betörende Gedanken und Empfindungen drängten sich in meinen Kopf. Zuerst wehrte ich mich dagegen, denn hier war keinesfalls der rechte Ort dafür, aber sie wollten nicht weichen. Schließlich gab ich meinen Empfindungen nach. Nun roch es auch nicht mehr nach Geschichte und Geistern, ein herber Geruch wie von einem geliebten Frauenkörper befand sich in der Luft. Meine Sinne hatten sich verwirrt.

Es kostete mich einige Mühe, mir mein nüchternes Vorhaben, den geheimnisumwitterten Felsenschacht zu erkunden, wieder ins Bewußtsein zu rufen. Mir mußte ein guter Geist hinunter in das geheimnisvolle Dunkel des Schachts gefolgt sein.

Verwirrt und vom Sonnenlicht geblendet verließ ich das Judenbad, ging langsam die Gasse hoch und erreichte den freien Platz an der berühmten Friedberger Burg. Dort setzte ich mich auf eine Mauer, unter der sich der Burggraben entlangzieht, um wieder in die Gegenwart zurückzufinden. Ich saß ausgerechnet an derselben Stelle, an der vor langer Zeit die Frau eines Vorsängers in der Synagoge in die Tiefe gestürzt und zu Tode gekommen war. Der Todesfall verursachte erhebliches Aufsehen in der Judengemeinde. Die Frau war kurz vorher in der Mikwe gewesen.

Die Wohltäterin

Der Saalhof, die vor über siebenhundert Jahren erbaute Kaiserpfalz des Staufenkaisers Friedrich II., ist der älteste noch bestehende Bau Frankfurts. In der östlichen Ecke und nur vom Innenhof aus zu erreichen, reckt sich ein düsterer Treppenturm in die Höhe. Er flankiert die in einem großzügigen Karree angelegte Kaiserpfalz. In der westlichen Ecke zum Main hin erhebt sich der Rententurm, in dem der Dichter Fritz von Unruh nach dem Ersten Weltkrieg einige Jahre lebte.

Vom Treppenturm aus kann man auf allen Stockwerken in den sogenannten Bernusbau gelangen, der den Saalhof zur Mainseite abschließt. In ihm ist heute das Historische Museum untergebracht. Die Wendeltreppe des Turms ist auch am hellichten Tag in ein Halbdunkel gehüllt, denn die einzige Tageslichtquelle ist ein kleines rundes Fenster unter der Dachschräge.

Irgendwann einmal im vergangenen Jahrhundert wurde der obere Teil des Turms ausgebaut, und es entstand eine kleine Wohnung mit zwei unregelmäßigen Zimmern, einer winzigen Schlafkammer, einem Alkoven ähnlich, und einer Küche. Da man beim Ausbau ein kleines Stück vom Dachgeschoß des Nachbargebäudes in die Wohnung mit einbezogen hatte, war die Anordnung der einzelnen Räume ganz ungewöhnlich. Wer das hintere Zimmer und die Schlafkammer erreichen wollte, war gezwungen, die Küche zu durchqueren. Die Wohnung war düster, und die Mieter mußten vier Stockwerke zu ihr hochklettern, oft mit einer Tasche voller Lebensmittel oder einem Eimer Briketts, und das war beileibe kein Vergnügen. Hinzu kam, daß die seltsame Wohnung im Sommer zu heiß und im Winter zu kalt war. Mit den zwei vorhandenen Kohleöfen konnte die Wohnung, rundum umgeben von Außenmauern, nicht ausreichend beheizt werden.

Der Bewohner dieser kuriosen Behausung war in den zwanziger und dreißiger Jahren ein alleinstehender, stets mürrischer, furchteinflößender alter Mann. Es schien, als habe die Verwaltung des Saalhofs lange gesucht, bis sie den passenden Mieter für diese Turmwohnung gefunden hatte. Sie hätte fürwahr keinen geeigneteren finden können. Er paßte in diese düstere und unheimliche Wohnung wie der Glöckner von Notre-Dame in seine Turmbude.

Ich weiß nicht, wie lange der alte Mann bereits dort wohnte, bis er auf die Idee kam, das hintere Zimmer und die Schlafkammer unterzuvermieten. Vielleicht wollte er sich eine kleine Nebeneinnahme verschaffen, vielleicht auch nur nicht mehr ganz allein sein. Allerdings war die Untervermietung mit einem unangenehmen Umstand verbunden. Der Untermieter mußte, um in sein Domizil zu gelangen, jedesmal die Küche des Alten durchqueren, und auch der Weg zur Toilette führte durch die Küche, denn die befand sich direkt neben der Eingangstür. Wer also würde unter diesen Umständen bereit sein, nicht nur das gespenstige Halbdunkel des hohen Treppenturms und die Gemeinschaft mit dem verdrießlichen Sonderling, sondern obendrein das Peinliche dieser örtlichen Situation in Kauf zu nehmen, nur um ein Dach über dem Kopf zu haben?

Und doch fand sich eines Tages jemand, der das alles akzeptierte und bei dem alten Mann einzog, das ebenfalls alleinstehende Fräulein Emilie Kratzenberg, eine Bekannte meiner Mutter und eine genauso schrullige Person wie der Alte. Sie legte großen Wert darauf, mit Fräulein und nicht mit Frau angesprochen zu werden. Sie arbeitete als Verkäuferin bei Knopf-Bauer, dem in Frankfurt bekanntesten und auch größten Kurzwarengeschäft. Es lag einen Katzensprung von Römerberg und Saalhof entfernt in der Bleidenstraße. Das hatte wohl auch den Ausschlag gegeben, bei dem Alten im Treppenturm des Saalhofs einzuziehen.

Emilie Kratzenberg war seit Jahrzehnten zu einem festen Bestandteil des Ladens geworden. Bereits mit vierzehn Jahren war sie als Lehrling in das Geschäft eingetreten und hatte in den folgenden vierzig Jahren nie mehr ihren Arbeitsplatz gewechselt.

Wenn wir, das waren meine Mutter, meine Schwester und ich, Fräulein Kratzenberg besuchen gingen, hin und wieder lud sie uns Sonntagnachmittags zum Kaffee ein, war das für uns Kinder ein aufregendes Ereignis. Mit Herzklopfen stapften wir die Wendeltreppe hoch, denn wir wußten, was sich in den nächsten Minuten abspielen würde. Meine Mutter drehte einen kleinen Flügelgriff in der Mitte der Haustür, und im Innern schrillte eine Glocke auf wie die eines Fahrrads. Es dauerte eine Zeit, dann hörte man über den Flur ein Schlürfen und das Aufstoßen eines Krückstocks. Der Alte, ein hagerer Mann, vornübergebeugt, mit einer speckigen, grauen Schiebermütze auf dem Kopf und einem Gesichtsausdruck, als wolle er gleich über die mittägliche Störung wettern, öffnete die Tür. Dann drehte er sich, ohne ein Wort zu sagen, sofort wieder um, und schlurfte den dunklen Gang zurück, der von einer kleinen Petroleumlampe nur schwach beleuchtet war, und verschwand in der Finsternis.

Obwohl der Alte, wie Fräulein Kratzenberg sagte, selber nie Besuch bekam, öffnete immer er die Tür. Er wollte offenbar wissen, wer in seine Behausung kam, und er verstand sich anscheinend als Zerberus seiner Turmwohnung.

Wir warteten, bis er mit einem lauten Knall seine Zimmertür hinter sich zugeworfen hatte, dann erst gingen wir den kleinen Flur entlang, der zur Küche führte. Die Küchentür war nie ganz geschlossen, sicher deshalb, damit der Alte besser mitbekam, was sich dort abspielte.

Mitten in der Küche hing an einer dicken, gedrehten Schnur ein großer, pagodenförmiger Käfig, in welchem ein grüner Papagei herumturnte. Der Käfig hing so weit von der

Decke herunter, daß selbst wir Kinder die Köpfe auf die Seite nehmen mußten, um daran vorbeizukommen. Es kam uns immer vor, als würde der Papagei eine Zirkusvorstellung geben, so überzwerch turnte er herum, alles im Zeitlupentempo. Er hängte sich mit seinem krummen Schnabel an einen der oberen Käfigdrähte und schlug seine dünnen Beine gegeneinander, als wolle er sich selbst für sein Kunststück Beifall klatschen. Oder er krallte sich an die Sitzstange und schaukelte kopfüber hin und her und schleifte dabei mit dem Schnabel auf dem Käfigboden entlang. Der Papagei, das wußten wir von Fräulein Kratzenberg, gehörte dem mürrischen Hauptmieter. Wenn man »Mach keine Faxen, Lausbub« sagte, krächzte er zurück »Mach keine Faxen, Lausbub«. Wir Kinder wagten natürlich nicht, ihn zum Sprechen zu bringen, das war allein Fräulein Kratzenbergs Vorrecht.

Mit erhobenem Zeigefinger und strengem Blick machte uns unsere Mutter noch einmal darauf aufmerksam, uns in der nächsten Stunde manierlich zu benehmen, und dann erst klopfte sie an die Tür zum Refugium ihrer Bekannten. Von drinnen hörten wir »Kommt nur herein!« Im Zimmer stand ein wuchtiger, lederner Ohrensessel, der wahrscheinlich gut hundert Jahre alt war, so abgewetzt sah er aus. Er nahm einen breiten Platz ein und stand mit der Rückenlehne zu uns. In dem Sessel, für uns noch unsichtbar, saß die Gastgeberin und wartete, bis wir alle drei um das Monstrum herumgegangen waren und sie artig begrüßt hatten. Dann sagte sie jedesmal: »Ihr müßt entschuldigen, ich war gerade eingeschlafen.« Vielleicht stimmte das, aber ich wunderte mich stets darüber, daß sie immer eingeschlafen sein sollte, wenn wir zum Kaffee kamen.

Der Ohrensessel stand mit Blickrichtung zum einzigen Fenster des Wohnraums, aber durch einen kleinen runden Tisch doch so weit von ihm entfernt, daß man im Sitzen nur den Himmel sehen konnte. Wer den einzigartigen Blick über den Main und Sachsenhausen bis hin zum Stadtwald genießen wollte, mußte dicht an das Fenster herantreten. Dorthin zu gelangen, war aber nicht so einfach. Auf der Fensterbank lag immer eine dicke, graugescheckte Katze, die jeden anfauchte, der sich ihr näherte. Erst wenn Fräulein Kratzenberg ihr streng befahl, sie solle verschwinden, sprang sie behäbig von der Fensterbank auf einen danebenstehenden Stuhl und gab den Weg zum Fenster frei. Ich wäre damals nicht verwundert gewesen, wenn dieses fauchende Ungetüm plötzlich zu sprechen angefangen oder sich in einen bösen Kobold verwandelt hätte.

Meine Erinnerung an Fräulein Kratzenberg wäre bestimmt angenehmer, wenn sie wenigstens noch ein zweites Kuchenrezept gekannt hätte. Sie konnte offenbar nur Radonkuchen backen. Jedesmal, wenn wir sie besuchten, mußten wir ihren knochentrockenen, krümeligen Radonkuchen essen, den ich nur mit mehreren Schlucken Tee hinunterbekam. Den Kuchen abzulehnen, war uns von unserer Mutter streng untersagt worden, weil sich Fräulein Kratzenberg doch so viel Mühe gemacht und den Kuchen extra für uns gebacken hatte.

Die Erste Verkäuferin von Knopf-Bauer – »die Erste« zu sein, das war für sie wie ein akademischer Grad und sie erwähnte es bei jeder passenden Gelegenheit – war untersetzt, nicht gerade dick, hatte aber betont ausladende Hüften und viel zu kurze Beine. Dennoch bewegte sie sich flink. Ihre Haare waren glatt nach hinten gekämmt und in einem Knoten zusammengefaßt. Dadurch bekam ihr Gesicht einen strengen Ausdruck, der noch durch ungewöhnlich dicke Brillengläser verstärkt wurde. Eine Schönheit war sie also nicht. Ihre helle Kommandostimme paßte nicht zu diesem Äußeren. Man hätte sie eher bei einer langen, dürren Frau vermutet. Sie trug immer nur einfache, dunkle Kleider und um den Hals ein Medaillon an einem schwarzen Bändchen.

Ich habe sie nie lachen gesehen, obwohl ihr Gesicht ab und zu Güte und sogar Wohlwollen ausstrahlen konnte. Ihr gebieterischer Ton uns Kindern gegenüber war nicht böse gemeint, er sollte erzieherisch wirken, so wie sie auch immer glaubte, uns zu Hause, wenn sie bei uns war, Zucht und Ordnung beibringen zu müssen, als ob wir nicht schon von unserer Mutter streng genug erzogen worden wären. Noch heute klingt mir ihre Aufforderung im Ohr: »Wasch dir erst einmal die Hände!« Kamen wir von draußen und baten um ein Stück Brot oder setzten uns zu Tisch oder wollten sonst irgend etwas machen, kam dieses Kommando so sicher, wie der Donner dem Blitz folgt. Das führte dazu, daß meine Schwester und ich längere Zeit im Hof ein Wasch-dir-die-Hände-Spiel spielten, in das wir auch die Nachbarkinder mit einbezogen.

Nach dem Kaffee in der Turmwohnung hatten meine Mutter und Fräulein Kratzenberg immer etwas miteinander zu bereden. Dann wurde es für meine Schwester Paula und mich unangenehm und langweilig. Wir durften nicht laut sein, spielen war ausgeschlossen, und den Raum konnten wir auch nicht verlassen, sonst hätten wir Ärger mit dem alten Mann bekommen. Aber auch diese Stunde endete, länger blieb meine Mutter glücklicherweise nie, und wenn Fräulein Kratzenberg gut gelaunt war, ging sie, bevor wir uns verabschiedeten, mit uns in die Küche und brachte den Papagei zum Sprechen. Aber nicht einmal wenn der Vogel sein »Mach keine Faxen, Lausbub« wiederholte, lächelte sie, bestenfalls legte sich ein Ausdruck von Zufriedenheit auf ihr Gesicht.

*

Eines Tages wurde Fräulein Kratzenberg krank und lag mit Fieber im Bett. Meine Mutter wies mich an, täglich in den Saalhof zu gehen und die notwendigen Besorgungen für die kranke Bekannte zu machen, einzukaufen und Kohlen hochzuschleppen. In diesen acht oder zehn Tagen geschah etwas,

was ich erst viele Jahre später als einen Zufall erkennen konnte. Er hat im Grunde nichts mit der Geschichte um Fräulein Kratzenberg zu tun, ist aber derart erstaunlich, daß ich ihn an dieser Stelle erwähnen muß.

Die nördliche Seite des Saalhofs in der engen Saalgasse war vor langer Zeit zu einem Wohngebäude umgebaut worden. Im Erdgeschoß befand sich ein Ladengeschäft, die Bäckerei von Anton Dröll, wie in großen Lettern über dem Schaufenster zu lesen war. Wollte man zu Fräulein Kratzenberg, mußte man an der Bäckerei vorbei, aus der es so herrlich nach ofenwarmen Broten, Kümmelwecken und der Vanille frischer »Amerikaner« duftete. Vom Laden bis zum schmiedeeisernen Portal, durch das man zu dem Treppenturm gelangte, waren es nur wenige Schritte.

Jedesmal, wenn ich einen Botengang für die Kranke erledigt hatte, bekam ich von ihr einen Fünfer zugesteckt mit der eindringlichen Mahnung, ihn in die Sparbüchse zu werfen. Wen wundert es, daß ich andere Pläne hatte und schnurstracks in Anton Drölls Bäckerei ging und mir dafür eine Leckerei kaufte, einen Riegel Schokolade, eine Kokosmakrone oder einen »Amerikaner«?

Eine junge, dralle Frau, die stets freundlich lächelte, bediente mich. Sie liebte ihre süßen Waren genauso wie ich. Immer lutschte oder kaute sie etwas. Den Bäcker, er war ein kleiner, drahtiger Bursche, der mich an einen Zirkusclown erinnerte, weil sein Gesicht immer mit Mehlstaub bedeckt war, sah ich ebenfalls öfter in ein Bonbonglas greifen.

Vor dem Laden spielte oft ein drei- bis vierjähriges Mädchen, die Tochter des Bäckerehepaars. Als ich einmal von Fräulein Kratzenberg kam, hörte ich schon im Innenhof des Saalhofs das jämmerliche Geschrei eines Kindes. Ich rannte nach draußen und sah, wie ein großer, schwarzer Schäferhund dem Mädchen beide Vorderpfoten auf die Schultern gelegt hatte. Das Kind fiel um, und der verspielte Hund stand nun mit zwei Pfoten auf seinem schmächtigen Körper. Ich kannte den Hund, er gehörte dem Sargschreiner von gegenüber. Ich hatte auch Angst vor dem Hund, doch glücklicherweise jagte er in großen Sprüngen über die Gasse und in den Hof der Sargschreinerei. Das kleine Mädchen lag aber noch immer schreiend auf der Erde. Ich nahm es hoch und trug es in die Bäckerei hinein. In diesem Augenblick kam der Bäcker aus der Backstube herausgestürzt. Wegen der geschlossenen Tür hatte er nicht gleich das Geschrei seiner Tochter gehört. Er nahm mir das Kind ab und setzte es vorsichtig auf einen Stuhl. Glücklicherweise war ihm weiter nichts geschehen, es hatte sich nur sehr erschrocken. Mit einer großen Zuckerstange in der Hand beruhigte es sich schnell wieder. Auch mir schenkte Bäcker Dröll einen großen Riegel Schokolade. Und so konnte an diesem Tag Fräulein Kratzenbergs Fünfer ausnahmsweise einmal in die Sparbüchse wandern.

Ein Jahr später gab es Bäcker Anton Dröll mit seiner drallen Frau nicht mehr. Ein anderer, ein unfreundlicher, dicker Kerl hatte die Bäckerei übernommen, und hinter der Theke stand ein blasses, rappeldürres Mädchen, das so gar nicht zu dem dicken Bäcker paßte. Fünfundzwanzig Jahre später ist jedoch dieses kleine schreiende Mädchen von vorher meine Frau geworden, doch das wußten wir damals nicht. Erst als ich meiner Frau vor einigen Jahren, da waren wir schon über dreißig Jahre miteinander verheiratet, die Geschichte von Fräulein Kratzenberg erzählte, stellte sich heraus, daß ich sie schon als Dreijährige auf Händen getragen hatte. Sie erzählte mir, ihre Eltern hätten mit ihrem Bäckerladen Pleite gemacht. Der Grund, sie beide seien so vernascht und darum selbst ihre besten Kunden gewesen.

*

Doch zurück zur Geschichte: Zum großen Leidwesen von uns Kindern nähte meine Mutter uns alles selbst und alles auf

Zuwachs. Sie nähte auch für fremde Leute. Ihre Kurzwaren, die sie dazu brauchte, kaufte sie bei Knopf-Bauer. Nicht nur, daß er das beste und größte Sortiment hatte, es waren auch nur sieben bis acht Minuten Weg von der Kaiserhofstraße, in der wir wohnten, bis in die Bleidenstraße. Und weil meine Mutter oft ausgefallene Wünsche hatte, bei der Auswahl der Knöpfe äußerst pingelig war und größten Wert darauf legte, daß die Farbe der Seidenröllchen genau zu der Farbe der mitgebrachten Stoffe paßte, ließ sie sich immer nur von der Ersten Fachkraft, Fräulein Kratzenberg, bedienen. So wurden sie auch miteinander bekannt.

Sie redeten auch einmal über private Dinge, und es stellte sich heraus, daß Emilie Kratzenberg unverheiratet und alleinstehend war, während die Familie Senger fünf Köpfe zählte. Später erfuhr ich von meiner Mutter, daß Fräulein Kratzenberg sich eines Tages selbst zu uns nach Hause eingeladen hatte und von da an regelmäßig zu uns kam.

Aus dem Freundeskreis meiner politisch aktiven Eltern fiel Fräulein Kratzenberg schon heraus. Der bestand zum größten Teil ebenfalls aus politischen Menschen, fast alles Juden, die linken Parteien angehörten. Sie war dagegen völlig unpolitisch und paßte also gar nicht zum üblichen Umgang meiner Eltern. Ich glaube, meine Mutter hat die Besuche von Fräulein Kratzenberg anfangs eher aus einer gewissen Großzügigkeit und Nachsicht hingenommen, bestimmt aber nicht wegen ihrer anregenden Gesellschaft.

Meine Eltern hatten ein offenes Haus, und unsere Wohnung war ein beliebter Treffpunkt von Politfunktionären. Immer herrschte ein ständiges Kommen und Gehen. Dennoch gelang es meiner Mutter, Fräulein Kratzenberg von diesem Kreis fernzuhalten. Sie wußte, daß man einander mit Unverständnis und Verwunderung begegnen würde.

Trotz ihres strengen und zurechtweisenden Tons mochten meine beiden Geschwister und ich Emilie Kratzenberg, da sie immer kleine Geschenke mitbrachte. Einmal fragte sie meine Mutter, was für ein merkwürdiges Deutsch mein Vater spräche, das höre sich ja wie jiddisch an? Und meine Mutter, die selber ein einwandfreies Hochdeutsch sprach, antwortete: »Sie haben richtig gehört. Was mein Mann spricht, das ist Jiddisch.«

»Dann sind Sie Juden?« stellte Fräulein Kratzenberg fest, ihr Erstaunen war nicht zu überhören.

Meine Mutter, die spürte, wie überrascht ihre Bekannte war, fragte zurück: »Wußten Sie das nicht?«

»Nein. Woher denn?«

»Stört es Sie?«

»Nein – eigentlich nicht. Ich bin nur erstaunt. Sie haben nie davon gesprochen, so lange ich Sie schon kenne.«

»Warum sollte ich? Es gab keinen Anlaß.«

Von da an änderte sich das Verhalten von Emilie Kratzenberg. Sie kam zwar noch immer regelmäßig zu uns ins Haus, aber eine gewisse Vorsicht, wie man sie etwa Fremden gegenüber hat, war zu spüren. Das schloß auch uns Kinder ein, obwohl Fräulein Kratzenberg nie aufhörte, uns bei ihren Besuchen zu beschenken, vor allem mit Süßigkeiten. In den Gesprächen mit meiner Mutter, mein Vater beteiligte sich nie an ihnen, war zwar immer noch von Alltagsdingen, Kindererziehung, Mode und dergleichen die Rede, aber immer öfter stellte Fräulein Kratzenberg nun auch Fragen über Juden. Sie wollte herausfinden, wie sie leben und wie gläubig wir selbst waren, wobei sie bei allem, was das Judentum betraf, eine beachtliche Ahnungslosigkeit an den Tag legte.

Es stellte sich heraus, daß Fräulein Kratzenberg einer evangelischen Freikirche angehörte und sich als gläubige Christin bezeichnete. Was das für ihr Verhältnis zu Juden bedeutete, war aus ihrem Erzählen nicht zu erkennen. Einmal war meine Mutter sehr verärgert, weil Fräulein Kratzenberg sich über die Maßen gehässig über Meir Lanski, den legendären jüdischamerikanischen Gangsterboß während der Prohibitionszeit in den USA, ausgelassen hatte. Und als ihr ein andermal, sicherlich unbedacht, die Bemerkung entschlüpfte, die Juden würden dem falschen Messias huldigen, widersprach meine Mutter in einer ungewöhnlich heftigen Weise, obwohl sie doch selbst nicht gläubig war und sich wahrscheinlich nie zuvor den Kopf darüber zerbrochen hatte, ob der von den frommen Juden prophezeite Meschiach überhaupt kommen werde.

Emilie Kratzenberg war über die Reaktion meiner Mutter erschrocken. Sie versicherte ihr: »So habe ich das nicht gemeint, Frau Senger. Ich habe nichts gegen die Juden, wo denken Sie hin! Unter meinen Kunden gibt es viele Juden, und die meisten von ihnen wollen sich nur von mir bedienen lassen. Das würden sie bestimmt nicht, wenn ich nicht freundlich zu ihnen wäre und sie nicht gut bedienen würde. Und in der Lappegass habe ich einen guten Bekannten, der Jude ist, einen älteren Trödler. Wenn er an den gebrauchten Kleidern, die er aufkauft, etwas zu flicken hat, bevor er sie wieder verkauft, und dazu irgendwelches Nähzeug braucht, kommt er in unser Geschäft und immer zu mir. Und ich schicke meine Kunden zu ihm, wenn sie einen bestimmten Flicklappen brauchen oder einen Stoffrest zum Überziehen von Knöpfen. Er hat zwar den kleinsten Laden in der Gasse, aber er ist wirklich ein ehrlicher Trödler.« Sie machte eine Pause und schüttelte vielsagend den Kopf. »Das kann man nicht von allen Trödlern in der Lappegass behaupten. Den Juden kann ich mit gutem Gewissen empfehlen. Er heißt Franz Kaufmann.«

Trotz dieser Rechtfertigung war das Verhältnis zwischen ihr und unserer Familie für einige Zeit getrübt. Emilie Kratzenberg ließ sich nicht mehr oft bei uns sehen. Aber die Situation entspannte sich bald wieder, und Emilie Kratzenberg vergaß die Zurechtweisung meiner Mutter. Etwa zu dieser Zeit erfuhr sie, daß meine Eltern obendrein auch noch Kommunisten und zudem staatenlos waren. Mittlerweile hatte sie auch den lebhaften Politbetrieb in unserer Wohnung mitbekommen. Doch das machte ihr erstaunlicherweise nichts aus. Sie fand sich damit ab und verstärkte sogar noch ihre Fürsorge für uns Kinder. Für meine Schwester und mich kaufte sie für die Schule allerlei nützliche Dinge, selbst Schulbücher, und schenkte uns irdene Sparbüchsen, auf die sie mit roter Farbe unsere Namen geschrieben hatte. Für meinen jüngeren Bruder, der noch nicht zur Schule ging, brachte sie Spielzeug mit. Zum Heiligen Abend schleppte sie sogar einen richtigen kleinen Tannenbaum in unser Haus, der mit bunten Kugeln und Lametta geschmückt war, und dazu in Glanzpapier eingeschlagene, mit roten und goldenen Bändern umwickelte und mit Heiligenbildchen beklebte Geschenke für die ganze Familie. Meine Mutter bekam einen vergoldeten Fingerhut, mein Vater Filzpantoffeln, wohl weil er seine revolutionäre Phase beendet und seine Jakobinermütze an den Nagel gehängt hatte, und für uns Kinder gab es gute, teure Kleidungsstücke. Jedenfalls war Emilie Kratzenberg sehr spendabel und möglicherweise hatte sie sich vorgenommen, uns über diesen Umweg zu missionieren. Sie glaubte sicherlich, uns damit etwas Gutes zu tun, unsere Seelen vor dem Daueraufenthalt in der Gehenna zu bewahren und sich selbst für ihre gottgefällige, christliche Tat einen besonders guten Platz in einem besseren Jenseits zu sichern.

Meine Mutter ließ Fräulein Kratzenberg gewähren. Sie schickte uns ja auch zur Chanukkafeier ins Gemeindehaus, weil da nach dem Chanukkaspiel und dem gemeinsamen Gesang des wunderschönen Chanukkalieds »Ma'os zur jeschuati« kleine Geschenke an die anwesenden Kinder verteilt wurden. Aus dem gleichen Grund durften wir auch an der Purimfeier teilnehmen, auch da fiel immer etwas für Kinder ab. Ich kann nicht leugnen, daß meine Mutter überaus praktisch veranlagt war. Sie hatte längst schon durchschaut, was ihre Kurzwaren-Bekannte im Schild führte. Aber sie meinte, ein Lamettabäumchen an Weihnachten oder große zweigeteilte Pappmaché-Eier, die mit allerlei Naschwerk gefüllt waren, zu Ostern würden bei uns keinen großen Schaden anrichten, genausowenig wie das Mazzepaket, das wir Emilie Kratzenberg zu Pessach schenkten, geeignet war, sie zum Judentum zu bekehren. Meinen Vater allerdings verdroß Emilie Kratzenbergs Verhalten.

Wieder einmal hatte sie sich etwas Neues einfallen lassen und veranstaltete mit uns Kindern in der Wohnung und im Treppenhaus ein fröhliches Ostereiersuchen. Zum Schluß bekam jedes von uns noch ein aus Kuchenteig gebackenes Osterlämmchen, das ein Fähnchen mit einem christlichen Symbol trug.

Als Fräulein Kratzenberg gegangen war, stellte mein Vater meine Mutter zur Rede: »Kannst du ihr nicht endlich einmal sagen, daß sie mit diesem Gojim-Nachess aufhören soll?«

»Was stört es dich?« fragte sie zurück.

»Sie will wohl aus unseren Kindern Christenlämmer machen. Das paßt mir nicht.«

»Hör auf, Moissee!« wehrte Mutter ab. »Du übertreibst wie immer.«

»Ich übertreibe nicht«, beharrte mein Vater. »Sie weiß doch, wer wir sind. Warum also tut sie das?«

»Was fragst du? Laß den Kindern ihre Freude. Mehr ist es nicht, und mehr will sie nicht.«

»Sie soll zum Teufel gehen mit ihren Osterhasen und Osterlämmern!« knurrte Vater und verließ das Zimmer.

Viele reformfreudige jüdische Familien hatten damals ihre äußeren Lebensformen der christlichen Umwelt angepaßt. Sie wollten nicht, daß ihre Kinder neidisch mit ansehen mußten, wie die Schulkameraden an Ostern oder vor allem zum Weihnachtsfest beschenkt wurden, und sie selbst leer ausgingen, nur weil sie jüdisch waren. Darum wurden auch in jüdischen Wohnungen häufig Christbäume aufgestellt und die Kinder beschenkt.

Nicht so in unserer Familie – jedenfalls nicht, bis Fräulein Kratzenberg auftauchte. Da war für uns Kinder die karge Zeit ohne Weihnachtspäckchen vorbei, sehr zum Leidwesen meines Vaters. Er, der alte Revolutionär und ungläubige Jude, fand sich mit der Anpassung an das christliche Brauchtum nie ab.

Mutter hingegen sagte: »Ich habe noch nie gehört, daß ein Jude davon katholisch geworden ist, weil in seinem Haus ein Tannenbaum aufgestellt wurde.«

Nicht gebremst durch meine Mutter, für sie war Fräulein Kratzenbergs Missionseifer eine Schrulle, wurde sie immer mutiger. Eines Tages brachte sie ein baptistisches Traktätchen mit, das sie meiner Mutter zu lesen empfahl. Aber damit war deren Toleranz erschöpft. Es gab einen heftigen Auftritt, meine Mutter verbat sich künftig jegliche Konversionsanstrengungen. Tief beleidigt zog die gescheiterte Proselytenmacherin ab. Mehrere Wochen blieb sie fort.

Während eines Seidenbändchen- oder Nähgarnkaufs bei Knopf-Bauer sprachen sich beide aus, und Fräulein Kratzenberg kam uns wieder besuchen, so regelmäßig wie zuvor. Und wenn sie uns zum Sonntagnachmittagskaffee einlud, fanden wir uns pünktlich in ihrer Turmwohnung ein und aßen den krümeligen Radonkuchen. Ihre Missionsversuche wiederholten sich nicht mehr. – Im Gegenteil, Fräulein Kratzenberg half meiner Mutter, wie und wo sie nur konnte. Sie vermittelte ihr Kundinnen, die etwas genäht haben wollten, brachte ihr unverkäufliche Reste aus dem Kurzwarengeschäft mit, die für eine geschickte Näherin immer noch zu gebrauchen waren, und wenn meine Eltern abends zu einer politischen Veranstaltung gingen, was sehr oft geschah, blieb sie bei uns Kindern.

Als mein Vater 1929 arbeitslos wurde, legte sie uns regelmäßig einmal in der Woche ein Lebensmittelpäckchen auf den Küchentisch. Meine Mutter protestierte: »Sie verdienen doch selbst nicht viel.« Sie antwortete: »Für mich langt's allemal«, und brachte uns weiterhin zum Wochenende das nahrhafte Päckchen. Und zu Weihnachten schenkte sie uns eine Gans. Alle paar Wochen hielt sie beim Abschied meiner Mutter einen Zehnmarkschein hin. Für unsere damaligen Verhältnisse war das eine beachtliche Summe. Meine Mutter weigerte sich, ihn anzunehmen. Emilie Kratzenberg war aber hartnäckig. Sie legte den Geldschein beim Fortgehen auf das Vertiko im Wohnzimmer.

Für lange Zeit wurde diese seltsame Art der Geldübergabe zur lieben Gewohnheit, und wenn die Wohnungstür hinter der Wohltäterin zuschlug, grapschte schnell eines von uns Kindern nach dem Geldschein, hielt ihn triumphierend in die Höhe und rief: »Das gute Fräulein Kratzenberg soll leben!«

Zu Weihnachten brachte sie sogar wieder einen Tannenbaum ins Haus, wie eh und je schön geschmückt, nur auf den bunt eingeschlagenen Geschenken klebten keine Heiligenbildchen mehr. Gegen diese Zuwendungen hatte niemand in unserer Familie etwas einzuwenden, selbst mein Vater protestierte nicht mehr.

Unsere Wohltäterin ließ sich vom Leben meiner Eltern in ihrer russischen Heimat erzählen – Vater und Mutter waren in geschlossenen jüdischen Siedlungen in Südrußland großgeworden – vom Leben im Stetl, von den schrecklichen Pogromen, die beide in ihrer Kindheit und Jugend erlebt hatten, und von jüdischen Sitten und Gebräuchen, die in unserer Familie ohnehin nicht eingehalten wurden, sieht man einmal ab von dem stets feierlich gedeckten Tisch am Freitagabend, den Mazzes zu Pessach oder dem Besuch der Synagoge am Vorabend von Jom Kippur.

Als Hitler an die Macht kam, setzte Emilie Kratzenberg ihre Besuche in unserer Wohnung in der Kaiserhofstraße weiter fort. Meine Mutter warnte sie, es könne für sie gefährlich werden, weiterhin im Haus einer jüdischen Familie zu verkehren, die dazu noch wegen ihrer kommunistischen Vergangenheit den neuen Machthabern suspekt sein müsse und darum möglicher weise observiert werde. Fräulein Kratzenberg jedoch widersprach: »Wer weiß denn, daß Sie Juden sind? Sie gehören nicht einmal der Israelischen Gemeinde an.«

»Die Polizei weiß es ganz sicher.«

»Und wenn schon, wer kann mir verbieten, in einer jüdischen Familie zu verkehren? Ist das etwa strafbar?«

»Das nicht«, antwortete meine Mutter, »aber es kann trotzdem unangenehme Folgen für Sie haben.«

»Unangenehme Folgen? Wieso?«

»Es gibt genug Möglichkeiten, Ihnen deshalb Schwierigkeiten zu bereiten. Zum Beispiel an Ihrem Arbeitsplatz.«

Sie winkte ab. »Da seien Sie mal unbesorgt, Frau Senger. Meine Chefin ist kein Nazi. Die läßt sich von niemandem etwas vorschreiben.«

Gegen diese eigensinnige Argumentation war man schlechterdings machtlos. Meine Eltern sorgten sich jedoch nicht nur um die Sicherheit ihrer Bekannten, es ging vor allem auch um den Schutz ihrer eigenen konspirativen Tätigkeit. Fräulein Kratzenberg durfte keinesfalls etwas davon mitbekommen.

Meine Eltern gehörten in den ersten Jahren der braunen Diktatur einer Art von jüdischer Solidargemeinschaft an. Sie halfen anderen Juden, die aus politischen Gründen in Not geraten waren und von der Polizei gesucht wurden. Es handelte sich dabei ausschließlich um Verfolgte, die sozialistischen Organisationen angehörten, vor allem um Kommunisten. Meine Eltern und ihre Freunde versteckten sie, versorgten sie mit falschen Papieren und brachten sie über die Grenze in Sicherheit. Häufig trafen sich Mitglieder der Gruppe in unserer Wohnung, um eine neue Hilfsaktion zu beraten, oder es kamen Verfolgte zu uns.

Von alledem mußte Emilie Kratzenberg ferngehalten werden. Sie war zu einem unberechenbaren Stör- und Gefährdungsfaktor für diejenigen geworden, die mit unseren Eltern Kontakt hatten oder ihn suchten.

Als alles Zureden nichts half, wurde meine Mutter eines Tages direkt: »Liebes Fräulein Kratzenberg, kommen Sie bitte ab sofort nicht mehr zu uns nach Hause. Und keine Diskussionen darüber.«

»Warum denn das?« fragte sie.

»Wir haben gewichtige Gründe.«

»Mögen Sie mich nicht mehr?«

»Doch, wir mögen Sie. Aber darum geht es nicht.«

»Weil Sie Juden sind?«

»Auch darum.«

»Etwa wegen dem, was sonst hier vorgeht?«

»Was geht sonst hier vor?« fragte meine Mutter erschrocken.

»Glauben Sie, ich hätte nicht schon längst bemerkt, wer Ihre Freunde sind und wem Sie helfen? Leuten, die von der Polizei gesucht werden. Stimmt es? Und das sind alles Ihre Glaubensgenossen, Juden.«

Meine Mutter schlug die Hände zusammen. »Um Gottes willen! Wie konnten Sie denn davon etwas bemerken?«

»Ich weiß es schon länger«, fuhr Fräulein Kratzenberg fort, und ihre Augen blitzten durch ihre dicken Brillengläser. »Wenn man sich so lange kennt, kann man sich nichts mehr vormachen. Bisher habe ich so getan, als wüßte ich von nichts. Aber jetzt brauche ich mich doch wohl nicht mehr zu verstellen.«

»Und was werden Sie tun? Zur Polizei gehen?«

Emilie Kratzenberg brauste auf: »Sind Sie verrückt geworden? Was halten Sie von mir?«

»Ich weiß nicht.«

»Wissen Sie, was ich tun werde?« Ein Lächeln huschte über ihr Gesicht. »Ich werde Sie jetzt bitten, mir nicht mehr das Haus zu verbieten. Sie haben ja auch keinen Grund mehr.«

»Das stimmt«, sagte meine Mutter leise und setzte sich, ihr war schwindlig geworden.

Nach einer Pause bemerkte Emilie Kratzenberg: »Soll ich Ihnen sagen, wie ich darüber denke?«

Meine Mutter schaute sie fragend an.

»Das ist eine sehr gefährliche Sache, die Sie da machen, aber auch gut. Das ist –« sie stockte, »christlich kann ich wohl nicht sagen, jüdisch auch nicht – was ist es dann? Einfach gut.« Sie faßte meine Mutter fest am Arm und fuhr mit Nachdruck fort: »Und noch etwas: Wenn ich kann, werde ich Ihnen gerne helfen.«

»Das können Sie nicht.«

»Sagen Sie das nicht. Es könnte doch der Fall eintreten, daß ich Ihnen von Nutzen sein kann.«

Bald nach diesem Gespräch ergab sich tatsächlich dieser Fall. Eine unverdächtige Person, so unverdächtig wie zum Beispiel Emilie Kratzenberg, wurde als Hilfe gebraucht. Friedel Baronski, eine junge polnische Jüdin, wurde von der Polizei gesucht und mußte in Sicherheit gebracht werden. Sie war hochschwanger. Dennoch mußte sie, so groß die Anstrengungen auch sein würden, versuchen, über die Grenze zu kommen. Ihr Mann war bereits einige Tage zuvor verhaftet worden, und in ihrer Wohnung warteten Beamte der Staatspolizei, um sie ebenfalls festzunehmen. In letzter Sekunde wurde sie gewarnt. Mehrere Tage versteckte sie sich, bis der Vertrauensmann, ein Waldarbeiter, der im Grenzgebiet zum Saarland, das damals unter französischem Protektorat stand und der jeden Weg und Steg kannte, über ihre Flucht informiert werden konnte. Dieser wiederum beauftragte seine

Frau, sie am Bahnhof in Kaiserslautern in Empfang zu nehmen. Mit der Bahn bis nach Zweibrücken, dem letzten Bahnhof vor der Grenze zu fahren, war zu gefährlich, da es in allen Zügen Paßkontrollen gab. Die noch verbleibenden dreißig Kilometer bis zu einer versteckt gelegenen Waldhütte in unmittelbarer Grenznähe, von wo aus die Flüchtlinge des Nachts ins Saarland geschleust wurden, mußten deshalb mit einem Pferdefuhrwerk zurückgelegt werden.

Friedel Baronski kam nicht in Kaiserslautern an. Die Frau des Waldarbeiters wartete zur vereinbarten Zeit vergeblich auf sie. Als die Nachricht vom Verschwinden der Geflüchteten in Frankfurt eintraf, war die Aufregung groß. Wo war Friedel Baronski geblieben? War sie bereits im Zug verhaftet worden oder hatte sie die Fahrt wegen ihres Zustands unterbrechen müssen und lag irgendwo in einem Krankenhaus und wagte es nicht, sich zu melden, damit die Polizei nicht auf sie aufmerksam würde? Oder hatte ihr Verschwinden noch einen ganz anderen Grund?

Die Freunde meiner Eltern beratschlagten, auf welche Weise sie den Verbleib der Flüchtigen aufklären und ihr eventuell helfen könnten. Am wahrscheinlichsten war, daß sie die Fahrt abbrechen mußte und jetzt irgendwo in einem Krankenhaus lag. Mehrere vorsichtige Telefonate wurden mit Krankenhäusern entlang der Bahnlinie geführt. Man wußte nicht einmal, unter welchem Namen Friedel Baronski in einem Krankenhaus untergekommen sein könnte. Jedenfalls nicht unter dem richtigen. Ein vager Hinweis kam schließlich aus dem Krankenhaus in Hochspeyer, der letzten Bahnstation vor Kaiserslautern. Es war zwar nur eine geringe Chance, sie dort wirklich ausfindig zu machen, aber die Gruppe war der Meinung, man müsse alles versuchen. Irgendwer solle hinfahren. Aber wer? Es war ein gefährliches Unternehmen, da niemand wußte, was in der Zwischenzeit geschehen war. Nur eine unbelastete, unverdächtige Person kam dafür in Frage.

Meine Mutter war es, die Emilie Kratzenberg vorschlug. Niemand aus der Gruppe kannte sie. Meine Eltern hatten es immer noch peinlich vermieden, sie mit den anderen bekanntzumachen. Darum zögerten die anderen, meldeten Bedenken an: »Sie ist politisch unbedarft, hat keine Ahnung von konspirativer Arbeit. Wird sie deshalb nicht auffallen?«

Meine Mutter antwortete: »Wenn wir sie nach Hochspeyer schicken, wird sie wissen, um was es geht. Ich werde es ihr verständlich machen. Wir können uns auf sie verlassen. Und unverdächtig ist sie auf jeden Fall. Wer traut schon einer Matrone von annähernd sechzig Jahren eine solche Mission zu?«

Das Wort meiner Mutter hatte in der Gruppe Gewicht. Und so stimmte sie schließlich ihrem Vorschlag zu. Es blieb auch keine andere Wahl. Mit diesem Entschluß nahm meine Mutter eine große Verantwortung auf sich. Sie wußte, daß die Chancen für Emilie Kratzenberg weitaus geringer waren, diesen Auftrag zu erledigen, ohne Verdacht zu erregen, als sie gesagt hatte. Ging etwas schief, war gleichzeitig auch noch die Gruppe in Gefahr. Dennoch entschloß sich meine Mutter, Emilie Kratzenberg zu fragen, ob sie diese schwierige Erkundung auf sich nehmen wolle. Sie sprach von den Gefahren, die mit dieser Aufgabe verbunden waren. Doch Fräulein Kratzenberg hatte keine Bedenken und war sofort bereit zu diesem Abenteuer. Mit einem Anflug von Humor sagte sie: »Das ist doch einmal etwas anderes.«

Später hörte sie sich aufmerksam die Instruktionen meiner Mutter an, nahm sich drei Tage Urlaub, was wegen der damaligen Weltwirtschaftskrise nicht ganz einfach war. Sie mußte ihrer Chefin eine schwerkranke, alte Tante vorlügen, was meinen Vater zu der Bemerkung veranlaßte, das wäre wohl die erste Lüge in ihrem Leben gewesen, und fuhr anderntags mit dem Frühzug in Richtung Kaiserslautern ab.

Nach vier Tagen kam Emilie Kratzenberg zurück, erschöpft, jedoch sehr zufrieden, und berichtete meiner Mutter, alles sei in bester Ordnung, Friedel Baronski befinde sich bereits im Saarland und in Sicherheit. Wegen des zusätzlichen vierten Urlaubstags mußte sie ihrer Chefin eine weitere Notlüge auftischen, bekam einen Verweis, ansonsten aber hatte ihr Fernbleiben von der Arbeit keine weiteren Folgen.

Es stellte sich heraus: Während der Fahrt nach Kaiserslautern waren bei Friedel Baronski Blutungen aufgetreten, und bald darauf hatten Wehen eingesetzt. Sie konnte nicht mehr weiterfahren und mußte in Hochspeyer den Zug verlassen. Der Stationsvorsteher veranlaßte ihre sofortige Überführung ins Krankenhaus, wo sie eine Fehlgeburt hatte.

Emilie Kratzenberg erfuhr dennoch, obwohl sie den Namen der Gesuchten nicht angeben konnte, daß in den letzten Tagen tatsächlich eine Frau in der Klinik eine Fehlgeburt erlitten hatte. Sie war aber bereits wieder entlassen worden und in einer Pension am Stadtrand untergekommen. Fräulein Kratzenberg begab sich unverzüglich dorthin. Sie fand die junge Frau, konnte aber nicht deren Mißtrauen überwinden. Friedel Baronski mutmaßte, die vermeintliche Helferin könne im Auftrag der Staatspolizei nach ihr fahnden und weigerte sich, ihr zu folgen. Es dauerte eine ganze Weile, bis Emilie Kratzenberg ihr Vertrauen gewann.

Zusammen fuhren sie zu dem Grenzgänger, der die Jüdin in der darauffolgenden Nacht ins Saarland brachte. Erst als Fräulein Kratzenberg am anderen Morgen bestätigt bekommen hatte, daß die verfolgte Jüdin in Sicherheit sei, nahm sie den nächsten Zug zurück nach Frankfurt.

Alle waren des Lobes voll über das geschickte Verhalten von Emilie Kratzenberg. Und als meine Mutter ihr den Dank ihrer Freunde übermittelte, sagte sie, ihren Erfolg auskostend: »Ich habe Ihnen gleich gesagt, es wird einmal der Fall eintreten, daß Sie mich gebrauchen können.«

Es schien, als wären Emilie Kratzenberg die Risiken ihres Unternehmens nicht bewußt. Wiederholt fragte sie meine

Mutter, ob man sie nicht wieder einmal gebrauchen könne. Was für die Gruppe um meine Eltern gefährlichen, blutigen Ernst bedeutete, war ihr eher ein Abenteuer, ein willkommenes Ausbrechen aus dem Alltag.

Man betraute Fräulein Kratzenberg nicht mehr mit einer so riskanten Aufgabe. Es ergab sich auch keine Notwendigkeit dazu. Von ihrem ersten Erfolg angestachelt, wurde sie jedoch von sich aus tätig. Es muß Anfang 1934 gewesen sein, ich erinnere mich, daß es sehr kalt war, als eine junge Frau zu uns in die Kaiserhofstraße kam, mit einer großen Tasche unterm Arm, und sagte, sie käme aus Wetzlar und sei jüdischer Herkunft, was möglicherweise sogar stimmte. Sie habe aus der Schweiz von der jüdischen Gruppe in Frankfurt erfahren und wolle uns um Hilfe bitten, da sie in Wetzlar von der Polizei gesucht werde. Für einige Tage brauche sie ein sicheres Versteck, dann würde sie von ihrem Verlobten in der Schweiz geholt werden. Der Gewährsmann, den sie nannte, war kurz zuvor verhaftet worden. Somit war ihre Geschichte nicht zu überprüfen.

Wie nicht anders zu erwarten war, leugnete meine Mutter, Kontakt mit irgendeiner politischen Gruppe zu haben und wies die Frau ab. Auch als sie am Abend noch einmal zu uns kam und für die Nacht um Quartier bat, blieb meine Mutter bei ihrem Nein. Dieses strikte Verhalten entsprach den Regeln einer konspirativen Gruppe.

An dem Abend, als die junge Frau das zweite Mal in die Kaiserhofstraße kam, war zufällig Emilie Kratzenberg bei uns. Sie mußte etwas von der Auseinandersetzung mit der Fremden mitbekommen haben. Ohne meine Mutter zu informieren, nahm sie die Frau in ihre Wohnung im Saalhof mit und ließ sie dort übernachten.

Meine Mutter erfuhr von diesem leichtfertigen Verhalten ihrer Bekannten erst zehn Tage später. Emilie Kratzenberg kam verlegen und zerknirscht zu ihr, um ihr zu gestehen, was sie getan habe. Als sie damals unsere Wohnung eine Stunde nach der jungen Frau verlassen habe, sei die Fremde vor unserer Haustür auf sie zugekommen und habe sie angesprochen. Sie habe es nicht übers Herz gebracht, die Frau einfach stehenzulassen, da sie dachte, sie müsse sonst in der Kälte auf der Straße übernachten. Jetzt wußte Fräulein Kratzenberg nicht weiter und bat meine Mutter händeringend um Rat, wie sie die Unbekannte wieder loswerden könne. Die Frau denke nicht daran, ihre Wohnung zu verlassen und vertröste sie von einem Tag auf den anderen. Ihr Hauptmieter, der Alte, habe sie deswegen bereits zur Rede gestellt.

»Ist sie eine Schwindlerin?« fragte meine Mutter. »Welchen Eindruck haben Sie?«

Fräulein Kratzenberg antwortete: »Sie scheint völlig hilflos zu sein. Mehr kann ich nicht sagen. Sie bittet mich immer wieder, niemandem zu sagen, daß sie bei mir sei, und versichert mir jeden Tag, sie warte an einer verabredeten Stelle in Frankfurt auf ihren Verlobten. Morgens verläßt sie mit mir das Haus, ist, solange ich auf der Arbeit bin, unterwegs und kommt erst am Abend zurück.«

»Und Sie lassen sie immer wieder herein?«

»Was kann ich denn anderes tun, wenn sie vor der Wohnungstür steht? Ich kann sie doch nicht einfach abweisen.«

»Warum eigentlich nicht?« Meine Mutter dachte einige Zeit nach und fuhr dann fort: »Da haben Sie sich etwas Schönes eingebrockt. Was soll ich Ihnen jetzt raten? Ich weiß es nicht. Nichts tun und abwarten, das ist meistens das Beste. Vielleicht auch in diesem Fall.«

»Das geht nicht. Damit ich sie endlich loswerde, habe ich ihr gesagt, ich ginge zu Ihnen, um mich mit Ihnen zu beraten.«

»Sind Sie denn wahnsinnig geworden!« rief meine Mutter aus. »Dann weiß sie doch jetzt, daß bei uns mehr vor sich geht, als ich ihr gesagt habe. Wie konnten Sie das nur tun!«

Fräulein Kratzenberg war untröstlich. »Das war falsch von

mir, das hätte ich ihr nicht sagen dürfen. Vielleicht kann ich es wieder gutmachen. Ich werde noch einmal mit ihr reden.«

»Tun Sie das bloß nicht«, beschwor sie meine Mutter, »Sie würden es nur noch schlimmer machen.«

»Wenn Sie meinen, dann lasse ich es.« Fräulein Kratzenberg verließ zerknirscht unsere Wohnung.

Das Ende dieser mysteriösen Affäre ist schnell erzählt. Als Emilie Kratzenberg an diesem Tag nach Hause kam, war die Unbekannte nicht da, und auch ihre große Tasche, die sie, wenn sie die Wohnung verließ, bisher immer hatte stehenlassen, war verschwunden. Die Frau kam nicht mehr zurück. Keiner von uns hat sie mehr gesehen, auch spätere Erkundungen in Wetzlar führten zu nichts. Wir haben nie erfahren, wer sie war.

*

Von nun an bekam Emilie Kratzenberg keine Gelegenheit mehr mit ihren gefährlichen Wohltaten die jüdische Gruppe in Angst zu versetzen. Sie wurde von allen Gesprächen ferngehalten, und tauchte sie dennoch während einer Beratung zufällig in unserer Wohnung auf, da niemand sie daran hindern konnte, uns zu besuchen, verstummten die Freunde meiner Eltern augenblicklich. Schließlich vereinbarten sie, sich zu wichtigen Beratungen in einer anderen Wohnung zu treffen.

Diese Veränderungen waren augenfällig, aber Fräulein Kratzenberg tat so, als bemerke sie nichts. Sie kam weiterhin regelmäßig in unsere Wohnung, brachte Geschenke mit, legte hin und wieder einen Zehnmarkschein aufs Vertiko und lud uns zum Sonntagnachmittagskaffee ein, bei dem es nach wie vor den knochentrockenen Radonkuchen gab. Zu dieser Zeit konnte ich mich des öfteren bereits vor diesen Besuchen drükken, ich war immerhin fünfzehn Jahre alt. Dafür aber mußte Alex, der Jüngste, mit in den Treppenturm des Saalhofs kommen und den Radonkuchen essen.

Emilie Kratzenberg fragte nun nicht mehr, ob die jüdische

Gruppe sie für eine Hilfeleistung gebrauchen könne. Sie war wieder die gleiche freundliche Knopfverkäuferin, als die sie anfangs in unserer Familie aufgetaucht war. Nur ihre wohltätige Phase schien ein Ende gefunden zu haben.

Das schien aber nur so.

*

Eines Abends kam Emilie Kratzenbergs Schwester, die im Öderweg wohnte, völlig aufgelöst zu uns, um meinen Eltern mitzuteilen, ihre Schwester sei am Tag zuvor von der Polizei in das Untersuchungsgefängnis in der Hammelsgasse gebracht worden. Die Justizverwaltung habe sie, als nächste Verwandte, lediglich von der Verhaftung unterrichtet, nicht aber den Grund dafür genannt. Sie könne sich nicht vorstellen, so jammerte die Schwester, was Emilie verbrochen haben könne, daß man sie ins Gefängnis sperre, eine so brave und harmlose Person, die in ihrem ganzen Leben noch nie mit dem Gesetz in Konflikt gekommen sei. Es müsse sich bestimmt um einen Irrtum handeln.

Die Schwester wußte zwar, daß Emilie Kratzenberg mit meiner Mutter gut bekannt und oft in unserem Haus war, aber sie hatte keine Ahnung, daß sie dadurch mit Juden verkehrte. Und das in dieser Zeit! Unsere Wohltäterin hatte es ihr wohlweislich verschwiegen. Von der jüdischen Gruppe und Emilies konspirativen Aktionen in und ohne deren Auftrag wußte die Schwester selbstverständlich auch nichts. Fräulein Kratzenberg hatte nur einmal etwas von ihrer Schwester und deren Mann erzählt. Er sei ein »alter Kämpfer« mit einer niedrigen Parteibuchnummer, und auch sie sei eine überzeugte Nationalsozialistin, die nichts auf den »Führer« kommen ließe. Darum würde sie sie auch nur selten besuchen.

Meine Mutter erschrak sehr. Zu Recht vermutete sie, ihre Bekannte habe sich wieder einmal in ein unüberlegtes Abenteuer gestürzt. Dennoch versuchte sie, die Schwester zu beruhigen und versicherte ihr, es könne sich in der Tat nur um einen Irrtum handeln. Sie wolle sich sogleich, soweit es in ihrer Macht stünde, um Emilie bemühen. Das war keineswegs ein rein altruistisches Angebot. Meine Mutter mußte auch zum Schutz der Gruppe daran interessiert sein, daß die Schwester nichts von Emilies Unbedachtheiten erfuhr. Durch deren Verhaftung waren sie und ihre Freunde unerwartet in große Gefahr geraten.

»Da bin ich Ihnen sehr dankbar«, versicherte Emilies Schwester, »ich wüßte nicht, was ich in diesem Fall tun sollte.«

»Überlassen Sie das mir. Und wenn ich etwas mehr weiß, gebe ich Ihnen sofort Bescheid.«

Noch am gleichen Tag bat sie einen ihr bekannten nichtjüdischen Anwalt, der kein Nazi war, sich des Falles anzunehmen. Nach drei Tagen des Mutmaßens und Bangens wurde Emilie Kratzenberg freigelassen. Der Anwalt konnte die Justizbehörde davon überzeugen, daß bei ihr keine Fluchtgefahr bestand.

*

Es stellte sich heraus, daß die Bewohnerin der Turmwohnung wieder eine verfolgte Person bei sich aufgenommen hatte. Diesmal jedoch mit verhängnisvollen Folgen.

Am Anfang der Saalgasse, nahe dem Dom, wohnte der jüdische Trödler Franz Kaufmann, von dem Emilie Kratzenberg schon vor längerer Zeit meiner Mutter erzählt hatte. Er war unverheiratet, lebte allein und hatte in der Graubengasse, die im Volksmund Lappegass hieß, ein winziges Lädchen, in dem er sich mit dem Verkauf von Flicklappen, alten Kleidern und getragenen Schuhen mehr recht als schlecht ernährte.

Die Lappegass, in der sich ein Trödelladen neben dem anderen befand und in der es das ganze Jahr über nach dem Kampfer von Mottenpulver und Mottenkugeln roch, wurde von christlichen Händlern beherrscht. Es gab dort aber auch einige wenige jüdische Trödler. Sie wurden von den christlichen Händlern toleriert, denn sie waren keine ernsthaften Konkurrenten, besaßen nur die kleinsten und armseligsten Läden, und der armseligste davon war im Besitz von Franz Kaufmann.

Als 1933 die Nazis an die Macht kamen und die ersten Boykottaufrufe erlassen wurden, traf das auch die jüdischen Trödler in der Lappegass. Viele alte Kunden wagten nicht mehr, die Läden der jüdischen Händler zu betreten. Auch die Kunden von Knopf-Bauer, die von Emilie Kratzenberg nach wie vor an Franz Kaufmann empfohlen wurden, trauten sich nicht mehr unter den argwöhnischen Blicken der christlichen Händler, die Schwelle von Franz Kaufmanns Ladentür zu überschreiten. Die christlichen Trödler hatten auch ausnahmslos Plakate mit der Aufschrift »Deutsches Geschäft« an ihre Ladenfenster und nicht wenige das Parteiabzeichen der NSDAP an die Revers ihrer Jacketts geheftet. Einige Übereifrige hatten zudem noch ein weiteres Pappschild mit der Aufschrift »Juden unerwünscht« an ihre Ladentüren geklebt. Das war aber eher eine mißglückte Demonstration ihrer braunen Gesinnung oder auch ein peinlicher Kotau vor den antisemitischen, nazistischen Machthabern als eine ernstgemeinte Mahnung, denn es war absurd, sich vorzustellen, eine Jüdin, die einen Flicklappen, oder ein Jude, der eine gebrauchte Hose kaufen wollte, könnte auf die Idee kommen, zu diesem Zweck nicht einen der vielen jüdischen, sondern einen gojischen Händler aufzusuchen.

Ein jüdischer Trödler nach dem andern mußte in der Lappegass aufgeben. Am Ende blieb nur noch Franz Kaufmann übrig. Dieser letzte Jude war dennoch einem tiefbraunen Trödler ein Dorn im Auge. Er hatte den Ehrgeiz, die Lappegass judenfrei zu machen, wie es im Nazijargon hieß, und dazu war ihm jedes Mittel recht. Er zeigte Franz Kaufmann bei der Polizei an. Er habe beobachtet, so gab er zu Protokoll, wie der Jude Hehlerware aufgekauft und wieder verkauft habe.

Zugegeben, nicht selten tauchte in der Lappegass Hehlerware auf, doch es war undenkbar, daß in Zeiten sich ständig verschärfender Judenverfolgung ein jüdischer Händler es gewagt hätte, das im Vergleich mit seinen christlichen Konkurrenten doppelt und dreifach riskante Geschäft mit heißer Ware zu machen. Franz Kaufmanns Laden wurde durchsucht und, wie nicht anders zu erwarten, keine Diebesware gefunden. Dennoch wurde der Laden versiegelt und sein Inhaber für den nächsten Tag zur Vernehmung aufs Polizeirevier bestellt. Ein Polizist vom 1. Polizeirevier in der Altstadt, der bei der Durchsuchung des Ladens dabei war und den Juden seit langem kannte, deutete ihm an, daß die Anzeige wegen Hehlerei von einem christlichen Trödler erfolgt sei. Franz Kaufmann ahnte, wer ihn angezeigt hatte. Ihm war klar, daß er gegen die Aussage dieses böswilligen Konkurrenten, der zudem noch Parteimitglied war, nichts ausrichten konnte, und wenn er tausendmal seine Unschuld beteuerte. Die Vernehmung am nächsten Tag würde zu seiner Verhaftung führen.

Nach einer schlaflosen Nacht entschloß sich Franz Kaufmann, nicht zur Vernehmung zu gehen. Er wollte fliehen – aber wohin? Ratlos irrte er durch die Stadt. Er wußte nicht, an wen er sich wenden sollte, wer ihm helfen könnte, illegal über die Grenze zu kommen. Er wagte es auch nicht mehr, in seine Wohnung in der Saalgasse zurückzukehren, da er wußte, daß man ihn dort suchen würde, nachdem er nicht auf dem Polizeirevier erschienen war.

Da traf er hinter dem Römerberg zufällig Emilie Kratzenberg, die sich auf dem Nachhauseweg von ihrer Arbeit befand. Unter Tränen schilderte er ihr sein ganzes Elend. Die Wohltäterin wurde von tiefem Mitleid für den Verzweifelten erfaßt. Ungeachtet der schlechten Erfahrung, die sie einige Monate zuvor mit der unbekannten Frau aus Wetzlar gemacht hatte, verkannte sie ein zweites Mal die Gefahr. Sie bot Franz Kaufmann erst einmal ihre Wohnung als Versteck an. Vielleicht dachte sie, kommt Zeit, kommt Rat, oder hoffte gar, bei meiner Mutter Hilfe für den Trödler zu finden. Ganz unbedacht war sie jedoch nicht, denn sie bat den Trödler, erst bei Dunkelheit in ihre Wohnung nachzukommen. Es könne bei den Nachbarn Verdacht erregen, wenn sie zusammen gesehen würden.

Die Vorsicht war jedoch umsonst. Als sich Franz Kaufmann nach Dämmerung in den Saalhof schlich, mußte er beobachtet worden sein. In aller Herrgottsfrühe am anderen Tag kam die Polizei in den Treppenturm und verhaftete beide. Den Trödler schaffte man wahrscheinlich sofort in ein Konzentrationslager, die Wohltäterin in die Hammelsgasse.

*

Die Entlassung Emilie Kratzenbergs aus der Untersuchungshaft war längst nicht das Ende der Affäre. Die Staatsanwaltschaft leitete gegen sie ein Verfahren wegen versuchter Strafvereitelung in einem besonders schweren Fall ein. Im Prozeß vor dem Frankfurter Amtsgericht hatte die Wohltäterin das Pech, auf einen Ankläger zu stoßen, der aus seinem Judenhaß keinen Hehl machte. Er stellte das Verhalten der Angeklagten als Kapitalverbrechen dar, und bezeichnete sie als Judensympathisantin, wobei das bei ihm wie Vaterlandsverräter oder Kinderschänder klang. Er verstieg sich dazu, ihre Straftat als ein schweres Vergehen gegen die Sicherheit des nationalsozialistischen Staates zu bezeichnen und malte ein apokalyptisches Bild von den Folgen, die daraus entstünden, wenn solche verwerflichen Handlungen ungeahndet blieben.

Kalkweiß und wie versteinert saß Emilie Kratzenberg auf der Anklagebank. Sie hatte Mühe, klare Antworten zu geben, als sie der Richter am Anfang der Verhandlung zur Person und zu ihrem Verhältnis zu Franz Kaufmann befragte.

Danach sprach sie kein Wort mehr. Wenn sich ihr Verteidiger zu ihr umdrehte, um sie etwas zu fragen, nickte oder schüttelte sie nur den Kopf. Sie erweckte den Anschein, als würde sie nicht verstehen, was im Gerichtssaal vorging.

Der Prozeß war kurz, die Plädoyers knapp. Der Staatsanwalt forderte zweieinhalb Jahre Gefängnis. Diese strenge Strafe sei gerechtfertigt, damit dem Rasseverfall des deutschen Volkes entgegengewirkt werde. Der Strafverteidiger bat um eine milde Strafe für die Angeklagte, da es sich bei ihrem Vergehen nicht um einen böswilligen politischen Akt gehandelt habe. Die Angeklagte denke nicht in politischen Zusammenhängen. Sie habe lediglich aus mißverstandener Barmherzigkeit heraus gehandelt.

In der letzten Reihe des Zuhörerraums verfolgte Emilie Kratzenbergs Schwester die Verhandlung. Während der kurzen Pause zwischen den Plädoyers und der Urteilsverkündung sprach sie kein Wort mit ihr. Dem Verteidiger erklärte sie, sie habe kein Verständnis für das undeutsche Verhalten von Emilie, sie schäme sich für sie und wolle nichts mehr mit ihr zu tun haben.

Am Ende lautete das Urteil auf zwei Jahre Gefängnis ohne Bewährung. Die Strafe mußte sofort angetreten werden. Die Wohltäterin wurde noch im Gerichtssaal verhaftet und in das Frauengefängnis Preungesheim eingeliefert.

Im Gefängnis wollte Emilie Kratzenberg keine Besuche empfangen. Sie wurde schwer krank, lag einige Zeit im Gefängnislazarett und wurde dann zehn Monate nach ihrer Einlieferung wegen fortdauernder Haftunfähigkeit entlassen. Ihre Beschwerden waren so schlimm, daß sie nicht mehr in den Treppenturm im Saalhof zurückkehren konnte. Ihre Schwester versöhnte sich mit ihr, nahm sie in ihre Wohnung auf und räumte ihr eine kleine Kammer ein.

Die Sinnesänderung der Schwester hing damit zusammen, daß sich Emilie während der Monate ihres Zwangsaufenthaltes im Gefängnis entschieden gewandelt hatte. Ein Gefangenenseelsorger, der sie regelmäßig in ihrer Zelle besuchte, mit ihr betete und sich mit ihr über die veränderten Zeiten unterhielt, brachte ihr zur Lektüre das Neue Testament mit. Wohl wissend, warum sie verurteilt worden war, und darauf bedacht, sie vor weiteren Irrwegen zu bewahren und sie zu läutern, empfahl er ihr, sich besonders der Evangelien des Matthäus und des Johannes anzunehmen. Zu allem Überfluß strich er ihr darin noch die Stellen an, die von dem Übel und der Schlechtigkeit der Juden handeln.

Emilie Kratzenberg hatte sich immer als gläubige Christin bezeichnet, und so kam sie, als der Seelsorger sie auf diese Zitate aufmerksam machte, ins Grübeln. Wenn das über die Juden so wörtlich in der Bibel stand, dann müsse es wohl seine Richtigkeit haben. Wenn ihr das schon vorher so klar gewesen wäre, versicherte sie ihrer Schwester nach ihrer Entlassung aus dem Gefängnis, hätte sie den jüdischen Trödler Franz Kaufmann an dem Abend nicht in ihre Wohnung aufgenommen. Jetzt erst erkenne sie, daß nicht falsch sein könne, was in allen Zeitungen stehe, pausenlos im Radio zu hören sei und wovon fast alle Menschen überzeugt seien: Alles Unglück komme von den Juden, sie wären schon immer und seien noch heute der Erbfeind der Christen.

So war es nur folgerichtig, daß sich in ihr die Überzeugung verdichtete, das Elend, in das sie geraten war und ihr keinen Ausweg mehr bot, habe seine Ursache in ihren Kontakten mit Juden. Und das war ja auch nicht ganz falsch. So schlug ihr judophiles Empfinden in eine starke Ablehnung um.

Diese neu erworbene Animosität gegen Juden führte bei Fräulein Kratzenberg jedoch nicht dazu, uns, die Familie Senger, bei ihrer Schwester zu denunzieren oder ihr zu eröffnen, daß wir ebenfalls Juden seien. Das war unser Glück, denn es ist wohl nicht daran zu zweifeln, daß Emilie Kratzenbergs Schwester, die überzeugte Nationalsozialistin, keine Sekunde gezögert hätte, uns bei der Polizei anzuzeigen.

So kam die ahnungslose Schwester hin und wieder, wenn sie zum Einkaufen in der Freßgasse war, auf einen Sprung in unsere Wohnung in der Kaiserhofstraße, um uns über die Geistesverfassung und den Gesundheitszustand von Emilie zu berichten. Von ihr erfuhren wir auch, wie sich im Gefängnis ihr Sinneswandel vollzogen und welche Rolle dabei der Gefängnisseelsorger gespielt hatte.

Mit gichtigen Händen und gelähmten Beinen war die Wohltäterin im Haus ihrer Schwester ans Bett gefesselt. Meiner Mutter ließ sie ausrichten, sie wünsche auf keinen Fall, daß jemand aus unserer Familie sie besuche. Sie wolle auch keinen schriftlichen Verkehr mehr mit uns. Das teilte uns ihre Schwester bei einem Besuch mit und meinte dabei bedauernd: »Ich verstehe Emilie nicht. Früher hat sie immer nur Gutes über Sie gesagt. Und jetzt? Die Zeit im Gefängnis muß sie völlig durcheinandergebracht haben. Sie dürfen ihr das nicht übelnehmen.«

*

Emilie Kratzenberg starb zwei Jahre später, ohne daß sie jemand aus unserer Familie noch einmal gesehen hatte. Als wir die Nachricht von ihrem Tod erhielten, sagte meine Mutter: »Es tut mir in der Seele weh, wenn ich daran denke, was die Arme in den letzten Jahren ihres Lebens durchgemacht hat. Und doch fällt mir jetzt ein Stein vom Herzen. Ich habe ihren Tod wirklich nicht herbeigewünscht. Ich bin mir sicher, sie hätte uns nicht verraten. Aber solange sie lebte, hatte ich Angst, Angst vor ihrer Unbedachtheit.« Sie machte eine lange Pause und fügte dann nachdenklich hinzu: »Ich weiß nicht so recht – irgendwie fühle ich mich an ihrem Schicksal mitschuldig.«

Der Schleifstein

An einem Sommerabend saß ich in Alsbach, einem kleinen Ort an der Bergstraße, bei meinem Freund, dem Schauspieler Heinrich Sauer. Nach dem dritten oder vierten Glas Wein hatte ich das Bedürfnis, in der Dämmerung noch ein wenig durch den verwilderten Garten zu schlendern. Nach wenigen Schritten stolperte ich an einer unübersichtlichen Stelle über einen großen Stein und sah, daß dieser Stein, halb unter Rankwerk verborgen, eine ungewöhnliche Form hatte, er war flach und kreisrund und hatte einen Durchmesser von etwa einem dreiviertel Meter. Man wird meine Überraschung verstehen, als ich das Gestrüpp zur Seite zog und auf dem Stein, in dessen Mitte ein großes Vierkantloch geschlagen war, deutlich hebräische Buchstaben erkannte.

Später erzählte mir mein Gastgeber, was es mit diesem merkwürdigen Stein für eine Bewandtnis habe.

Im Jahr 1303, nach dem jüdischen Kalender 5063, im Monat Tischri, starb im rechtsrheinischen Biblis die Tochter des Juden Koehen Klonimus, offenbar an einer tückischen Infektionskrankheit. Sie hieß Neumi, war fünfzehn Jahre alt und noch nicht verheiratet.

Die Judengemeinde in Biblis hatte nie eine eigene Begräbnisstätte gehabt. Sie mußte ihre Toten auf einem anderen, weiter nördlich gelegenen Judenfriedhof bestatten. Dorthin brachte man die sterblichen Überreste der Jungfrau Neumi, die rasch bestattet werden mußten, da nach jüdisch-religiösem Gebot ein Verstorbener auf dem schnellsten Weg unter die Erde gebracht werden muß, und es nur noch wenige Tage bis zum Neujahrsfest waren.

Am Kopfende von Neumis Grab stellte man nach mosaischem Brauch ein Jahr später einen Grabstein auf. Darauf war in hebräischen Worten gemeißelt:

Eine fromme Jungfrau mit Namen Neumi
von angenehmer Art
ruht hier
Aus ihrem Innern strahlte Anmut
Am 9. Tag des Monats Tischri im Jahr 5063
ging sie in die Ewigkeit
Sie war die Tochter des Koehen Klonimus
und dessen Frau aus dem Haus
des Koehen Zalman Shipias Halevi
aus Biblis
Ihre Seele sei eingebunden in den
Bund des Lebens.

Diese letzten zwei Zeilen, eine immer wiederkehrende Formel auf jüdischen Grabsteinen, könnte man auch frei übersetzen mit: Ihre Seele möge nunmehr verbunden sein mit den Seelen der übrigen Gerechten im Garten Eden.

Über drei Jahrhunderte stand der Grabstein auf dem Friedhof und zeigte den Nachgeborenen an, daß die Jungfrau Neumi aus dem irdischen Dasein abberufen wurde, bevor sie der Freuden und Schmerzen, Geliebte, Ehefrau und Mutter zu sein, teilhaftig werden konnte. Dann aber muß der Stein eine ungewöhnliche Reise zum Alsbacher Judenfriedhof gemacht haben. Das ist darum bemerkenswert, weil jüdische Friedhöfe für alle Zeiten unantastbar sind und niemand, von Grabschändern abgesehen, es wagen würde, einen Grabstein zu versetzen oder gar auf einen anderen Friedhof zu schaffen.

Für die geheimnisvolle Wanderung des Grabsteins vom Rhein an die Bergstraße gibt es nur eine Erklärung: Unzählige Male mußten die Juden in den zweitausend Jahren der Diaspora schreckliche Verfolgungen erleiden. Millionen Männer, Frauen und Kinder verloren dabei ihr Leben. Die Judenschlächter – so war bis ins späte Mittelalter die übliche Bezeichnung für diejenigen, die die Juden mit Feuer und

Eisen verfolgten und massakrierten – begnügten sich in den meisten Fällen nicht damit, die Juden zu töten und ihre Häuser zu zerschlagen, sie setzten ihr von religiösem Fanatismus entfachtes Zerstörungswerk auch auf den jüdischen Friedhöfen fort, oftmals bis zur völligen Einebnung der Grabstätten. Später brachten die Überlebenden die wenigen, dann noch vorhandenen Grabsteine auf andere, nicht geschändete Friedhöfe. So muß auch das Schicksal des Grabsteins der Jungfrau Neumi gewesen sein.

Vor 1616 konnte Neumis Grabstein nicht dorthin gebracht worden sein, denn erst in diesem Jahr wurde der Alsbacher Judenfriedhof eröffnet. Da die junge Jüdin aber an einem anderen Ort bestattet worden war, lehnte man ihren Grabstein, wie in solchen Fällen üblich, im hinteren Teil des Friedhofs an die Begrenzungsmauer. Dort stand er unbeachtet weitere drei Jahrhunderte.

Dann aber kam Hitler an die Macht und die Verfolgung der Juden steigerte sich von Jahr zu Jahr. Sie erreichte ihren ersten Höhepunkt in der Pogromnacht des Jahres 1938.

Auch der Alsbacher Judenfriedhof, Begräbnisstätte für viele Judengemeinden zwischen Rhein und Odenwald, wurde in den Morgenstunden des 10. Novembers geschändet. Die SA-Trupps sämtlicher umliegender Orte, Alsbach, Zwingenberg, Hähnlein, Bickenbach, Auerbach und Jugenheim, marschierten geschlossen zum Friedhof an der Alten Bergstraße. Sie sprengten das massive zweigeschossige Eingangsgebäude, in dem auch die Trauerhalle war, und stießen anschließend die Grabsteine von ihren Sockeln. Viele zerbrachen. Die SA-Männer machten gründliche Arbeit und zügelten ihren Vandalismus erst, als sämtliche zweitausendzweihundert Grabsteine umgestürzt waren.

Am gleichen Tag noch kamen viele Dorfbewohner zu dem verwüsteten Friedhof. Sie wollten sich nicht über die Untat empören, sondern Grabsteine wegschleppen. Mehrere hundert Steine sind seither verschwunden. Sie wurden für Hausfundamente, zum Ausbessern schadhafter Mauern und noch für viele andere Zwecke verwendet. Und niemand hatte ein schlechtes Gewissen, den Frevel mit in ein Fundament einzubauen.

Auch ein Schmied aus dem Raum Jugenheim, ein strammer SA-Mann, gehörte zu den Plünderern. Ihm kam der Einsatz auf dem jüdischen Gräberfeld gerade zur rechten Zeit, denn er brauchte dringend einen neuen Schleifstein. Und während er fleißig einen Grabstein nach dem anderen vom Sockel stürzte, sah er sich mit Kennerblick nach einem geeigneten Objekt, einem besonders harten Sandstein, für seine Schmiede um. Er brauchte nicht lange Ausschau zu halten bis er wußte, wo er den Stein zu suchen hatte. Im hinteren, ältesten Teil des Friedhofs lag das passende Material in der richtigen Dicke – und es kostete ihn keinen Pfennig. Seine Wahl fiel auf den Grabstein der Jungfrau Neumi.

Er brachte den Stein zu einem befreundeten Steinmetz. Dieser hatte, obwohl er selber gefühlige, mit Engeln und Palmzweigen verzierte Grabmäler schuf, keinen Augenblick Bedenken, den Grabstein vom Judenfriedhof in einen Schleifstein zu verwandeln.

*

Er brach den Stein in die notwendige Größe, paßte ihn in den Schleifbock der Schmiedewerkstatt ein, schliff ihn rund und schlug ein großes Vierkantloch in seine Mitte. Durch das Loch preßte der Schmiedemeister die Achse des Schleifgestänges, das mit dem seitlich am Schleifblock angebrachten Pedal verbunden war.

Sieben Jahre lang drehte sich der Stein unter den Händen des tüchtigen Odenwälder Schmiedemeisters. Und jeder Funke, der aus dem Stein stob, war ein unhörbarer Aufschrei der toten Neumi. Mittlerweile wußte jeder Fuhrmann, jeder

Pferdeknecht und jeder Bauer im Dorf, daß ihre Eggen und Sensen geschärft und die Schweißnähte ihrer reparierten Wagengestänge und Ackergeräte entgratet und geputzt wurden mit einem alten Grabstein vom Judenfriedhof. Warum sich darüber aufregen, wo doch andernorts zerschlagene jüdische Grabsteine ganz offiziell von Gemeindeverwaltungen zum Straßenbau verwendet wurden? Es kam hinzu, daß auch die Seelsorger beider Konfessionen sich über den Sturm auf den Alsbacher Judenfriedhof nicht empörten.

Das Ende des Tausendjährigen Reichs kam. Die Menschen allerorts, auch die im Odenwald, wurden bald wieder gute Demokraten und entdeckten aufs neue ihr christliches Gewissen. Der Schmied bildete keine Ausnahme. Doch er hatte ein Handikap. Auf seiner Läuterung lag sozusagen ein großer Schatten, und der hatte die Form eines Schleifsteins. Er montierte ihn vom Schleifbock und versteckte ihn unter Altmetall und anderem Werkstattgerümpel. Aus dem Haus schaffen konnte er ihn nicht. Denn wohin damit? Wo immer er ihn ablegte, würde man wissen, wem dieser alte Schleifstein gehört hatte und von wo er gestohlen worden war. Und jetzt, in der neuen Zeit, bestand die Gefahr, daß man den Schmied so bezeichnen würde, wie man es in den vergangenen sieben Jahren nicht gewagt hatte, als einen Grabschänder.

Es bestand sogar die Möglichkeit, daß ihn irgend jemand im Dorf deswegen bei den amerikanischen Besatzern anschwärzte. Wer dem Schmiedemeister übelwollte, für den war es mit dem Stein als Corpus delicti ein Kinderspiel. Also mußte er ihn verstecken.

Doch hatte er im Grunde nichts zu befürchten. Niemand rührte sich. Waren die Dorfbewohner wirklich so wenig nachtragend? Oder lag es an den anderen jüdischen Grabsteinen, die in Hausfundamenten und Mauern staken? Die Mitbürger des Schmieds wußten, was am besten ist: Sie wollten nicht am

Vergangenen rühren. Und so breitete sich auch in diesem Ort das große Vergessen aus.

Nur der Schmied konnte nicht daran teilhaben. Daran hinderte ihn der Schleifstein unter dem Werkstattgerümpel. Mit den Jahren verringerte sich zwar die ohnehin geringe Gefahr, verraten zu werden, aber der Stein war immer noch da und er war ihm so lästig wie Unkraut im Garten.

Nach zwanzig Jahren bot sich ihm die Gelegenheit, den Stein für immer verschwinden zu lassen. 1977 wurde die Straße von Jugenheim nach Balkhausen erweitert. Dabei wurden große Mengen Felsmaterial auf eine nahe gelegene Deponie geschüttet, die etwa dreißig Meter abseits der Straße angelegt worden war. Nach Beendigung der Bauarbeiten sollte die Deponie bepflanzt werden. Täglich kippten Lastwagen ihre Fuhren mit Schutt auf den Berg. Der Schmied brauchte den längst verfluchten Stein nur in einer späten Abendstunde, wenn ihn niemand beobachten konnte, auf die Halde zu werfen. Die nächste Fuhre Felsmaterial würde ihn sicherlich bereits am anderen Morgen unter sich begraben.

Eines Abends wuchtete er den Stein auf seinen Lieferwagen, legte eine Plane darüber und fuhr ihn zur Deponie. Der Stein war sehr schwer, der Schmied schaffte es nicht, ihn auf dem lockeren und nachrutschenden Schutt bis ganz nach oben zu tragen. Auf halber Höhe warf er ihn ab. Doch das am anderen Morgen abgekippte Felsmaterial begrub nicht, wie der Schmied gehofft hatte, den Stein unter sich, sondern drückte ihn den Hang hinunter. Am Fuß der Halde blieb er unbedeckt und mit der Schrift nach oben liegen. Wer sich die Mühe machte, konnte den Stein sogar von der dreißig Meter entfernten Straße gut sehen.

Frühmorgens am nächsten Tag kam Heinrich Sauer mit dem Auto an der Deponie vorbei und hielt zufällig. Er ging auf den Schuttberg zu, sah dort den kreisrunden Stein liegen und war überrascht, darauf deutlich hebräische Schriftzeichen zu entdecken. Er vermutete sofort, daß es sich um einen geschändeten jüdischen Grabstein handeln müsse, fuhr wieder nach Hause, holte einen Anhänger, hievte den Stein auf die Ladefläche und legte ihn zu Hause an der Stelle seines Gartens nieder, an der ich über ihn gestolpert bin.

Das ist die traurige Geschichte des Grabsteins der Jungfrau Neumi. Seither überlegt Heinrich Sauer, ob es nicht doch besser wäre, wenn er den geschändeten Grabstein wieder dorthin brächte, wo er hingehört, auf einen jüdischen Friedhof. Ein Rabbiner habe ihm kürzlich erklärt, daß nur dort die Seele der Jungfrau Neumi in den paradiesischen Gefilden ihre Ruhe fände.

Auch ich empfahl ihm, den Grabstein auf den Auerbacher Judenfriedhof zurückzubringen.

Issy Wygoda

Am 5. April 1992 starb Issy Wygoda im Alter von siebzig Jahren. Als man ihn in der hessischen Kleinstadt Langen zu Grabe tragen wollte, fand sich niemand, der bereit war, einige Worte des Abschieds von diesem Menschen zu sprechen. Damit er nicht stumm in die Gruft gesenkt und wie ein Aussätziger verscharrt werde, wandte sich seine Familie in ihrer Not an mich und bat mich, in einer kurzen Rede seiner zu gedenken, denn ich hätte ihn doch gekannt.

Ich war betroffen von der Bitte seiner Familie. Nach kurzem Bedenken sagte ich zu und sprach an seinem Sarg: »Wir nehmen heute Abschied von Issy Wygoda, einem Menschen, der zu keiner Zeit in das gängige Klischee eines Erdenbürgers paßte, dessen Leben abenteuerlich verlief und so verworren war, wie es nur das Leben eines Juden sein kann. Wir nehmen Abschied von einem Menschen, der die Nazibarbarei erlebte, in einer polnischen Partisaneneinheit kämpfte und zu den wenigen Juden gehörte, die die mörderische Zeit überlebten. Er hat mir vieles vom Wunder seines Überlebens erzählt, Unfaßbares, Rätselhaftes, total Verrücktes. Und doch zweifle ich keine Sekunde daran, daß er mir die Wahrheit sagte. Manches ist mir unklar geblieben, unverständlich, mysteriös, sein Herkommen, seine Fluchten, seine Fluchtstationen, sein närrisches Verhalten, seine donquichottischen Kämpfe gegen jegliches Unrecht. Ich frage mich: War er etwa einer der sechsunddreißig Gerechten – oder nur ein Verrückter? War er ein tolldreister Eulenspiegel mit dem Davidstern auf der Brust – oder nur ein tumber Tor, bei dem das erhoffte Glück fast immer im Schlamassel endete?

Wer war Issy Wygoda? Er war ein Mensch, behaftet mit allen menschlichen Schwächen, einer, dem nie Gerechtigkeit widerfuhr und der ein Gerechtigkeitsfanatiker war. Sein

Leben verlief tragisch, voller Ungereimtheiten, gebrochenen Tabus und Übertretungen bürgerlicher Ordnungsnormen. Und doch hat er unsere Achtung und unser Mitleid verdient. Ich werde mich bestimmt oft an ihn erinnern, an seine guten und seine Schattenseiten.

Wenn es einen Gott gibt, wird er dich, Issy Wygoda, in die Arme genommen und zu einem würdigen Platz im Garten Eden geleitet haben, in den Kreis der Gerechten. – Dein Leiden, Issy, hat ein Ende – ich bin sehr traurig.«

1.

An einem Sonntagmorgen, fast noch zu nachtschlafender Zeit, stand er vor der Wohnungstür – klein und gedrungen, nicht viel größer als ein Meter sechzig, ohne eine Spur von Verlegenheit und mit einem Lächeln auf den Lippen, als wolle er meine Familie zu einer Grillparty einladen – und sprudelte, kaum hatte ich die Tür geöffnet, mit einer hohen, etwas verkrätzten Stimme heraus: »Guten Morgen, mein Herr. Sie sind doch Herr Senger? Freut mich. Mein Name ist Wygoda, Issy Wygoda. Ich muß mit Ihnen sprechen, Herr Senger. Es ist sehr wichtig. – Sie erlauben doch?!«

Noch bevor ich ihn fragen konnte, in welcher Angelegenheit er mich zu sprechen wünsche, war er bereits mit einer geschickten Körperdrehung an mir vorbei und in den Flur gehuscht. Flink zog er seinen Überzieher aus und hielt ihn mir hin.

Ich war so perplex über dieses kecke Auftreten des Fremden, daß ich ihm ohne Widerstreben den Überzieher abnahm und an die Garderobe hing.

»Gestatten Sie!« sagte er, machte mit seinen kurzen Beinen einige Trippelschritte ins Wohnzimmer, blieb in der Mitte stehen, schaute sich um und fragte: »Wo darf ich mich setzen?«

Ich sagte: »Nehmen Sie da Platz!« und deutete auf einen Stuhl am Fenster.

Aber er saß schon – nicht auf dem Stuhl am Fenster, sondern auf der anderen Seite des Zimmers auf der Couch, genau in der Mitte, stützte links und rechts die Hände auf die Sitzfläche und streckte den Kopf vor. Er saß mit seinem verhältnismäßig kleinen, runden Kopf, dem schütteren Haar, den abstehenden Ohren und hellwachen Augen da wie auf dem Sprung.

Jetzt erst, nachdem er saß, gab er mir die Möglichkeit, ihn zu fragen: »Nun verraten Sie mir endlich, was Sie von mir wollen, Herr – wie war Ihr Name?«

»Is-sy Wy-go-da«, antwortete er, jede Silbe betonend. »Wygoda ist polnisch und heißt bequem, Bequemlichkeit.« Er blickte links und rechts auf die Couch. »So, wie ich hier sitze, bequem.« Er lachte mit einem meckernden Ton über seine geistreiche Bemerkung. »Was ich von Ihnen will? Das sage ich gleich. Es ist für Sie wirklich wichtig. Aber erlauben Sie mir zuerst eine Vorbemerkung. Ich komme unangemeldet in Ihre Wohnung, an einem Sonntagvormittag, ist das nicht eine Unverschämtheit?«

Welch ein anmaßendes Gerede, dachte ich. Und doch hatte er recht. Auf diese Weise hatte bisher noch niemand sich Zutritt in meine Wohnung verschafft.

Ohne eine Antwort abzuwarten, fuhr er fort: »Dafür habe ich mich bereits entschuldigt. – Oder nicht?« fügte er lächelnd hinzu.

Ich hielt es für überflüssig, darauf zu antworten. Was hätte ich auch sagen sollen?

Er war leicht irritiert und holte tief Luft. »Haben Sie schon gefrühstückt?« fragte er. »Nein? Nein? Dann tun Sie es. Ich kann warten. Ich habe gefrühstückt.«

»Ich frühstücke später.«

»Ist gut. Ich versteh' schon. Ich werde mich kurz fassen.«

Er rutschte mit dem Hintern nach hinten und saß so etwas bequemer, entspannter. »Sind Sie nicht erstaunt darüber, wie ich zu Ihnen gefunden habe?« fuhr er fort.

Spätestens jetzt hätte ich seinen Redefluß unterbrechen und ihn energischer als bisher auffordern müssen, mir endlich zu erklären, warum er gekommen war und was er eigentlich von mir wolle. So hätte ich bei jedem anderen Fremden reagiert. Statt dessen zuckte ich nur, ihm meine Ahnungslosigkeit zeigend, mit den Schultern. Er hatte mich mit seiner unverfrorenen Art überrumpelt.

»Sehen Sie«, sagte er zufrieden, »Sie wissen es nicht. Wie sollten Sie auch!« Er hob die Hände. »Ich will Sie nicht länger auf die Folter spannen. Ihr alter Freund Peter Gingold hat mir Ihren Namen genannt und mir von Ihrem Ärger erzählt.«

»Ärger? Worüber?«

»Na, über was? Ihre Einbürgerung natürlich.«

»Ich verstehe.«

»Aha, jetzt dämmert Ihnen etwas!«

*

Issy Wygoda hatte die Fähigkeit, ohne Punkt und Komma zu reden, mit einem leichten jiddischen Akzent und einer phänomenalen Zungenfertigkeit. Er schaffte gut und gern zweihundert Silben in der Minute. Seine Fragesätze warteten nicht auf Antworten. Während ich ihm zuhörte, drängte sich mir unwillkürlich der Vergleich mit der Kavatine des Figaros aus dem Barbier von Sevilla auf, nur mit dem Unterschied, daß Issy nicht sang.

Ja, jetzt dämmerte mir etwas: Peter Gingold war ein alter Kampfgefährte von mir aus der Zeit, in der ich noch Mitglied der Kommunistischen Partei war und glaubte, mit dieser Partei und Hand in Hand mit Peter in eine gerechtere, sonnigere Zukunft zu marschieren.

Peter Gingold, ebenfalls Jude, in Aschaffenburg geboren, mußte 1933 aus Deutschland flüchten. Er ging nach Frankreich, schloß sich dort, als die deutschen Truppen Frankreich überfielen und besetzten, der französischen Résistance an, war bis zum Ende des Krieges im Untergrund gegen die deutschen Besatzer aktiv und kehrte bereits im Juni 1945 als einer der ersten Emigranten, inzwischen staatenlos und weiterhin überzeugter Kommunist, nach Deutschland zurück. Er bemühte sich um eine Einbürgerung, wurde aber immer wieder abgewiesen, weil er, wie es in den Antwortschreiben des hessischen Innenministeriums hieß, aufgrund seiner politischen Vergangenheit nicht die Gewähr böte, ein loyaler Staatsbürger zu werden. Und obwohl er einen tüchtigen Anwalt hatte, der sich im Staatsrecht bestens auskannte, erreichte er auch auf dem Rechtsweg nichts. Die Verwaltungsgerichte schlossen sich, was zu Zeiten des Kalten Krieges nicht verwunderlich war, der Ansicht der Ministerialen an.

Bevor noch der Termin für das Revisionsverfahren in dritter und letzter Instanz feststand, tauchte bei Peter Gingold ein kleiner, quirliger Jude auf, der sich in einem leicht jiddelnden Akzent erbötig machte, sich um die Einbürgerung zu bemühen. Peter lehnte ab, er habe bereits einen Anwalt, der auch bei künftigen Verfahren seine Interessen vor Gericht vertrete. Diese Ablehnung beeindruckte den Fremden keine Sekunde. Das wisse er natürlich, gab er zur Antwort, denn er habe die bisherigen Prozesse verfolgt. Wenn Peter unbedingt seinen Anwalt behalten wolle, könne dieser ihn ja als zusätzlichen Rechtsbeistand oder als Co-Anwalt akzeptieren. Er wisse juristische Wege, die todsicher zum Erfolg führten und die der Anwalt noch nicht beschritten habe. Sollte Gingold wegen der Kosten etwa Bedenken haben, so könne er ihn beruhigen, er verlange keinerlei Bezahlung. Es stellte sich heraus, daß der Fremde den Tick hatte, sich überall dort einzumischen, wo Willkürjustiz herrschte.

Nach wenigen Minuten mußte Peter Gingold erkennen, daß der jiddelnde Philanthrop tatsächlich über ein erstaunliches Wissen in Staatsrechts- und Einbürgerungsfragen verfügte. Gingold brachte es nicht über sich, den beharrlichen Besucher abzuweisen und überlegte gleichzeitig, daß es nicht schaden könne, wenn der Fremde in seinem Verfahren ebenfalls aktiv werde. Er übertrug ihm am Ende eines langen Gesprächs hierzu die Vollmacht. Gingold bekam deswegen auch Ärger mit seinem offiziellen Rechtsvertreter, dem es gar nicht paßte, einen Amateur als Rechtsbeistand zugesellt zu bekommen.

Auch ich war damals sehr verwundert über Peter Gingolds Leichtgläubigkeit. Meine Skepsis war aber unberechtigt. Die Einlassungen seines zusätzlichen Verteidigers trugen dazu bei, daß in letzter Instanz die Einbürgerung erzwungen werden konnte. Diese spektakuläre Affäre sorgte seinerzeit für Schlagzeilen und spaltenlange Kommentare in in- und ausländischen Zeitungen. Den Namen von Gingolds Mitstreiter erfuhr ich damals nicht.

*

Langsam dämmerte mir, wer der fremde Mann, der vor mir auf der Couch wie ein Wohltäter, Nothelfer und Heiliger in einer Person saß, eigentlich war, und ich konnte seinen Namen, den er bei seiner Ankunft genannt hatte, dem Geschehen zuordnen. Er mußte von Peter Gingold erfahren haben, daß auch ich staatenlos war, seit eineinhalb Jahrzehnten vergeblich um Einbürgerung kämpfte, vergeblich alle Instanzen des Verwaltungsgerichts angerufen hatte und immer wieder zu hören bekam, meine kommunistische Vergangenheit stände einer Einbürgerung im Wege. Unwiderruflich. Auch meine Kinder hätten keine Aussicht, deutsche Staatsbürger zu werden.

Drei geschlagene Stunden war Issy Wygoda bei mir und

redete. Redete ununterbrochen. Er ließ sich kaum Zeit zum Luftholen. Meine Frau brachte mir das Frühstück ins Wohnzimmer, und Issy ließ sich dazu herab, ebenfalls mehrere Tassen Kaffee zu trinken, wozu er von Zeit zu Zeit, gezwungenermaßen, kurze Sprechpausen einlegen mußte.

Wohlgemerkt, er war geistreich und amüsant und erzählte alles mit einer unwahrscheinlichen Zungenfertigkeit. Er würzte seine Rede mit ironischen Anmerkungen, Anekdoten und jiddischen Chochmes und freute sich mit einem kurzen meckernden Lachen über seine gelungenen Einfälle. Judith, meine jüngste Tochter, kam herein, um sich den merkwürdigen Besucher anzusehen, setzte sich neben ihn und war von seinem Auftritt fasziniert und gebannt wie von einem arabischen Märchenerzähler. Sie schwärmt noch heute von dem wortgewandten Mann, der ihr ein großes Vergnügen bereitet hatte. Besonders pikant an Issys Wortkaskaden waren die artistischen Einlagen, wenn er auf die deutschen Bürokraten zu sprechen kam. Es war ein echter Ohrenschmaus für Systemkritiker jeglicher Richtung. Von Bezeichnungen wie rückgratlose Anpassungskünstler über schlafmützige Dienstwegspezialisten bis hin zu faschistoiden Kreaturen ließ er nichts aus.

Drei Stunden ununterbrochener Redeschwall sind schon eine Zumutung, aber um der Wahrheit die Ehre zu geben, mir ging es ähnlich wie meiner Tochter, ich ergötzte mich an seiner brillanten Rhetorik. Zudem mußte ich ihm in vielem recht geben, besonders wenn er den Bürokraten kräftige Hiebe versetzte. Ich hatte in den fünfzehn Jahren, in denen ich mich vergeblich um meine Einbürgerung und die meiner Kinder bemühte, genau das erlebt, wovon Issy Wygoda erzählte, die Willkür der Amtsstubeninhaber, ihre Arroganz im Umgang mit dem Bürger, die kritiklose Anpassungsbereitschaft der Ministerialen, ihr zu jeder Wende bereiter Opportunismus. Ich habe es selbst erlebt, wie eiskalt diese »Kalten

Krieger« nach dem Krieg waren. Wendehälse waren sie schon damals, und als sich das politische Klima entspannte, traten sie auf einmal wie die besten Freunde auf.

Das Verflixte in meinem wie auch in Peter Gingolds Fall war, daß bis auf den heutigen Tag die Einbürgerung in Deutschland reine Ermessenssache ist. Damit ist man der Willkür der Bürokraten ausgeliefert. Dasselbe gilt auch für die deutschen Richter. Sie gaben mir mit Brief und Siegel schriftlich, daß die Entscheidung, mir die Einbürgerung zu verweigern, vollkommen in Ordnung sei. Sie sprachen sogar den Zweifel aus, ob ich aufgrund meiner politischen Vergangenheit überhaupt ein guter deutscher Staatsbürger werden könne. Und weil sie schon mal beim Verweigern waren, schlossen sie in die Verweigerung auch meine Kinder ein.

*

Issy Wygoda redete und redete – und hatte mich am Ende überredet. Ich willigte ein, daß er sich meines Falles noch einmal annähme. Er versicherte mir wie auch schon Peter Gingold, daß er kein Geld verlange. Und so gab ich ihm auch schriftlich meine Vollmacht. Das trug sich an einem Sonntagvormittag des Jahres 1973 zu.

2.

1920 kam im Flüchtlingsstrom hunderttausender polnischer Juden, die vor Pogromen und Revolutionswirren nach Westen flüchteten, auch einer nach Deutschland, der in seinem Wesen und seiner tiefen Gläubigkeit dem Tewje aus Scholem Alejchims *Tewje, der Milchmann* ähnlich war. Wie bei Tewje war auch sein einziger Besitz ein klappriger Pferdekarren und ein ebenso klappriger Gaul. Der Flüchtling hieß Schmuel Wygoda und war der Vater von Issy.

Immerhin hatte Schmuel das Glück, Pferd und Karren mit

in den Westen retten zu können. Glück nicht nur deshalb, weil beides einen bescheidenen materiellen Wert darstellte, sondern schlechthin seine Existenzgrundlage war. Erstaunlicherweise hatten Pferd und Karren über die vielen hundert Kilometer durchgehalten, was der fromme Mann allein der unendlichen Gnade Gottes zuschrieb.

Schmuel war ein Altkleiderhändler, der in seiner polnischen Heimat von Ort zu Ort gezogen war, gebrauchte Kleider und Schuhe aufkaufte und wieder verkaufte und von der bescheidenen Spanne zwischen An- und Verkauf recht und schlecht lebte. Außer dürftigem Hausrat lagen einige alte und verstaubte Kleider und Schuhe auf dem Wagen, der Rest seines einstigen Betriebskapitals. Damit, so glaubte er, könne er, wo immer er im Westen stranden würde, seinen Handel fortsetzen. Neben ihm auf dem Kutschbock saß Blümchen, seine Frau, eine fromme, gottergebene Jüdin, die mit ihrem ersten Kind schwanger war.

Schmuel wollte eigentlich bis nach Paris weiterfahren. Dort wohnte seit über einem Jahr die Familie seines Bruders Ignatz. Bei ihr hoffte er, mit seiner Frau unterzukommen. Die Strecke bis Paris wollte er zurückgelegt haben, bevor seine Frau niederkam. Aber das schaffte er nicht. Bereits in Fulda war es soweit. Früher als berechnet, setzten starke Wehen ein. Die Anstrengungen der langen Reise auf dem ungefederten Wagen über die holprigen Straßen waren wohl die Ursache dafür. Noch auf dem Weg durch die Stadt war Blümchen gezwungen, unverzüglich ein Krankenhaus aufzusuchen. In der Nähe befand sich das Herz-Jesu-Hospital. Dort, unter der Obhut von Nonnen, gebar Blümchen ihr erstes Kind.

Dieser unvorhergesehene Aufenthalt und ein Kindbettfieber, das Blümchen befiel, führten dazu, daß Schmuel auf die Weiterreise verzichtete und sich in Fulda niederließ. Die dortige Judengemeinde besorgte der jungen Familie eine einfache Unterkunft, und er begann sofort, nachdem sich sein dürres Pferdchen von dem langen, anstrengenden Marsch erholt hatte, wieder über Land zu fahren. Zu den gebrauchten Kleidern und Schuhen, die im Umkreis von Fulda nur schlecht zu verkaufen waren, führte er jetzt noch Billigtextilien mit sich. Damit florierte das Geschäft weit besser. Schmuel konnte sich bald eine größere Wohnung nehmen, und Blümchen gebar ihm in Abständen von knapp eineinhalb Jahren zehn Kinder, fünf Mädchen und fünf Buben. 1921 kam Issy als zweites Kind zur Welt.

*

Die Geburt Issy Wygodas war, wie seine Mutter später erzählte, von merkwürdigen Umständen begleitet. Es kann natürlich ein Zufall gewesen sein, daß Blümchen, als sie hochschwanger durch die Fuldaer Königsstraße ging, ausgerechnet vor dem Gebäude des Amtsgerichts stolperte, auf den Bauch fiel, von Passanten in das Gebäude getragen wurde und dort in einem Nebenraum des Gerichtssaals entband. Nach ostjüdischer Wundergläubigkeit war dadurch Issys Lebensweg vorgezeichnet. Sein Vater jedenfalls glaubte, daraus schließen zu können, daß aus ihm einmal ein tüchtiger Anwalt werde oder vielleicht sogar ein Rechtsgelehrter. Issy wurde weder das eine noch das andere, aber so ganz unrecht hatte Schmuel mit seiner Annahme auch wieder nicht.

Von Issys Entwicklung in den ersten Lebensjahren ist wenig zu berichten. Lediglich, daß er in der jüdischen Elementarschule ein schlechter und genauer noch, ein fauler Schüler war und zudem ungewöhnlich widerspenstig. Er stritt mit jedem, sogar mit dem Lehrer. Und dieser konnte ihm weder mit gutem Zureden noch mit dem Rohrstock Wissensdurst einbleuen.

Zu Hause gab es deshalb viel Ärger. Seine bildungsbeflissene Mutter stammte aus einer Lehrersfamilie, schlug ein übers andere mal die Hände über dem Kopf zusammen und jammerte: »Was wird nur aus dem mißratenen, ungezogenen Jungen werden? Ein Taugenichts. Nicht einmal den Handel seines Vaters wird er übernehmen können. O Gott, mit was haben Tate und ich das verdient?!«

*

Schmuel dehnte seine Geschäftsreisen mit Pferd und Karren immer weiter aus, kam sogar bis ins Elsaß und blieb oft mehrere Wochen fort. Auf diesen Reisen erfuhr er weit mehr vom Geschehen in Deutschland und der Welt, als wenn er immer nur in Sichtweite des Fuldaer Doms geblieben wäre. Voller Unruhe vernahm er das ständige Anwachsen der nationalsozialistischen Partei, hörte von den haßtriefenden Attacken ihrer Führer gegen das jüdische Volk und davon, daß sie dem »Weltjudentum« den Kampf angesagt hatten.

Als bei der Machtübernahme Hitlers noch die meisten Juden von einem totgeborenen Kind redeten oder, was ihre Gefährdung betraf, sich mit der Redensart beschwichtigten, es werde nicht so heiß gegessen, wie es gekocht wird, lud Schmuel sein geringes Hab und Gut auf den Karren und obenauf seine Kinder. Seine Frau saß auf dem Kutschbock, das jüngste Kind, das noch in den Windeln lag, hatte sie auf dem Schoß. So fuhren sie nach Westen, nach Frankreich. Schmuels Ziel war Paris.

Doch auch beim zweiten Aufbruch kam die Familie Wygoda nicht am Ziel an. In einer kleinen elsässischen Stadt mußte das ausgemergelte und völlig erschöpfte Pferd, das den Wagen mit der ganzen Familie von Fulda bis hierher gezogen hatte, nach einem Sturz notgeschlachtet werden.

Und wieder ließ sich Schmuel dort, wo er die Reise unfreiwillig unterbrechen mußte, nieder. Der Entschluß, nicht an die Seine weiterzureisen, hatte aber noch einen anderen Grund. Sein in Paris lebender Bruder Ignatz hatte ihn wissen lassen, daß es ihm, wenn Samuel tatsächlich in die Seinestadt kommen wolle, nicht möglich wäre, ihn mit seiner Frau und den vielen Kindern aufzunehmen. Er habe kaum Platz genug für die eigene Familie. Außerdem sei es derzeit ein schier unlös bares Problem, eine geeignete Wohnung zu finden, da bereits viele Deutsche vor den Nazis nach Paris geflohen seien.

Schmuel war enttäuscht. Er wußte, daß die Geschäfte seines Bruders mit Pelzwaren gut liefen. In einem Bauernhaus am Stadtrand von Paris besaß er eine geräumige Wohnung, zudem zwei Räume extra, in denen seine wertvollen Waren lagerten. Er war überzeugt, Ignatz hätte ihn und seine Familie für kurze Zeit aufnehmen können.

Diese Enttäuschung schärfte aber nur seinen nüchternen Verstand. Im Umkreis des elsässischen Städtchens, in dem er Quartier genommen hatte, kannte er sich bestens aus, hier hatte er in den vergangenen Jahren immer gut verkauft. Er werde, so sein Entschluß, seinen Handel in Zukunft im Elsaß betreiben, wo die braunen Judenverfolger ihm und seiner Familie nichts mehr anhaben konnten. Er würde mit der Bahn von Ort zu Ort fahren, solange bis er sich ein billiges Fahrzeug anschaffen konnte. Er träumte von einem kleinen Lieferwagen. Die Zeiten hatten sich geändert. Die Geräusche der Straße, das helle Geklapper der Pferdehufe, das Peitschenknallen und das harte Scheppern der Wagenräder waren von neuen Geräuschen, vom Zischen, Puffen und Hupen der Automobile, abgelöst worden. Mit einer Pferde stärke vor dem Wagen konnte man keine Geschäfte mehr machen, dazu brauchte man jetzt zehn, zwanzig oder noch mehr.

Schmuel Wygoda war, wie gesagt, ein praktisch denkender Mensch und rechnete sich bereits genau aus, wie lange er noch brauchen würde, um seinen Traum zu verwirklichen. Es durften nur noch wenige Monate sein, bis er das Geld für den kleinen Lieferwagen zusammengespart hatte.

Doch die Nazis machten ihm einen Strich durch die Rechnung. Er hatte nicht voraussehen können, als im Januar 1935 das Saarland wieder in das Deutsche Reich eingegliedert wurde, daß die antisemitische Haßwelle der braunen Machthaber bis ins Elsaß hinüberschwappen und sich dort noch verstärken würde.

Allerorten bildeten sich faschistische Gruppen, die die judenfeindlichen Parolen der Nazis übernahmen und auch deren gewalttätige Praktiken. Für die elsässischen Judengemeinden brachen schwere Zeiten an. Auch Schmuel und seine Familie litten sehr. Daß man ihn und seine Kinder als Dreckjuden und Pollaken beschimpfte, seine Haustür mit »Juden raus!« und Hakenkreuzen beschmierte und eines Nachts mehrere Fensterscheiben einwarf, das alles glaubte er, noch ertragen zu können. Als sich aber die Boykottmaßnahmen gegen Juden auch im Elsaß breitmachten, viele Menschen seine Waren nicht mehr kauften und man ihm immer öfter die Erlaubnis für seinen Verkaufsstand auf dem Jahrmarkt verweigerte, mußte er erkennen, daß im Elsaß auf Dauer weder Platz für seinen Handel noch für ihn und seine Familie war.

Schmuel war ein Mann von schnellen Entschlüssen. Er brach seine Zelte im Elsaß ab und kehrte mit seiner Familie im Sommer 1937 nach Polen zurück. Nur die zwei jüngsten Kinder nahm er mit. Die anderen sollten nachkommen, sobald er in der alten Heimat eine neue Bleibe gefunden hatte. Drei Monate später folgten drei weitere Kinder nach Polen. Die anderen blieben im Westen.

Zu diesem Zeitpunkt konnte er nicht ahnen, daß Hitler zwei Jahre später Polen überfallen und das Land in ein Meer von Blut verwandeln würde. Unbehelligt durchquerte er mit seinem polnischen Paß das faschistische Deutschland.

Issy ging nicht mit nach Polen und blieb auch nicht im Elsaß, er fuhr mit seinem zwei Jahre jüngeren Bruder Israel im Frühjahr 1938 nach Paris. Onkel Ignatz, der Pelzwarenhändler, nahm sie beide auf, trotz seiner Ablehnung zuvor. Später vermittelte er Issy sogar eine Lehrstelle als Kürschner. Das war durchaus keine Selbstverständlichkeit, denn der Junge hatte nicht einmal einen ordentlichen Volksschulabschluß.

In der Kürschnerwerkstatt vertrug er sich mit niemandem, war wie eh und je streitsüchtig und rechthaberisch. Und wenn der Meister ihm erklärte, Issy habe am Abend ein paar Stunden länger zu bleiben, weil ein Pelzmantel bis zum anderen Morgen fertig sein und er dem Gesellen zur Hand gehen müsse, machte Issy den Meister darauf aufmerksam, daß es auch in Frankreich ein Jugendschutzgesetz gäbe und das verbiete, Lehrlinge länger als acht Stunden am Tag zu beschäftigen. Wenn der Meister zurückschrie, ob er an die Arbeit gehen wolle oder nicht, duckte sich Issy, wollte aber partout nicht einsehen, daß Recht in aller Regel das Recht des Stärkeren und des Vorgesetzten ist. Als er sich wieder einmal wegen Überstunden beschwerte, warf ihn der Meister einfach hinaus.

Für andere wäre das eine Katastrophe gewesen, nicht für Issy. Er hatte beobachten können, wie Onkel Ignatz und der Kürschnermeister in seinem Lehrbetrieb ihre Geschäfte abwickelten, und dabei hatte er sich einige wichtige kaufmännische Kenntnisse in der Pelzwarenbranche angeeignet, die er jetzt nutzbringend anwenden konnte. Nach seinem Rausschmiß begann er, Pelzreste aufzukaufen und sie, nach Fellart, Farbe und Größe gut sortiert, wieder zu veräußern. Das war kein schlechtes Geschäft.

*

Knapp drei Monate nach Abbruch der Kürschnerlehre überfielen deutsche Truppen Frankreich und marschierten einige Wochen später in Paris ein. Während Bruder Israel in Paris blieb und in den politischen Untergrund ging, flüchtete Issy, wie die meisten deutschen Emigranten, in den Süden des Landes. Doch bald nach der Bildung der Vichy-Regierung stöberte die französische Polizei ihn und andere Juden und viele nichtjüdische Flüchtlinge, »Politische«, im Süden auf und schaffte sie in algerische Internierungslager. Algerien befand sich im Sommer 1941 noch unter französischer Herrschaft.

Die in Algerien Internierten mußten im Straßen- und Erzbergbau und beim Bau der Transsaharischen Eisenbahn arbeiten, zwölf Stunden am Tag, und das bei völlig unzureichender Ernährung. Etliche starben vor Erschöpfung. Jedoch gegenüber den vielen zehntausend Juden, die entweder von den Franzosen an Nazideutschland ausgeliefert oder von deutschen Truppen in ihren Verstecken aufgespürt wurden, hatten die in den algerischen Lagern zusammengetriebenen Flüchtlinge wenigstens eine Überlebenschance.

Im Lager lernte Issy eine Reihe prominenter deutscher Kommunisten kennen, von denen viele bereits im Spanischen Bürgerkrieg gekämpft hatten. Er mußte feststellen, daß die Politischen, Kommunisten und andere, weit besser organisiert waren, stärker zusammenhielten und imstande waren, sich gegenseitig gründlicher zu helfen, als es die Juden untereinander taten. Er versuchte darum, wenigstens einen Teil der internierten Juden zu einer Solidargemeinschaft zusammenzuführen. Sein Erfolg war bescheiden. Die Unpolitischen blieben im Lager eine heterogene Gruppe, eine Gruppe von Individualisten und Egoisten.

Es ist verständlich, daß er sich mit diesen Erfahrungen den Politischen anschloß und sich ihren Ideologien näherte. Er sagte, im Lager habe er gute Lehrmeister im Marxismus gehabt und bald sei er ein überzeugter Kommunist gewesen.

Inwieweit das wirklich stimmte, sei dahingestellt. Jedenfalls hatte er von politischen Theorien, das gab er unumwunden zu, so wenig Ahnung wie von den Geheimnissen der Kabbala. Wohl würzte er seine Rede oft mit Sentenzen, die angeblich aus der Kabbala stammten, hatte aber gewiß in seinem ganzen Leben nicht ein einziges Mal den Sohar, das große Werk der jüdischen Geheimlehre, aufgeschlagen. Seine Zitate waren entweder erdichtet oder sonstwo hergeholt, keinesfalls aber kabbalistische Weisheiten. Doch so, wie er sie vorzutragen verstand, wäre es eine Kränkung gewesen, an ihrer Echtheit zu zweifeln.

Gleiches läßt sich von seinem politischen Wissen sagen. Entgegen seiner Behauptung von der hervorragenden Schulung im algerischen Lager, wußte er in der Tat nicht – es schien ihn auch nicht zu interessieren –, daß die Kommunisten die politischen Verhältnisse verändern und eine klassenlose Gesellschaft errichten wollten. Marx, Engels, Lenin waren für ihn bloß Namen, nichts weiter. Der starke Zusammenhalt machte ihm die Politischen sympathisch, sein ausgeprägtes Gerechtigkeitsempfinden stieß bei ihnen auf ein gewisses Echo. Einmal beobachtete er, wie ein algerischer Soldat einem anderen ein Paar neue Stiefel stahl. Im Davonlaufen verlor er, als er bei Issy vorbeikam, einen der Stiefel. Issy hob ihn auf, rannte dem Soldaten nach, schrie »He, Kamerad, du hast etwas verloren!«, schwenkte dabei den Stiefel und übergab ihm dem verdutzt stehengebliebenen Soldaten. Am Abend jedoch meldete Issy den Vorfall dem algerischen Truppenführer, und der Dieb wurde bestraft.

Sein überspanntes Gerechtigkeitsempfinden hinderte ihn nicht daran, auf seinen eigenen Vorteil bedacht zu sein. Dabei überschritt er nicht selten die Grenzen geltenden Rechts. Er schmuggelte hauptsächlich Zigaretten und entwendete eines Tages im Büro der Lagerleitung den Paß eines deutschen Emigranten mit dem Allerweltsnamen Hermann Weber, der beim Bau einer Eisenbahnbrücke tödlich verunglückt war. Als er den Paß an sich nahm, wußte er nicht so recht, was er damit anfangen könne, dachte aber wohl, vielleicht würde ihm dieses seltene Dokument irgendwann einmal von Nutzen sein.

*

Über eineinhalb Jahre blieb Issy in dem algerischen Internierungslager. Dann glückte ihm mit mehreren anderen Gefangenen die Flucht. Als blinder Passagier kam er auf einem Frachtdampfer nach Frankreich zurück. In Marseille ging er an Land. Illegal reiste er nach Paris weiter. Dabei waren ihm Freunde aus der französischen Résistance behilflich. Sie halfen ihm auch, seinen Bruder Israel, mit dem er sich zeitlebens gut verstand, aufzuspüren. Dieser hielt sich in der Nähe von Paris bei Bauern versteckt. Israel berichtete, daß er noch lange Briefkontakt mit den Eltern gehabt habe, der aber eines Tages abgerissen sei. Er wisse nicht, wo sie sich jetzt aufhielten.

Issy hielt es nur wenige Tage in Paris aus. Das ungewisse Schicksal seiner Eltern und Geschwister in Polen quälte ihn und ließ ihn nicht ruhen. Er entschloß sich trotz eindringlicher Beschwörung des Bruders, seine Familie in Polen zu suchen. Eine Wahnsinnstat! Dazu mußte er Nazideutschland durchqueren.

Als er sich von seinem Bruder verabschiedete, schüttelte der fassungslos den Kopf und meinte: »Du solltest unbedingt einen Arzt aufsuchen, Issy, du bist meschugge geworden. Ist dir denn dein Leben gar nichts mehr wert?«

Und Issy antwortete: »Vielleicht bin ich meschugge. Kann sein. Dennoch – weder du noch ein anderer wird mich davon abhalten können, Mamme und Tate zu suchen.«

Mit nichts als mehreren hundert Reichsmark, einigen Schweizer Franken und dem Paß des verunglückten Hermann Weber, in dem er lediglich das Paßbild ausgewechselt hatte, reiste Issy nach Deutschland ein. Zu seinem Glück wurde er, wie er später erzählte, immer gleich weitergewunken, wenn er den Paß hervorholte. Bei genauerer Prüfung wäre er ihm bestimmt zum Verhängnis geworden. Das Paßbild konnte jeder als nachträglich hineingeklebt erkennen, außerdem war der ehemalige Besitzer des Passes gut zwanzig Zentimeter größer als Issy Wygoda.

*

Auf Hinweis eines Kuriers der französischen Résistance schlich er des Nachts im Dreiländereck bei Basel in die Schweiz hinüber, durchquerte sie von West nach Ost und wechselte in der Nähe des Bodensees in das faschistische Deutschland hinüber. So unglaublich es klingt, er schaffte es, über Bayern und die von den Deutschen besetzte Tschechoslowakei, das »Protektorat Böhmen und Mähren«, unbehelligt nach Polen zu gelangen. Gegen alle Vernunft, alle Logik, alle Wahrscheinlichkeit blieb er unbehelligt.

Doch wie sollte Issy jetzt seine Eltern finden? Er war bis ins waldreiche Zentralpolen gelangt, wo bei Radom das Dorf Dobrowka liegt. Von dort waren seine Eltern einst in den Westen geflohen und dorthin waren sie 1937 auch wieder zurückgegangen. Doch aus einem unbekannten Grund hatten sie Dobrowka verlassen und waren nach Ostrolenko, nördlich von Warschau, gezogen, ohne die Verwandten in Paris darüber zu informieren.

3.

Am 1. September 1939 hatten Hitlers Truppen Polen überfallen, in drei Wochen die polnische Armee zerschlagen und das ganze Land besetzt. Deutschland und die Sowjetunion einigten sich darauf, Polen unter sich aufzuteilen. Die Demarkationslinie zwischen Ost- und Westpolen verlief nur zwanzig Kilometer östlich von Ostrolenko am Bug. Issy Wygodas Familie befand sich somit im deutschen Einflußbereich, dem

»Generalgouvernement«. Ein in Ostrolenko stationierter deutscher Soldat, so schildert es Issys Schwester, die jetzt in Frankfurt lebt, riet Schmuel dringend, seine Familie solle von der deutschen in die sowjetische Zone wechseln. Unter den deutschen Faschisten könnten sie ihres Lebens nicht sicher sein, und er berichtete Schmuel von den mörderischen Exzessen der deutschen Truppen gegen die jüdische Bevölkerung. Schmuel leuchtete dieser Rat ein. Der deutsche Soldat besorgte einen Pferdekarren und kutschierte die Familie an die Grenze, damit sie nachts heimlich fliehen konnte. In Bobruisk in der Nähe von Minsk fand Schmuel in einer Konfektionsfabrik Arbeit als Bügler. Aber auch dort war ihnen nur eine kurze Verschnaufpause vergönnt.

Am 22. Juni 1941 überfiel Hitlers Armee die Sowjetunion und drang schnell nach Osten vor. Überall trieb sie Juden zu Massenerschießungen zusammen. Um sie vor den deutschen Schlächtern zu retten, wurden Juden von den Sowjets, soweit es ihnen möglich war, ins Innere des Landes gebracht. Die in Bobruisk angesiedelten Juden, so auch die Familie Wygoda, hatten Glück und wurden wegtransportiert. Nach einer langen Irrfahrt erreichten sie eine Waldsiedlung in der Nähe von Kasan an der Wolga. Dort endlich konnten sie, wenn auch unter großen Entbehrungen, bis zum Kriegsende und zur Zerschlagung Hitlerdeutschlands bleiben.

*

In dem Dorf Dobrowka, das Issy nach seiner abenteuerlichen Reise quer durch Westeuropa im März 1943 erreichte, konnte ihm niemand etwas über den Verbleib seiner Eltern und Geschwister sagen. Er war dem Verzweifeln nahe. Nach all den Schreckensmeldungen, von denen er auf dem Weg durch Polen erfahren hatte, mußte er annehmen, daß sie ebenfalls in ein Konzentrationslager gesperrt oder bereits von den Deutschen ermordet worden seien.

Doch Issy überließ sich nur kurze Zeit seinen dunklen Gefühlen. Dann marschierte er nach Norden, überquerte die Weichsel und suchte Verbindung zu einer Partisaneneinheit. Er hatte sich entschlossen, gegen die deutschen Faschisten zu kämpfen. In den Bergen bei Tschenstochau fand er Anschluß an die Gruppe »Wanda Wasilewska«. Diese polnischen Partisanen unterbrachen immer wieder die Nachschubwege der deutschen Truppen, legten Minen, zerstörten Straßen und sprengten Munitionstransporte.

*

Issy Wygodas heute in Frankfurt lebende Schwester erzählt, eines Tages sei in der Waldsiedlung bei Kasan ein Brief ihres Bruders eingetroffen. Wie er es geschafft habe, doch etwas über den Verbleib seiner Eltern und Geschwister herauszufinden, wisse sie nicht mehr. In diesem Brief habe er mitgeteilt, er kämpfe schon seit einiger Zeit in vorderster Front gegen die Deutschen und sei glücklich, die Eltern und Geschwister am Leben zu wissen. Er gab auch eine Anschrift an, wohin Post für ihn geschickt werden könne. Issys Schwester berichtet weiter, sogleich habe ihm der Vater geantwortet, ihm das harte, entbehrungsvolle Leben in der Waldsiedlung geschildert und ihn darüber informiert, daß seine Mutter sehr krank sei und nur noch eine kurze Zeit zu leben habe. Völlig überraschend sei Issy einen Monat später zu Besuch gekommen. Vor allem wollte er die kranke Mutter noch einmal sehen. Dabei habe er eine sowjetische Uniform getragen. Wie immer Issy an diese Uniform gelangte, er hatte sein Leben mehrfach riskiert, um Eltern und Geschwister wiederzusehen und von der todkranken Mutter Abschied zu nehmen. Zudem hatte er sich zweitausend Kilometer vom Kampfgebiet entfernt und war danach wieder zu seiner Partisaneneinheit zurückgekehrt.

*

Auch der im algerischen Internierungslager gestohlene deutsche Paß erfüllte einen weiteren Zweck. Issy zufolge übergab er den Paß in Moskau Wanda Wasilewska. Später erfuhr er, daß mit ihm ein deutscher Partisan des »Nationalkomitees Freies Deutschland« ausgestattet wurde. Dieser setzte sich von einem Flugzeug aus über reichsdeutschem Gebiet ab und führte Sabotageakte aus.

*

Die Partisaneneinheit »Wanda Wasilewska« ließ sich Anfang Februar 1945 von den russischen Truppen überrollen und stellte sich der in Lublin gebildeten provisorischen polnischen Regierung zur Verfügung. Die Partisanen erhielten polnische Uniformen und wurden in die schnell aufgestellte polnische Armee eingegliedert. Und so schlüpfte auch Issy in eine polnische Uniform und war von da an ein regulärer polnischer Soldat. Mit diesem Augenblick begann für ihn ein neuer Lebensabschnitt. Jetzt konnte er seinen Kampf für Gerechtigkeit endlich aufnehmen, den er oftmals in geradezu fanatischer Weise übertrieb. Darüber gibt es viele Berichte. In Ratibor hat er mit entsicherter Pistole in der Hand plündernde russische Soldaten vertrieben und deutsche Frauen vor Vergewaltigungen geschützt. Verhindert hat er auch, daß ein hoher Funktionär der NSDAP, ein stadtbekannter Scharfmacher und Judenverfolger, gelyncht wurde. Issy ließ ihn zur Aburteilung nach Kattowitz schaffen. Eines Tages spürte er mehrere SS-Leute auf, die sich im Keller einer Schule versteckt und sich bereits Zivilkleider für die Flucht besorgt hatten. Er übergab sie nicht der sowjetischen Stadtkommandantur, die sie sofort standrechtlich hätte erschießen lassen, sondern ließ sie trotz russischen Widerstands ebenfalls nach Kattowitz ins Gefängnis schaffen.

Kurioserweise ist sogar in dem Sammelband *Meine schlesischen Jahre*, herausgegeben von Herbert Hupka, der Vorsitzender der Vertriebenenverbände war, folgendes zu lesen:

»Dem Mann der polnischen Sicherheitstruppe (Issy Wygoda), der zum Quartiermachen nach Ratibor gekommen war, verdanken die drei Frauen, mit denen wir in häuslicher Gemeinschaft in der Wohnung des Lehrers Fritz Konietzky zusammen mit dem Rechtsanwalt Friedrich Fafflock aus Kattowitz, seinem Schwiegersohn und dessen beiden Kindern eng beieinander wohnten, daß sie in der späten Stunde des 19. April vor Vergewaltigung bewahrt blieben. Wygoda, ein hitziger Kopf, hatte gleich seine Pistole genommen und war den sich schnell in Sicherheit bringenden Soldaten nachgejagt. Auch ein Schuß fiel, ein russischer Soldat soll von ihm ins Bein getroffen worden sein. – Daß ich mitten durch die Stadt gehen und einmal in der ersten Notwohnung nach dem Rechten schauen durfte, verdanke ich gleichfalls seinem Schutz, den er mir aus freien Stücken gewährte.«

So weit Herbert Hupka. Es gibt eine weitere Zeugin, die den Gerechtigkeitsfanatismus Issys bestätigt: die in Frankfurt lebende Witwe des Rechtsanwalts Friedrich Fafflock. Noch 1946 wohnte die Familie Fafflock in Ratibor, wohin sie ausgewichen war, als alle Deutschen Kattowitz verlassen mußten. Rechtsanwalt Fafflock war einer der wenigen deutschen Strafverteidiger, die die Polen nach der Vernichtung des Naziregimes vor polnischen Gerichten zuließen. Häufig hatte er Deutsche, die wegen Kriegsverbrechen oder anderer Delikte angeklagt waren, am polnischen Gericht in Kattowitz zu verteidigen. Von Ratibor war es dorthin rund hundert Kilometer. Damit der Anwalt das Gericht in Kattowitz überhaupt erreichen konnte, beschaffte ihm Issy jedesmal ein Militärfahrzeug oder ein requiriertes deutsches Auto. Und er ließ es sich nicht nehmen, den Anwalt selbst nach Kattowitz zu fahren. Frau Fafflock erwähnte auch, welche Mühe »der Herr Wygoda« hatte, ein Fahrzeug und Benzin für die Fahrt aufzutreiben. Es sei ihm aber nichts zuviel gewesen, wenn es darum ging, ihren Mann zum Gericht zu bringen.

Dieser auffällige Eifer offenbarte eine weitere von Issys Eigenarten: seine besondere Liebe für Gesetze, Paragraphen und Gerichtsverfahren. Es scheint, daß seines Vaters Deutung – damals nach der Entbindung im Fuldaer Gerichtsgebäude im Jahre 1922 – sich auf unerwartete Weise erfüllen sollte. Auf der Fahrt zum Gericht versuchte Issy jedesmal, den Anwalt zu überreden, ihn als Anwaltsgehilfen zu beschäftigen. Das war natürlich nicht möglich, und Fafflock lehnte energisch ab. Dennoch hielt sich Wygoda während der Verhandlung stets in der Nähe des Anwalts auf, blätterte ab und zu in dessen Akten und machte nicht selten laute Bemerkungen zum Verhandlungsverlauf. Einmal brachte ihm das sogar einen Ordnungsruf des Richters ein. Der Anwalt mußte ihn notgedrungen gewähren lassen, denn er war darauf angewiesen, daß Issy ihn nach Kattowitz hin und wieder zurückfuhr.

*

Als Partisan war Issy ein mutiger Kämpfer. Aber als Soldat in der polnischen Armee fühlte er sich nur solange wohl, wie er als Führer der Sicherheitstruppe unabhängig war und seinen Gerechtigkeitstick ausleben konnte. Strammzustehen und Befehle zu empfangen war seine Sache nicht. Darum zog er, als seine Truppe in eine andere Armee-Einheit eingegliedert wurde und er an sogenannten Felddienstübungen teilnehmen mußte, die Soldatenuniform wieder aus.

In Polen wollte er nicht bleiben. Polen war nicht seine Heimat. Aber wo war sie? In Deutschland, wo er geboren wurde? In Frankreich, wo er aufwuchs? Er wußte es selbst nicht. Nicht einmal einen gültigen Paß hatte er, nur Entlassungspapiere aus dem algerischen Internierungslager und aus der polnischen Armee.

Da erinnerte er sich an die deutschen Mitgefangenen in Algerien. Er hatte erfahren, daß einige von ihnen in der sowjetischen Besatzungszone hohe Partei- und Staatsfunktionäre geworden seien und einer von ihnen, Hermann Winkler, eine Art Staatssekretär im Thüringer Kultusministerium. Er war verantwortlich für das gesamte Druckwesen im Land, was sowohl die Druckereien als auch die Druckerzeugnisse einschloß. Zu ihm hatte Issy im Lager ein fast freundschaftliches Verhältnis gefunden und oftmals mit ihm Brot- und Zigarettenrationen getauscht. Jetzt wohnte er in Weimar. Dort befand sich auch seine Dienststelle.

Issy nahm Kontakt zu ihm auf und erhielt prompt die Aufforderung, schnellstens nach Weimar zu kommen, es gäbe dort interessante Aufgaben. Hermann Winkler versprach, auch für ein gutes Quartier zu sorgen. Issy überlegte nicht lange, beschaffte sich einen Grenzübergangsschein, was ihm als ehemaligem Partisan und mit der Referenz eines hohen Staatsfunktionärs der sowjetischen Besatzungszone nicht schwer fiel, und machte sich auf den Weg nach Weimar.

Hermann empfing ihn mit großer Herzlichkeit. Noch von der gemeinsamen Zeit im algerischen Internierungslager wußte er, wie fintenreich sein Kumpan war. Deshalb hatte Hermann sich bereits eine besonders schwierige Aufgaben für ihn ausgedacht.

Die wichtigste, ihm von der sowjetischen Besatzungsmacht übertragene Aufgabe war der Wiederaufbau möglichst vieler Druckereien, damit zunächst einmal in allen thüringischen Städten Zeitungen und später auch Bücher gedruckt werden konnten.

Als Issy in Weimar eintraf, liefen zwar bereits zwei Rotationsmaschinen, aber deren Qualität war mangelhaft. Es fehlte an Ersatzteilen. Diese gab es entweder in Westberlin auf dem Schwarzmarkt oder in Offenbach am Main, wo ein Hersteller von Druckmaschinen seinen Sitz und das Glück hatte, nicht zerbombt worden zu sein.

Es war ein recht heikles Unternehmen, die dringend benötigten Ersatzteile zu beschaffen, denn das konnte nur illegal geschehen. Die Westmächte hatten in jenen Jahren kein Interesse daran, der ostdeutschen Industrie wieder auf die Beine zu helfen und schon gar nicht für die Instandsetzung alter Druckmaschinen zu sorgen. Sie gaben keine Genehmigung zum Ankauf von Maschinenteilen und hatten praktisch ein Embargo über alles verhängt, was dem Wiederaufbau im Osten dienen konnte.

Wenn überhaupt, überlegte Hermann, konnte es nur einer schaffen, dieses Embargo zu umgehen, ohne daß es gleich zu einem grenzüberschreitenden Skandal käme: Issy Wygoda. Zuerst zeigte er ihm die undichten und abgenutzten Druckzylinder, ausgelaufenen Lager, ungleichmäßig arbeitende Farbverteiler und vor allem alte Gummiwalzen. Diese schadhaften Gummiwalzen waren das größte Problem, besonders an den Rotationsmaschinen. Ohne ihre Erneuerung war ein einwandfreier Zeitungsdruck nicht möglich. Dann versuchte er ihm zu schmeicheln, indem er Issys Konspirationstalent hervorhob und ihm die Verdienste schilderte, die er für den Aufbau des sozialistischen Staates erwerben könne. Aber das alles war überflüssig. Als habe Issy nur auf eine solche Herausforderung gewartet, so schnell willigte er in diesen abenteuerlichen Handel ein. Er war geradezu entzückt darüber, einen derartigen Auftrag übernehmen zu können. Endlich konnte er wie ein Till Eulenspiegel auf dem Seil tanzen und die Grenze zwischen möglich und unmöglich erproben.

4.

Im Leben Issy Wygodas gab es eine Reihe dunkler Punkte. Hin und wieder, wenn er in besonders guter Stimmung war, gab er das eine oder andere zum besten. Über bestimmte Ereignisse aber schwieg er beharrlich. So gab er auch nie preis, wie er innerhalb von nur drei Wochen in den Besitz von kostbaren Ersatzteilen für die Druckmaschinen kam. Und weil er daraus ein Geheimnis machte, ist zu vermuten, daß er dabei tief in das kriminelle Milieu Westdeutschlands eintauchen mußte. Fragte man ihn, wie er es geschafft habe, an diese Teile heranzukommen, verzog sich sein Gesicht zu einem Grinsen und er sagte: »Geld, Chuzpe und Glück muß man haben.« War man aber mit dieser Antwort nicht zufrieden und drang weiter in ihn, fügte er hinzu: »Du verstehst doch: Der Zweck heiligt die Mittel.«

Seine Mission war jedenfalls ein voller Erfolg. Als die erste Rotationsmaschine in Erfurt zu aller Zufriedenheit lief und die ersten Zeitungen mit einwandfreiem Druck auswarf, gab es in der Druckerei eine kleine Feier, in deren Mittelpunkt Issy stand. Man klopfte ihm auf die Schulter und Hermann fand viele lobende Worte für ihn. Ein sowjetischer Offizier schüttelte ihm kräftig die Hand und versicherte in akzentfreiem Deutsch: »Das hast du glänzend gemacht, Genosse. Das werden wir dir zu danken wissen.«

Issy hielt es in diesem erhebenden Augenblick nicht für nötig, die Anrede »Genosse« zu korrigieren. Er war nie Mitglied der Partei gewesen, weder der KPD noch der SED. Die Ehrung tat ihm gut, da er selten geehrt wurde, und deshalb störte das »Genosse« ihn auch nicht im geringsten.

*

Kurze Zeit danach verlangten die Sowjets, daß in Thüringen endlich auch mit dem Buchdruck begonnen werde. Dazu sollte in Weimar eine große Schnellpresse, eine Offsetmaschine, in Gang gesetzt werden. An dieser Druckmaschine aber fehlten mehrere Gummiwalzen für die Farbverteilung. Wiederum schickten die Verantwortlichen Issy in den Westen und statteten ihn reichlich mit Westmark und Dollars aus, denn die Walzen mußten herbeigeschafft werden, koste es, was es wolle.

Auch diesmal gelang es Issy über die gleichen Der-Zweck-heiligt-die-Mittel-Verbindungen, die er bei seiner ersten Mission genutzt hatte, die Walzen herbeizuzaubern. Von da an betraute man Issy immer öfter mit gefährlichen Aufträgen. Dank seiner guten Geschäftsbeziehungen, vor allem nach Westberlin, konnte er sie stets mit Erfolg erledigen. Nicht ein einziges Mal kam er in Schwierigkeiten. Der Grenzübertritt in den Westen und auch die Rückkehr waren relativ einfach, denn er bekam jedesmal von den Sowjets und später von den ostdeutschen Behörden einen regulären Passierschein ausgestellt.

*

Etwa zur gleichen Zeit lernte Issy Brigitte Lorenz kennen. Sie war in Böhmen geboren und mußte 1945, als die sowjetischen Truppen in die Tschechoslowakei einmarschierten, mit Eltern und Geschwistern flüchten und fand in Weimar eine neue Heimat. Sie stammte aus einem erzkonservativ katholischen Elternhaus, hatte eine Klosterschule besucht, war danach in Böhmen auf eine Höhere Handelsschule gegangen, die ebenfalls katholisch war, und arbeitete in Weimar als Sachbearbeiterin beim Statistischen Landesamt Thüringen. In dieser beruflichen Funktion hatte sie öfters mit Issy zu tun.

Brigitte war eine auffallend hübsche, schlanke Frau mit hellblonden Haaren und blauen Augen, einer wohlklingenden Stimme und einem verführerischen Lächeln. Sie hatte viele Verehrer, doch keiner konnte ihr nahekommen. Ihre tiefe Frömmigkeit, die sie sich gegen allen verordneten Atheismus erhalten hatte, war wie ein Schutzwall gegen die häufig allzu große Aufdringlichkeit von Männern. Sie schien trotz ihres einnehmenden Wesens unnahbar und prüde.

Auch Issy hatte anfangs keine Chance bei ihr, obwohl er sich redlich bemühte, ihr zu imponieren. Doch in diesem Fall zahlte sich seine Hartnäckigkeit aus. Als er ihr schließlich hin und wieder Päckchen mit Butter, Speck, Eiern, Kaffee, amerikanischen Zigaretten und anderen Köstlichkeiten schenkte, erkannte sie, wie anziehend der kleine Judenjunge mit der großen Klappe war. So jedenfalls schildert es eine ehemalige Arbeitskollegin von Brigitte. Neid und Mißgunst klingen aus diesen Worten. Aber es wird so gewesen sein, daß die böhmische Schönheit mit dem Engelsgesicht Issys Intelligenz und Schlagfertigkeit und seine amüsante Geschwätzigkeit zu schätzen lernte und sich richtig in ihn verliebte.

Erstaunlich ist, daß sie keine Bedenken hatte, als fromme Katholikin mit einem Beschnittenen ein Verhältnis einzugehen. Es störte sie auch nicht, daß Issy einen ganzen Kopf kleiner war als sie. Sie setzte sich auch entschieden über die Bedenken ihrer Familie hinweg. »Er kann gar nicht dem falschen Messias huldigen«, sagte sie, »denn er ist ein Ungläubiger.« Darauf klagte die Mutter: »Ein Jude und dazu noch Atheist! Um so schlimmer.« Aber Brigitte ließ sich von ihrer Liebe zu Issy nicht abbringen.

Issy verwöhnte seine Geliebte nicht nur mit den Dingen, die er auf dem Schwarzmarkt erstand oder als Privilegierter durch Sonderzuteilungen erhielt. Er brachte ihr von seinen Reisen nach Westberlin und Westdeutschland Seidenstrümpfe, Unterwäsche und teure Parfüms mit, alles Dinge, die im Osten allenfalls auf dem Schwarzmarkt zu bekommen waren.

Die Liebe zu Brigitte war auch der Grund, weshalb Issy in Weimar blieb, obwohl ihm von Anfang an die Enge dieser großherzoglichen Residenzstadt mißfiel. Viel lieber hätte er in einer Großstadt gelebt. Ihm fehlte Paris, das er einige Jahre hatte genießen und nie vergessen können.

1948 heirateten Brigitte und Issy. Im selben Jahr kam auch ihr erster Sohn zur Welt. Als sie ihm einen Namen geben wollten, trat einer der seltenen Fälle ein, bei dem Issy, der Unnachgiebige, einmal nachgab. Er hatte gewünscht, daß sein Erstgeborener den Namen seines verstorbenen Großvaters Abraham erhalte. Brigitte wollte jedoch auf keinen Fall, daß ihr Sohn einen Vornamen bekomme, der sofort als jüdischer zu erkennen sei, und wünschte sich den christlichen Namen Johannes. Das aber paßte Issy nicht. Ausgerechnet Johannes, der Name des Judenverfluchers aus dem Neuen Testament! Das sah Brigitte ein und schlug Hermann vor. Issy stimmte zu. Dieser Name erinnerte ihn auch an seinen während der Nazizeit in Frankreich verschollenen älteren Bruder. Damit war auch entschieden, wer die Patenschaft übernehmen würde.

*

Die sowjetische Besatzungsmacht und die Kommunisten hielten es für die dringlichste ideologische Aufgabe, die »werktätigen Massen« im Sinne von Marx, Engels und Lenin aufzuklären. Dazu aber brauchte man politische Literatur, das *Kommunistische Manifest* und das *Kapital* von Karl Marx, Lenins *Was tun?* und *Staat und Revolution*, Stalins Reden und das Programm der gerade gegründeten SED. Tag und Nacht ratterten die großen Offsetmaschinen in Weimar mit den neuen, von Issy organisierten Gummiwalzen und schufen in Kürze Berge von Büchern und Broschüren. Die Buchhandlungen in der Ostzone wurden damit überschwemmt.

Die in Regierung und Parteiapparat das Sagen hatten und auch die Sowjets waren der Meinung, auch in den Westzonen täte Aufklärung not. Denn auch in diesem Teil Deutschlands sollte eines Tages der Sozialismus Einkehr halten. Das aber war nur möglich, wenn ein Teil der politischen Druckwerke aus dem Osten in den Westen geschafft werden konnte. Auf legalem Weg ging das natürlich nicht. Wygoda, der Tausendsassa, wurde wieder um Hilfe gefragt. Wenn es ihm ein dutzendmal gelungen war, von Westen etwas in den Osten zu schaffen, dann mußte er das auch in umgekehrter Richtung, von Ost nach West, bewerkstelligen können.

Wygoda hatte Bedenken: Diesmal handelte es sich immerhin um einen ganzen Lastwagen voll politischer Konterbande, die über die Grenze gebracht werden sollte. Aber seine Vorgesetzten waren zuversichtlich. Helfer an der Grenze zu Westberlin seien bereits benachrichtigt.

Hermann ließ über zwei Tonnen frisch gedruckte marxistische Literatur auf einen Lastwagen laden, und Issy machte sich auf den Weg. Um Mitternacht traf er an der vereinbarten Stelle die Helfer. In wenigen Minuten waren die ostdeutschen Nummernschilder abgeschraubt und Westberliner anmontiert, und der Grenzübertritt klappte reibungslos. Issy behauptete später, auch Grenzpolizisten aus Westberlin seien bestochen worden und hätten mitgeholfen.

Issy hatte die Anweisung, die Bücher unter den Herstellungskosten an Grossisten, Buchhändler und politische Organisationen zu verkaufen. Es ging bei diesem Geschäft nicht um Geld, sondern um Politik. Issy hatte jedoch andere Pläne, wie er die Druckwerke los würde, die sich seine Auftraggeber nicht in ihren verwegensten Träumen hätten ausmalen können. Offenbar sah er aber bald nach seiner Ankunft im Westen, wie mühsam es war, Interessenten für diese Literatur zu finden.

Kurz entschlossen verhökerte er seine gesamte Lastwagenladung mit historischen und aktuellen sozialistischen Geistesprodukten an einen Altwarenhändler, noch bevor er ein einziges Buch an den »richtigen« Mann gebracht hatte. Altpapier war zu der Zeit äußerst knapp und sehr begehrt, und Issy wurde seine Bücher ohne Probleme los. Unbehelligt kehrte er nach Weimar zurück.

Wohl hatte der Aufkäufer in Westberlin ein gutes Geld für die Bücher als Altpapier bezahlt, dennoch wunderten sich Hermann und die Sowjets über den geringen Erlös, den die wohlfeilen Bücher erbracht haben sollten. Noch ahnten sie nicht, daß durch die zwei Tonnen politische Aufklärungsliteratur nicht das kleinste rote Licht im Westen aufgegangen, keine einzige Beitrittserklärung für die Kommunistische Partei unterschrieben worden war. Man muß Issy zustimmen, der später anmerkte: »Ob bei einer ordnungsgemäßen Verteilung der Bücher irgendein Mensch Sozialist geworden wäre, wage ich zu bezweifeln.«

*

Bis der Schwindel aufflog, ergab sich im Leben der Familie Wygoda eine entscheidende Veränderung. Issy bat um die Genehmigung, nach Ostberlin umziehen zu dürfen. Weder die Sowjets noch Hermann hatten etwas dagegen einzuwenden. Gleichzeitig stellte er den Antrag, sich in Ostberlin ein Einfamilienhaus zu kaufen, die erforderliche Summe besaß er. Auch das wurde ihm erstaunlich schnell genehmigt. Kein Finanzamt und auch keine andere staatliche Stelle fragte, woher er das Geld hatte. Die deutschen und sowjetischen Funktionäre wußten sehr wohl, daß Issy bei seinen Ost-West-Transaktionen auch in die eigene Tasche wirtschaftete und nahmen das hin.

Er brauchte nicht einmal selbst nach einem Haus zu suchen. Man offerierte ihm in Blankenfelde, nahe der Grenze zu Westberlin, ein Haus, das enteignet worden war. Kurz zuvor war der Besitzer heimlich in den Westen gegangen. Und Issy hatte noch mehr Glück: Hermann besorgte ihm, ohne daß er darum gebeten hatte, in der Bezirksverwaltung dort die Stelle eines Abteilungsleiters.

Das alles, Ortswechsel, Hauskauf und die Beschaffung eines Arbeitsplatzes, lief trotz der bekanntermaßen schwerfälligen und oftmals schikanösen Bürokratie im Osten reibungslos. Hätte er von seinem seligen Vater auch nur ein Quentchen jüdischen Mißtrauens gegenüber allem auffälligen und übertriebenen Wohlwollen geerbt, hätte er sich über solches Verhalten doch wenigstens wundern müssen. Er aber wunderte sich nicht. Er war auch nicht stutzig geworden, daß ihn stets, wenn er von seinen Westgeschäften zurückkehrte, ein russischer Offizier zur Seite nahm, ihm ein Gläschen Wodka anbot und mit ihm darüber plauderte, mit wem er zusammengetroffen sei, was er erlebt und ob es Schwierigkeiten gegeben habe. Issy, überwältigt von seiner notorischen Schwatzhaftigkeit, bemühte sich sogar noch, dessen Neugierde zu befriedigen. So glaubte er sich das Wohlwollen der russischen Seite zu bewahren.

Nur ein einziges Mal wurde er aufmerksam, als der Russe ihn bat, seine Erfahrungen, die er bei seiner letzten Reise gemacht hatte, in einem schriftlichen Bericht zusammenzufassen. Da ahnte er, daß er außer als illegaler Beschaffungsexperte auch noch als Westinformant fungieren sollte und lehnte ab. Das nahm ihm der Russe keineswegs übel und bedrängte ihn auch nicht weiter.

Damit, dachte Issy, sei die Angelegenheit erledigt. Er hatte keine rechte Vorstellung davon, welch hohen Wert als schlitzohriger Ost-West-Kurier ihm der sowjetische Geheimdienst für künftige Aufgaben beimaß, und nur darauf lauerte, wie man den kleinen Juden in seine Dienste zwingen und ihm Daumenschrauben anlegen könnte.

*

Issy hatte mittlerweile mit Frau und Sohn Hermann das Haus in Blankenfelde bezogen und seine Arbeit in der Bezirksverwaltung aufgenommen. Aber er hatte Weimar nicht endgültig hinter sich gelassen. Dort wohnten die Eltern und die Schwester seiner Frau, die von Brigitte häufig besucht wurden, obwohl die Familie ihr die Heirat mit einem Juden nie verziehen hat. Auch baten ihn seine Auftraggeber in unregelmäßigen Abständen, mal die Russen, mal Hermann, nach Weimar zu kommen und übertrugen ihm eine neue Aufgabe. Wohl oder übel sah Issy ein, daß er diesen äußerst riskanten Zweitjob, der für das Wohlergehen der Ostzone wichtig war und der ihm ein gutes Leben einbrachte, nicht einfach aufgeben konnte. Und so folgte er stets der Aufforderung, nach Weimar zu kommen. Außerdem schmeichelte es ihm, daß man ihn als den geeigneten Mann für gefährliche Missionen ansah. Das stachelte seinen Ehrgeiz an.

Die Vorgesetzten seiner jetzigen Dienststelle in Blankenfelde wußten offenbar Bescheid und machten keine Schwierigkeiten. Wann immer er es wünschte, bekam er Sonderurlaub.

Eines Tages bestellte man ihn wieder einmal nach Weimar. Bevor er die sowjetische Kommandantur aufsuchte, machte er einen kleinen Umweg, um seinen alten Freund Hermann im Weimarer Rathaus zu begrüßen. Bei seinem unerwarteten Eintreten schien Hermann zu erschrecken, wich zurück und gab ihm nur zögernd die Hand.

Verwundert fragte Issy: »Was ist los, Hermann? Du starrst mich an, als sei dir der Leibhaftige erschienen.«

Hermann murmelte: »Du bist hier in Weimar? Wer hat dich bestellt?«

»Wer anders als Bykow?« So hieß der sowjetische Offizier, den Issy vor fast drei Jahren bei Hermann kennengelernt hatte. Er erteilte ihm die Aufträge. Issy fuhr fort: »Aber was ist los?«

»Das weißt du nicht? Wir wissen, an wen du die Bücher in Westberlin verkauft hast.« Er ging auf Issy zu, packte ihn am Arm und sagte eindringlich: »Tu mir den Gefallen und geh jetzt. Ich will nicht, daß man dich hier sieht. Sonst glauben die Russen noch, auch ich hätte etwas damit zu tun.«

Nun erschrak Issy. Er hatte wirklich geglaubt, die Affäre mit den Büchern sei ausgestanden. Erst jetzt, nach so langer Zeit, war der Schwindel herausgekommen. Ihm fiel nichts Besseres ein, als »Verdammt!« durch die Zähne zu zischen.

»Der Weg vom Rathaus zur sowjetischen Kommandantur war wie ein Gang zum Schafott«, erinnerte sich Issy später. »Das Herz schlug mir bis zum Hals, und ich hatte weiche Knie. Was hätte ich anderes tun können, als in die Höhle des Löwen zu gehen? Einfach abhauen? Wohin? Meine Lage war ausweglos.«

Als er die Tür zum Büro des sowjetischen Offiziers öffnete, knurrte dieser hinter seinem Schreibtisch ohne ein Wort der Begrüßung: »Komm herein, mach die Tür zu und setz dich!«

Issy setzte sich auf den einzigen freien Stuhl, der mitten im Raum stand. Dabei nahm er noch eine zweite Person wahr, die im Hintergrund direkt vor dem Fenster auf einem Stuhl saß. Sie war in Zivil und rührte sich nicht.

Der Offizier erhob sich von seinem Sessel, blieb aber hinter dem Schreibtisch stehen. Er beugte sich nur ein wenig vor, räusperte sich und sagte in geschäftsmäßigem Ton: »Also an einen Altwarenhändler hast du die Bücher verkauft, und der hat sie in einen Reißwolf gesteckt.« Er machte eine Pause, um die Wirkung seiner Worte auszukosten. »Weißt Du, was das für Dich bedeutet?«

Issy antwortete nicht. Schwatzhaftigkeit und Streitlust waren ihm in diesem Augenblick gründlich vergangen. Er schloß die Augen und fühlte körperlich, wie er mit dieser Frage unter einer ganzen Wagenladung Bücher, die er in Makulatur verwandelt hatte, begraben wurde.

Der Uniformierte stieß mit dem Fuß den Schreibtischsessel zurück, nahm ein Lineal in die eine Hand, schlug sich spielerisch damit auf die andere Hand und ging langsam auf Issy zu. Er blieb knapp vor ihm stehen und beugte sich zu dem Übeltäter hinunter. Das Lineal hatte er jetzt fest in beiden Händen. Er sah aus, als wolle er einem gelehrigen Hund den Befehl geben, übers Stöckchen zu springen, aber Issy war kein gelehriger Hund. Issy sackte in sich zusammen und wurde noch kleiner als er ohnehin schon war. Er müsse damit rechnen, sagte der russische Offizier, ins Gefängnis gesperrt zu werden. »Das sei die einzig gerechte Strafe für eine so schändliche Betrügerei!« Dann überlegte er kurz und schrie los: »Das ist Verrat an der sozialistischen Idee!«

Issy zuckte zusammen. So hatte er es nie empfunden. Für ihn war sein Vergehen eine Schwindelei aus Bequemlichkeit und nicht mehr.

Doch der Russe wurde nicht müde, das Delikt wie ein Kapitalverbrechen auszumalen. Am liebsten wäre Issy im Erdboden versunken. Der Offizier ging ein paar Schritte hin und her. Dabei schlug er sich mit dem Lineal immer wieder flach auf die Hand. Dieses klatschende Geräusch klang in Issys Ohren wie kleine scharfe Schüsse.

Ihm fiel zu seiner Rechtfertigung nichts ein. Die Geheimdienstler in Westberlin hatten gute Arbeit geleistet. Dem russischen Offizier war sogar der Name des Altwarenhändlers in Wilmersdorf bekannt, dem Issy die Bücher verkauft hatte, und er kannte den Preis, der ihm dafür gezahlt worden war.

Stille breitete sich aus. Hoffentlich stellt man mich vor ein deutsches Gericht und nicht vor ein sowjetisches, schoß es ihm durch den Kopf. Die Sowjets, daß wußte er, würden kein Erbarmen kennen.

Der Offizier rauchte eine Zigarette, der Zivilist im Hintergrund saß stumm und regungslos auf seinem Stuhl – und Issy wartete voller Spannung. Warum unternahmen sie nichts? Warum war er noch nicht verhaftet worden?

Nach einiger Zeit erhob sich der Zivilist und ging auf den Offizier zu. Sie flüsterten miteinander. Dann kehrte er zum Fenster zurück, griff sich seinen Stuhl und stellte ihn vor Issy, nahm umständlich Platz und begann zu reden. Im Gegensatz zu dem Offizier sprach er in einem moderaten Ton, so als nehme er sogar Anteil an Issys Vergehen. Eine Riesendummheit habe er begangen, sagte er. Dem Aufbau des sozialistischen Staats sei großer Schaden zugefügt worden, ideell und materiell. Aber er könne eine Bestrafung, wie sie »Genosse Bykow« angedeutet habe, umgehen. Wenn er wolle, werde er ihm sagen wie. Und dann läge es an ihm, was geschehen würde.

Issy nickte zustimmend. Jetzt dämmerte es ihm. Der russische Zivilist, bei dem es sich um einen Geheimdienstmann handelte, und »Genosse Bykow«, ebenfalls vom sowjetischen Geheimdienst, inszenierten ein plumpes Komplott.

Sie wollten ihn auf diese Weise zwingen, Spion zu werden.

Der Zivilist fuhr fort: »Eine Hand wäscht nun mal die andere. Ist das klar?«

Issy nickte.

»Mach den Mund auf. Klar?« wiederholte der Zivilist.

»Ja, es ist klar.« Was konnte Issy anderes sagen? Er saß ganz schön in der Tinte.

Der Geheimdienstler klopfte sich zufrieden auf die Oberschenkel. »Ich habe nichts anderes von dir erwartet.« Bei Issy, glaubte er, mußte er nicht erst einmal vorsichtig sondieren, bevor er die Katze aus dem Sack lassen konnte. Er hatte ihn in der Schlinge und zog zu. Er fuhr fort: »Die Bedingungen sind: Du gehst nach Westberlin, läßt dich dort offiziell nieder und suchst dir Arbeit. Am besten in einer Druckerei. Dort kennst du dich aus und fällst am wenigsten auf. Du wirst uns regelmäßig Berichte liefern. Welche, das wird man dir sagen. Auch wie das im einzelnen vor sich geht. So, das ist unser Angebot!«

»Ich will's mir überlegen.«

»Zum Überlegen ist keine Zeit. Du mußt dich jetzt entschließen. Wir warten.«

Um Zeit zu gewinnen, wandte Issy ein: »Meine Familie, mein Haus in Blankenfelde – was wird daraus?«

Der Geheimdienstler überhörte den Einwand. Längst war seine Konzilianz verflogen. Er wiederholte: »Ich warte auf deine Antwort.« Und er stand auf, ging hinüber zu dem Offizier und stellte sich neben ihn.

Issy war hellwach geworden. Seine Sicherheit war zurückgekehrt. Die beiden hatten ihn in der Zange. Er mußte sich schnell und vor allem richtig entscheiden. Das war verdammt nicht einfach. Wohl war er ein durchtriebener Ganeff, ein bißchen auch ein Schelm. Doch soviel wußte er von sich: zum Geheimagenten hatte er nicht das Zeug. Spitzbübereien ja, aber blutig-ernste Geschäfte, das lag ihm nicht. Unter keinen Umständen würde er sich dazu zwingen lassen, ein Spion zu werden. Also hieß es Zeit zu gewinnen. Er mußte die beiden Geheimdienstler erst einmal in Sicherheit wiegen, damit er aus der Mausefalle der sowjetischen Kommandantur herauskam. Die Stirn in Falten gelegt, schaute er angestrengt zum Schreibtisch hinüber.

»Nun, was ist?« fragte ungeduldig der Geheimdienstmann.

»Ich habe es mir überlegt. Ich gehe nach Westberlin.«

»Das ist eine klare Antwort. Du kannst jetzt nach Hause fahren. Und denk daran, wie weit wir Dir entgegengekommen sind.«

5.

Issy Wygoda – ein jüdisches Leben, typisch nicht nur für unsere Zeit, das 20. Jahrhundert, typisch für alle Zeiten der Diaspora – ewig verfolgt, ewig flüchtend, Verwirrspiele inszenierend, ein Schweijk, Eulenspiegel, Don Quichote, Michael Kohlhaas, von jedem ein wenig – siebenundzwanzig Jahre alt, nach den Stationen Fulda, dem Elsaß, Paris wieder auf der Flucht, diesmal vor dem sowjetischen Geheimdienst.

Im Sommer 1949 mietete Issy eine Wohnung in Lichterfelde, Westberlin. Er bemühte sich auch um Ausreisegenehmigungen für seine Frau und seinen Sohn. Die DDR-Behörden verweigerten sie. Dennoch fuhr er in den Westen. Er war sich im klaren darüber, daß der sowjetische Geheimdienst die beiden als Faustpfand zurückhalten würde. Er wußte aber auch, daß es ihm mit seinen grenzüberschreitenden Beziehungen nicht schwerfallen würde, sie nach Westberlin zu holen. Keine vier Wochen dauerte es, und sie trafen in Lichterfelde ein.

Issys Entschluß, nicht für den sowjetischen Geheimdienst zu arbeiten, war unwiderruflich. Als der erste Abgesandte bei ihm auftauchte und sich durch ein Kennwort zu erkennen gab, ihm den Standort eines »toten Briefkastens« zeigen und bereits einen Auftrag geben wollte, erklärte Issy kurz und bündig: »Du kannst gleich wieder gehen, lieber Freund, du bist umsonst gekommen. Ich will keinen ›toten Briefkasten‹ kennenlernen und auch sonst nichts wissen«, und dann drängte Issy den Mann entschlossen zur Tür hinaus.

Issy wußte genau, der NKWD würde ihn nicht ohne weiteres fallen lassen. Dennoch glaubte er, daß der exekutive Arm des sowjetischen Geheimdienstes nicht soweit reichte, ihn in Westberlin ernsthaft gefährden zu können. Die anonymen Anrufer, die ihm immer neue Treffen befahlen, nahm er nicht weiter ernst. Er legte jedesmal, ohne zu antworten, auf. Dann meldete sich niemand mehr, es schien als habe man ihn doch aufgegeben.

*

Als sich Issy Wygoda bei der Westberliner Polizei meldete, konnte er Personaldokumente aus Paris, Algier und Lublin vorlegen, dazu eine Geburtsurkunde aus Fulda und einen Paß der Ostzonenbehörden. Aufgrund dieser Dokumente erhielt er ohne weitere Schwierigkeiten einen bundesdeutschen Paß.

Bevor er seinen Paß ausgehändigt bekam, mußte er sich bei einer amerikanischen Dienststelle, dem CIA, melden. Damit hatte Issy nicht gerechnet. Als er zu überlegen anfing, kamen ihm Bedenken. Wenn der CIA von seinen illegalen Westgeschäften etwas mitbekommen hatte, dann konnte er ihn auch unter Druck setzen, und er käme vom Regen in die Traufe.

Beim Gang in das Notaufnahmelager Marienfelde, wo sich die amerikanische Dienststelle befand, beschlichen ihn ähnliche Gefühle wie einige Zeit zuvor, als er in Weimar zur sowjetischen Kommandantur beordert worden war. Nun befand er sich in einer Zwickmühle zwischen der sowjetischen und der amerikanischen Spionageorganisation. Noch auf dem Weg zum Notaufnahmelager bemühte er sich, handfeste Ausreden zu ersinnen, um sich aus diesen neuen, nicht voraussehbaren Schwierigkeiten herauszuwinden.

Seine Besorgnis war unnötig. Der Zivilist hinter dem Schreibtisch tat so, als habe er nicht die geringste Ahnung von den illegalen Machenschaften Issys in Westberlin und Offenbach. Dennoch war Issy mißtrauisch. Ein so auffällig harmloses Verhalten konnte ein raffinierter Trick sein, um ihn am Ende, wenn er ihm auf den Kopf zusagte, was er tatsächlich über Issy wußte, schneller zu überrumpeln. Je länger Issy gefragt wurde, um so deutlicher wurde, daß der Geheimdienstmann wirklich nichts von seinen illegalen Geschäften wußte. Das war zwar verwunderlich, aber sein Befrager war tatsächlich nur über den Aufenthalt in Weimar und die Arbeit in dem Blankenfelder Amt informiert, nicht aber über Issys Tätigkeit als Ersatzteilbeschaffer ostdeutscher Druckmaschinen und auch nicht über die eigenwillige Umwandlung marxistischer Literatur in Altpapier. Er befragte Issy eingehend über die Arbeit an beiden Orten, seine Vorgesetzten und die sowjetischen Besatzer und machte ihm schließlich unverblümt das Angebot, ob er nicht für den CIA arbeiten wolle. Er stellte ihm verlockende berufliche und finanzielle Vorteile in Aussicht. Doch Issy lehnte entschieden ab.

*

Issy war sich seines Verkaufstalents sehr wohl bewußt. So lag es nahe, daß er sich in Westberlin um eine Handelsvertretung bemühte. Er bekam von einem Generalvertreter den heißen Tip, derzeit könne man mit Nylonstrümpfen und hochwertigen Dessous glänzende Geschäfte machen. Nach den Kriegsjahren mit lust- und liebestötender Unterwäsche habe die Damenwelt einen großen Nachholbedarf an feiner Reizwäsche und kaufe zu jedem Preis.

Bedenkenlos stieg Issy in das Geschäft ein. Noch immer hatte er auf einer Westberliner Bank eine kleine Summe des bei den illegalen Westausflügen erwirtschafteten Gewinns liegen. Das war sein Startkapital als Feinstrumpf- und Reizwäschevertreter. Seine Geschicklichkeit, die er bereits beim Aufspüren von Ersatzteilen für die thüringischen Druckmaschinen unter Beweis gestellt hatte, half ihm auch jetzt, die noch immer raren und teuren Artikel aufzutreiben. Zudem bekam er mit amerikanischen Offizieren Kontakt, die sich auf dem Schwarzmarkt damit beschäftigten, die begehrten und raffinierten Dessous aus Frankreich und Amerika, die umso teurer waren, je weniger Stoff für sie verwendet wurde, zu beschaffen. Sein Geschäft florierte aufs beste. Allerdings mußte er täglich zehn bis zwölf Stunden unterwegs sein, und abends war er todmüde. Damit er weniger arbeiten mußte, entschloß er sich in einem guten Berliner Einkaufsviertel ein Geschäft für extravagante Damenunterwäsche zu eröffnen. Das dazu notwendige Geld hatte er längst zusammen.

*

Als Issy davon ausgehen konnte, seine von einem häßlichen Schatten verdunkelte ostdeutsche Vergangenheit endgültig hinter sich gelassen zu haben, unternahm der sowjetische Geheimdienst unerwartet neue Versuche, ihn für seine Zwecke einzusetzen. Und eines Tages sprach sogar ein Fremder mit dem alten Geheimkennwort bei ihm vor. Issy wußte, der NKWD konnte ihn nicht zur Spionage zwingen. Er war ja weit weg und befand sich unter dem Schutz der Amerikaner. Brigitte, seine Frau, aber geriet in Panik. Die Siedlung, in der sie in Lichterfelde wohnten, lag unmittelbar an der Grenze zur DDR. Anders als Issy bildete sie sich ein, die Sowjets könnten ihn oder gar die ganze Familie in den Osten verschleppen. Es wäre nicht das erste Mal, daß der Geheimdienst so rüde handelte. In Lichterfelde, versicherte sie ihrem Mann, werde sie keine ruhige Stunde mehr haben.

Issy widersprach ihr heftig.

Für ihn war es tatsächlich der denkbar ungünstigste Zeitpunkt, zu tun, was seine Frau von ihm verlangte. Sein Geschäft mit Damenstrümpfen und Dessous blühte, seine Umsätze steigerten sich von Monat zu Monat und, was das wichtigste war, er verhandelte seit längerer Zeit darum, einen Verkaufsladen in Wilmersdorf nahe dem Kurfürstendamm zu übernehmen. Es war eine ideale Lage für den Absatz extravaganter Damenunterwäsche. Er würde das Geschäft mit allen Raffinessen amerikanischer Verkaufsstrategien ausstatten und aus ihm eine Goldgrube machen. Davon war er fest überzeugt. Den gut eingeführten ambulanten Handel würde er keinesfalls aufgeben, sondern sich dafür Vertreter engagieren und auf diese Weise an Damenstrümpfen und Dessous gleich zweimal verdienen, und jetzt sollte er vor den Russen kapitulieren und Berlin in Richtung Westen verlassen?

Brigitte ließ ihm keine Ruhe. Erstmals in ihrer Ehe leistete sie Issy Widerstand. Von einer unerklärbaren Angst getrieben, war sie durch nichts zu beruhigen und machte ihm das häusliche Leben zur Hölle.

Die Hysterie seiner Frau verfluchend, gab Issy einige Monate später zermürbt nach. 1951 siedelte er mit Frau und Sohn Hermann von Westberlin nach Echzell um, einer Gemeinde nahe dem Kurbad Nauheim. Warum er gerade Echzell, eine dörfliche Gegend, als neuen Wohnort wählte, ist nicht nachzuvollziehen. Dort gab es für ihn nichts zu verdienen. Und nach kurzer Zeit mußte er wieder umziehen, dorthin, wo ein tüchtiger Verkäufer existieren kann, in die Großstadt Frankfurt.

Issy hatte jedoch Pech. In der Mainmetropole gab es schon ein dichtes Vertreternetz für Strumpf- und Damenunterwäsche. Auch seine Naturbegabung im Verkaufen nutzte ihm nichts. Er mußte Nebenbeschäftigungen übernehmen und verdiente damit nicht mehr als das Existenzminimum. Dennoch träumte er davon, eines Tages das große Geld zu machen. Womit, wußte er vorerst nicht.

Sein Kapital war derart zusammengeschmolzen, daß er gezwungen war, einen Kredit aufzunehmen. Noch war er bei den Frankfurter Banken ein unbeschriebenes Blatt und kreditwürdig. Geld zu leihen, fiel ihm leicht. Wie und wann er das Geld zurückzahlen könne, darüber zerbrach er sich nicht den Kopf. Sein Motto war, kommt Zeit, kommt Rat. Dabei vergaß er, daß jede Regel Ausnahmen zuläßt. Und er hatte es oft mit Ausnahmen zu tun.

*

1955 gebar Brigitte ihr zweites Kind. Es war wieder ein Junge. Bei der Namensgebung waren sich diesmal beide einig. Sie nannten ihn Alexander.

Zu diesem Zeitpunkt hatte sich Issy innerlich bereits so weit von seiner Frau entfernt, daß er auch zu seinen Kindern kein rechtes väterliches Verhältnis fand. Das beklagten beide Söhne später bitter. Über die Gründe für Issys unjüdisches Verhalten läßt sich nur mutmaßen. Brigitte hatte sich nie von ihrer christlichen Frömmigkeit gelöst und nie Zugang zu Issys jüdischem Glauben gefunden. Aber auch Issy bemühte sich niemals um Verständnis für den Glauben seiner Frau. Dies mag der Grund ihrer Entfremdung gewesen sein und sein distanziertes Verhältnis zu den beiden Söhnen.

Etwa um die gleiche Zeit kam auch Schmuel Wygoda, Issys Vater, mit zwei Töchtern nach Frankfurt. Nach dem Tod seiner Frau hatte er die Waldsiedlung bei Kasan verlassen und sich auf den Weg Richtung Westen gemacht. Er lebte einige Zeit in Oberschlesien. Nachdem er erfahren hatte, daß Issy sich in Frankfurt niedergelassen hatte, wollte auch er nicht länger in Polen bleiben, obwohl das sein Geburtsland war. Seine Hoffnung ging jedoch nicht in Erfüllung, seine Familie wuchs nicht mehr zusammen. Die Entfremdungen, die durch die schrecklichen Jahre der Verfolgung gewachsen waren, blieben bestehen. Zweifellos trug auch Issy mit seinem Eigenwillen und seiner Streitsucht dazu bei.

*

Eines Tages kam die Gelegenheit, wovon Issy immer geträumt hatte, das große Geld zu machen. Issy dachte zumindest, daß dies die große Gelegenheit sei. Ein Schwager, der längere Zeit in einer Feinstrumpffabrik gearbeitet hatte, behauptete, etwas von der Herstellung von Damenstrümpfen zu verstehen. Er konnte es mit Issys Überredungskünsten aufnehmen und bot ihm das Geschäft seines Lebens an. Und der Schwager erzählte ihm, daß er eine brachliegende Strumpffabrik in der Mainzer Landstraße kenne, die zu übernehmen sei. Der alte Maschinenbestand tauge zwar nicht mehr viel, aber dafür sei er auch sehr billig zu haben und ohne weiteres instandzusetzen. Es müßten nur noch einige Wirkmaschinen hinzugekauft werden. Issy sollte als Käufer und Geschäftsinhaber auftreten und ihn als Betriebsleiter einstellen. Seine fachmännischen Kenntnisse garantierten einwandfreie Produkte. Da könne absolut nichts schiefgehen.

»Und was brauchen wir als Anfangskapital?« wollte Issy wissen.

»Alles in allem müßtest du für den Anfang dreihunderttausend Mark flüssig machen.«

Issy ließ sich gegen alle Vernunft und jede kaufmännische Überlegung auf das Abenteuer ein. Er beschaffte das Geld, ließ die vorhandenen Maschinen reparieren, kaufte zwei neue Wirkmaschinen hinzu, und die Produktion lief an. Im Frankfurter Handelsregister wurde die Firma Blumen-Feinstrumpf GmbH eingetragen.

Es stellte sich heraus, daß die technischen Kenntnisse des Schwagers längst nicht so gut wie seine Überredungskünste waren. Die Wirkmaschinen spuckten zwar massenhaft Nylonstrümpfe aus, doch der Ausschuß, den sie produzierten, war riesengroß. Eine Maschine lieferte Strümpfe, die zu weit, die andere welche, die zu lang waren. Immer wieder liefen Maschen und rissen Fäden. Und da Issy zudem nicht in der Lage war, einen Betrieb richtig zu führen, er verstand weder etwas von vernünftiger Einkaufs- und Verkaufspolitik noch von Kalkulation, war er bald bankrott. Obendrein zerstritt er sich heillos mit seinem Schwager und zog mit ihm vor Gericht. Das aber änderte nichts daran, daß Issy bis über den Kopf in Schulden steckte. Er schwor sich, nie mehr Nylonstrümpfe anzufassen.

*

Die Pleite im Nacken und den Buckel voller Schulden, bot ihm eine französische Firma die Vertretung von Pelzwaren an. Er griff sofort zu. Davon verstand er etwas. Seine Kenntnisse in dieser Branche, die er bei Onkel Ignatz in Paris erworben hatte, halfen ihm und er machte gute Umsätze.

Statt jedoch als erstes seine Schulden zu tilgen, dachte er schon wieder daran, mit dem gerade erst verdienten Geld eine Boutique zu eröffnen.

Brigitte beschwor ihn: »Laß um Himmels willen die Finger von Dingen, von denen du nichts verstehst! Du bist der beste Verkäufer der Welt. Aber ein Ladengeschäft zu führen, das ist etwas ganz anderes. Dazu braucht man keine Überredungskünste. Dazu braucht man Sachverstand, wirtschaftlichen Sachverstand. Und den hast du nicht.«

»Und du, rede nicht von Dingen, die du nicht verstehst«, konterte er giftig und rechthaberisch. Issy war leicht zu überreden. Von seiner Frau aber ließ er sich nichts sagen. Grundsätzlich nicht. Und er wiederholte, was er ihr schon so oft zur Antwort gegeben hatte: »Davon verstehst du nichts.«

Er schlug die Warnungen seiner Frau in den Wind und eröffnete erneut eine Boutique. Mit ihr verlor er in kurzer Zeit wieder beachtlich viel eigenes und fremdes Geld, er war aber klug genug, das Modegeschäft sehr bald wieder zu verkaufen. Brigittes Verbitterung wuchs, sie ging jetzt jedem Streit mit Issy aus dem Weg und lebte nur noch neben ihm her.

6.

1958 wurde Issy Wygoda auf die Paßstelle des Frankfurter Polizeipräsidiums bestellt. Dort nahm man ihm die Kennkarte und den deutschen Reisepaß ab und teilte dem völlig konsternierten Issy mit, daß er ab sofort kein deutscher Staatsbürger mehr sei.

Issy konnte nur noch stammeln: »Wie das? Warum? Was bin ich denn? Etwa kein Deutscher? Was habe ich verbrochen?«

»Sie haben nichts verbrochen, Herr Wygoda«, erklärte ihm sehr nüchtern und sehr dienstlich ein Beamter. »Die Berliner Behörden scheinen etwas falsch gemacht zu haben.« Er blätterte aufmerksam in einer Akte, die vor ihm auf dem Schreibtisch lag. »Man hätte Ihnen in Berlin weder Paß noch Kennkarte ausfertigen dürfen.«

»Wie soll ich das verstehen? Ich bin in Fulda geboren, habe vier Jahre im Osten Deutschlands gelebt und bin mit einwandfreien Papieren der Ostbehörden als deutscher Staatsbürger in den Westen gekommen. Hier hat man mich, wie es das Grundgesetz vorsieht, als Bundesbürger anerkannt.«

»Und genau das war nicht korrekt!« hämmerte der Beamte Wort für Wort mit dem Zeigefinger auf die Schreibtischplatte.

»Was soll daran falsch gewesen sein?« Allmählich wurde Issy wütend, er schwitzte und zitterte.

»Einen Augenblick, das haben wir gleich.« Wieder blätterte der Beamte in dem Aktenstück. »Schmuel Wygoda – ist das Ihr Vater?«

»Ja.«

»Ich sehe, er lebt auch in Frankfurt.«

»Ja, seit einigen Monaten.«

»Und er hat die polnische Staatsangehörigkeit.«

»Das betrifft aber doch nicht mich.«

»Eigentlich nicht. Da haben Sie recht. Aber –« der Beamte streckte den Zeigefinger hoch, »als Sie, Herr Wygoda, 1921 in Fulda geboren wurden, war Ihr Vater polnischer Staatsbürger.«

»Kann sein. Er ist ja in Polen geboren.«

»Das kann nicht nur sein. Das ist so. Hier steht es, schwarz auf weiß.« Er schlug locker mit den Fingernägeln der umgedrehten Hand auf ein bestimmtes Blatt.

»Und weiter?«

»Von Geburt an hatten Sie automatisch die Staatsangehörigkeit Ihres Vaters, die polnische.«

»Ich habe sie schon lange nicht mehr«, warf Issy ein.

»Das ist Ihr Problem und hat mit den deutschen Behörden nichts zu tun.«

»Und daß ich Jude bin, hat das gar nichts zu besagen?«

»Nichts. Sie sind Jude. Gut. Aber Sie sind polnischer Jude.«

Issy wurde lauter, fast schrie er: »Nein, bin ich nicht. Das habe ich Ihnen bereits gesagt. Und noch etwas: Ich bin Verfolgter des Naziregimes.«

Der Beamte murmelte: »Die haben wir besonders gern.«

»Wie meinen Sie das?« wollte Issy wissen.

»Bloß so.« Er blickte auf. »Damit wir uns verstehen: Ich habe nichts gegen die Juden, absolut nichts. Aber wenn Sie ein Verfolgter des Naziregimes sind, dann werden Sie doch Wiedergutmachung bekommen haben.« Und er fügte süffisant hinzu: »Das nehme ich doch an.« Sein Mund verzog sich zu einem bösen Lächeln.

Diesem Zynismus des Beamten hatte Issy nichts entgegenzusetzen. »Ich protestierte gegen diese Behandlung!« keuchte er. »Ich werde mich über Sie beschweren.«

»Das können Sie. Dazu haben Sie das Recht. Wir leben ja in einer Demokratie. Da kann sich jeder beschweren. Aber – stimmt das mit der Wiedergutmachung etwa nicht?«

Issy spürte, was er auch immer zur Antwort gab, er rannte damit gegen eine Gummiwand. Also schwieg er.

Der Beamte blätterte noch einmal in der Akte. Dann bemerkte er: »Übrigens, Sie waren in der polnischen Armee?«

»Ja.«

»Das kommt erschwerend hinzu.«

»Erschwerend? Ich habe gegen die Nazis gekämpft.«

»Und wenn schon. Das steht in keinem Zusammenhang mit Ihrer Staatsbürgerschaft. Jedenfalls sind Sie für die deutschen Behörden von Geburt an Pole. So sind nun mal die gesetzlichen Bestimmungen.«

Issy wollte es nicht fassen: Seit zwölf Jahren laufe ich mit ordentlichen Papieren als Deutscher herum, lebe und arbeite hier – und nun bin ich auf einmal keiner mehr?«

Issy platzte der Kragen. Er schrie: „»Hab ich's denn hier mit lauter Hornochesen zu tun?«

»Wenn Sie mich meinen, dann ist das eine Beamtenbeleidigung.«

»Ich meine Euch alle mit Euren muffigen und engstirnigen Beamtenstuben.«

»Zügeln Sie sich, Herr Wygoda, sonst ...«

»Was sonst? Was kann mir denn noch passieren?«

Da hatte ihn auch schon ein Uniformierter am Arm und zerrte ihn zur Tür hinaus. Der Beamte drückte Issy einen Zettel in die Hand mit der Information, daß er sich bei der Ausländerbehörde melden müsse, um neue Ausweispapiere zu beantragen.

Von da an war Issy staatenlos. Er bekam einen Fremdenpaß, in dem in der Rubrik »Staatsangehörigkeit«: »staatenlos« und »früher polnisch« stand.

7.

Jetzt begann Issy, das Bürgerliche Gesetzbuch nach allen Muß und Kannbestimmungen zur Staatsangehörigkeit und Einbürgerung zu durchforsten. Er las die Kommentare der Staatsrechtler zu zahlreichen Urteilen der Verwaltungsgerichte, verglich sie miteinander und machte sich so im Laufe der nächsten Monate zum Experten in diesen Fragen.

Dann verfaßte er wie ein Advokat sorgsam ausgearbeitete Schriftsätze mit präzisen Kommentarauszügen, in denen er nachwies,daß es Rechtsmißbrauch war, ihm die Staatsbürgerschaft abzuerkennen, und er verlangte die alsbaldige rückwirkende Anerkennung.

Doch die Juristen des Regierungspräsidenten bauten mit Paragraphen und Bestimmungen eine unüberwindbare Barriere gegen Issy Wygoda auf. Aus ihrem Verständnis war es ohnehin eine unglaubliche Anmaßung, daß ein Jude polnischer Herkunft, dazu noch Widerstandskämpfer gegen das Naziregime und zu allem Überfluß politisch linksorientiert, wagte, ihre Rechtsauffassung in Zweifel zu ziehen. Alle Eingaben von ihm wurden abgelehnt.

Anfangs waren ihre Antwortschreiben an Issy vielleicht eine halbe oder gar dreiviertel Seite lang. Doch von Monat zu Monat wurden sie kürzer. Schließlich begnügten sich die

Rechtsstaatverteidiger mit der kürzestmöglichen Antwort, die lautete: »Ich verweise auf mein Schreiben vom soundsovielten, dem ich nichts hinzuzufügen habe.«

Als die Auseinandersetzung mit dem Wiesbadener Regierungspräsidenten zu nichts führte, wandte sich Issy an das Verwaltungsgericht, um über den Klageweg wieder deutscher Staatsbürger zu werden.

Er prozessierte ohne Rechtsbeistand. Das war bei den ausgekochten Paragraphenreitern ein großes Wagnis, zeugt aber auch von Issys Selbstbewußtsein. Und er hatte Glück, in der zweiten Instanz fand er einen Richter, der seinen Argumenten folgte und in seinem Urteilsspruch dem Land Hessen auferlegte, Issy die deutsche Staatsbürgerschaft wieder zurückzugeben.

So wurde Issy Wygoda 1965 ein zweites Mal deutscher Staatsbürger.

*

Issys Erfolg vor dem Verwaltungsgericht war für ihn verhängnisvoll. Von dem Tag an, da er seinen Triumph über die verstockten Staatsjuristen erzielt hatte, ließ er auch seinem überspannten Gerechtigkeitstick wieder freien Lauf. Er fühlte sich als Rächer all derer, denen der Staat Unrecht getan hatte, und er hatte weiter Erfolg. Ihm gelang es beispielsweise, einer polnischen Jüdin, die auf ähnliche Weise wie er staatenlos geworden war, die Einbürgerung zu erstreiten. Und im Herbst des gleichen Jahres erfuhr er von der Not einer sechsundsiebzigjährigen Frau im Frankfurter Westend. Deren Mietwohnung war in eine Eigentumswohnung umgewandelt worden, und weil sie die Wohnung nicht kaufen konnte, hatte der Hauseigentümer Eigenbedarf angemeldet. Nun mußte sie aufgrund einer gerichtlichen Verfügung die Wohnung räumen und sollte in ein unzumutbares Notquartier umziehen. Als Issy von diesem Fall hörte, nahm er ihn sofort in die Hand, erwirkte einen nochmaligen Aufschub der Zwangsräumung und konnte der Frau einen Platz im jüdischen Altersheim beschaffen. Diese beiden Fälle schilderte Issys Sohn Alexander, der selbst Jurist ist.

Issy kümmerte sich um Wiedergutmachungszahlungen, Zusatzrenten und Anerkennungen als Verfolgte des Naziregimes, und kaum noch um seine Geschäfte. Und da er sich grundsätzlich für seine Schreiben an Behörden und die Auftritte vor Gericht kein Geld geben ließ, selbst die Unkosten trug er allein, wuchsen und wuchsen seine Schulden. Ihm schien das egal zu sein, und auf die Einwände seiner Frau ging er ohnehin schon lange nicht mehr ein.

Anfang der sechziger Jahre erregte der Fall des SS-Obersturmführers Kurt Gerstein weltweites Aufsehen. Er war 1950 von einer Tübinger Spruchkammer als Schuldiger an den Massenverbrechen an Juden verurteilt worden. In Wirklichkeit aber war der gläubige Christ in die SS eingetreten, um »als Spion Gottes« Einblick in das schauerliche Vernichtungswerk zu bekommen und Möglichkeiten der Sabotage zu erkunden. Unter größter Lebensgefahr unternahm er eine Reihe von Sabotageakten. Auch informierte er die schwedische Botschaft und den päpstlichen Nuntius in Berlin über die Greueltaten in den Vernichtungslagern.

Im Jahr 1963 kam das Theaterstück *Der Stellvertreter* von Rolf Hochhuth auf die deutschen Bühnen. In dem Stück agiert auch der SS-Mann Kurt Gerstein und schildert seine mutigen Versuche, die Weltöffentlichkeit von dem grausamen Geschehen in den Lagern zu informieren.

Doch kein Gericht, keine staatliche Behörde sah sich genötigt, den Fall Gerstein noch einmal zu überprüfen. Jedoch Issy Wygoda nahm sich des Falles wieder an, studierte ihn aufmerksam und entlarvte das Urteil der Spruchkammer als Fehlurteil. Es gelang ihm, ein Rehabilitationsverfahren in die Wege zu leiten, womit er auch Anfang 1965 Erfolg hatte. Der damalige baden-württembergische Ministerpräsident Kiesinger sah sich genötigt, den SS-Mann von dem Vorwurf der Mitschuld an den Judenvernichtungen freizusprechen. Kiesinger erwähnte ausdrücklich, daß die Initiative für die Wiederaufnahme des Verfahrens von Issy Wygoda ausgegangen sei. Sein Name ging durch die Presse der ganzen Welt. Rundfunk und Fernsehen brachten ausführliche Interviews mit Issy. Und er genoß diesen größten Triumph, der ihn für so manche andere Niederlage entschädigte.

Aber er konnte nicht genug bekommen, war wie ein Löwe, der Blut geleckt hat. Als er erfuhr, daß die Witwe des SS-Mannes, Elfriede Gerstein, noch immer keine Rente erhielt, wurde er wieder aktiv. Er erreichte, daß sie rückwirkend Hinterbliebenenrente bekam. Und wieder wurde sein Name in der in- und ausländischen Presse rühmend erwähnt.

*

Als der Fall Gerstein abgeschlossen war und keine neuen Rechtsfälle anstanden, besann sich Issy wieder auf sein Pelzwarengeschäft. Er war nach wie vor ein hervorragender Verkäufer, aber er hatte jetzt endgültig jedes Verhältnis zu Geld verloren. Er machte sich nicht die Mühe herauszufinden, wie hoch sein tatsächlicher Schuldenberg war. Sobald sich ihm die Chance bot, machte er neue Schulden. Als ihm die Banken weitere Kredite verweigerten, pumpte er Freunde und Verwandte an, ohne zu überlegen, wie er das Geld zurückzahlen konnte. Er kalkulierte schlecht und war beim Eintreiben seiner eigenen Außenstände zu gutmütig. Und weil er meist cholerisch reagierte, wenn ein Gläubiger sein Geld zurückforderte, wurde sein Spielraum immer kleiner. Auch die französische Firma, deren Pelzwaren er verkaufte, litt unter seiner nie erlahmenden Streitsucht und entzog ihm schließlich die Vertretung.

Da erinnerte er sich, daß er vor Jahren gelernt hatte, Felle zu verarbeiten. Er mietete in der Moselstraße, im Zentrum der Frankfurter Pelzwarenbranche, mehrere Räume und kaufte, wie bereits während seiner Pariser Zeit, in den umliegenden Kürschnerwerkstätten Pelz- und Lederwarenreste auf. Daraus fertigte er pelzbesetzte modische Gürtel, Taschen und andere Kleinteile an. Seine Produkte fanden schnell ihre Liebhaber, und er konnte zwei Zuschneider beschäftigen. Dennoch blieb er über Monate die Miete schuldig und konnte viele Rechnungen nicht bezahlen, bis er Konkurs anmelden mußte. Danach versuchte er es in einer anderen Werkstatt mit der Produktion von Luxus-Zubehörteilen für Autos, Lammfelle für Sitze, Rückenlehnen und Lenkradumhüllungen. Diese Artikel paßten genau in die Zeit. Die sich ausbreitende Wohlstandsgesellschaft begnügte sich schon nicht mehr allein mit dem Auto als Zeichen ihres Wohlergehens, sie brauchte zusätzliche Symbole. Issy bot sie an.

Das war ein gutes Geschäft, der Absatz florierte. Und doch scheiterte Issy ein weiteres Mal. Er mußte erneut einen Offenbarungseid leisten, konnte aber eine andere Werkstatt auf den Namen seiner Frau eröffnen, und schließlich manipulierte er Rechnungen. Das tat er offenbar ohne große Hemmungen und ohne Gewissensbisse.

Er träumte noch immer vom großen Geld, um dann wie ein Phönix aus der Asche seines geschäftlichen Ruins und seines Schuldenbergs aufzusteigen. Hierzu war ihm kein Unternehmen zu närrisch, kein Risiko zu groß. Und unglücklicherweise bot sich ihm bald ein Geschäft, das wieder phantastische Gewinne versprach: der Handel mit Goldmünzen.

Issy las in der Zeitung, daß auf dem europäischen Markt Goldmünzen zu sehr unterschiedlichen Preisen gehandelt würden. Selbst zwischen Deutschland und Frankreich bestünde ein Preisgefälle von über fünfzehn Prozent. Daraufhin faßte er einen unseligen Entschluß.

Obwohl ihm so gut wie alle Geldquellen versiegt waren, beschaffte er sich noch einmal, weiß der Himmel wie, über einhunderttausend Mark. Für diese Summe kaufte er Goldmünzen und flog damit nach Paris. Dort kannte er sich noch ein wenig aus, und er glaubte, es sei ein Kinderspiel, im Quartier Saint-Germain die Goldmünzen mit entsprechendem Gewinn wieder abzusetzen.

Ob er bereits auf dem Pariser Flughafen Orly verhaftet wurde oder erst in Paris selbst, läßt sich nicht mehr aufklären. Jedenfalls wurde sein ganzer durch den Zoll geschmuggelter Goldschatz konfisziert und Issy zu einer Gefängnisstrafe verurteilt.

Nach der Haftentlassung hielt er sich noch einige Tage bei seinem Bruder Israel in Paris auf, bevor er sich auf die Heimreise machte. Als er im engen Vertrautenkreis über sein Mißgeschick berichtete, hob er nur bedauernd die Hände und Schultern und sagte: »Was wollt ihr? Ich habe alles riskiert und verloren. Das ist alles.«

8.

Issy stolperte weiter von einer geschäftlichen Katastrophe in die nächste, seine Hauptbeschäftigung bestand aber darin, für Gerechtigkeit zu sorgen. Selbst in Hannover stöberte er einen von den Nazis verfolgten Mann auf, dem bisher Entschädigung versagt geblieben war. Und schließlich wurde er auf die Skandalgeschichte meines einstigen Genossen Peter Gingold aufmerksam.

Gingold stritt ebenfalls mit dem Land Hessen und vor den Verwaltungsgerichten um seine und seiner Tochter Wiedereinbürgerung und war bisher mit der Begründung abgewiesen worden, seine politische Einstellung als Kommunist verbiete es, ihm die deutsche Staatsbürgerschaft zu gewähren.

Endlich hatte Issy wieder einen Fall, für den er sich mit allen Mitteln einsetzen konnte. Oftmals mußten die Gerichtsverhandlungen sogar unterbrochen werden, weil Issy durch keinen Ordnungsruf zur Ruhe gebracht werden konnte. Welchen Anteil Issy letztlich an dem Erfolg hatte, ist schwer zu sagen, jedenfalls wurde das Land Hessen in letzter Instanz verurteilt, Peter Gingold einzubürgern. Durch Gingold erfuhr Issy von mir und eines Sonntagmorgens stand er vor meiner Wohnungstür.

*

Nachdem ich ihm erlaubt hatte, meine Einbürgerung zu betreiben, machte er meinen Fall zu dem seinen. Er bombardierte Gericht- und Innenministerien mit seitenlangen Schriftsätzen und wußte selbst, daß er mit diesen Attacken nichts erreichen konnte. Aber augenscheinlich ging es ihm in erster Linie um das Vergnügen am Streiten, ums Kräftemessen mit den Ministerialbeamten.

Je länger und bissiger seine Schriftsätze wurden, um so geringer waren die Chancen, daß sich damit deutsche Beamte hinter ihrer dichten Deckung aus Gesetzen und Bestimmungen hervorlocken ließen. In dieser Zeit wurde mir sowohl die Arroganz der Ministerialen vor Augen geführt als auch der große Energieaufwand, den Issy bei der Verfolgung eines solchen Falles aufbrachte.

*

Eine spätere Begegnung mit Issy in dieser Zeit ist mir besonders gut in Erinnerung, sie machte mich nachdenklich. Zufällig traf ich ihn in Frankfurt und lud ihn zu einer Tasse Tee ins Café Hauptwache ein. Er war, was selten vorkam, bedrückt und mißgelaunt. Kurz zuvor mußte er eine Auseinandersetzung mit einer Schwester oder einem Schwager gehabt haben, denn ganz unvermittelt sagte er: »Der einzige, der mich in meiner Familie versteht, ist mein Bruder Israel in Paris. Ich habe Ihnen von ihm erzählt. – Ist das nicht traurig?

Er war auch der einzige, der mich nach dem mißglückten Geschäft mit den Goldmünzen nicht mit Vorwürfen gequält hat.«

Ich wurde neugierig, mehr über seinen Bruder Israel zu erfahren und wollte wissen, was er für ein Mensch war. Ich fragte: »Kommen Sie öfters mit Ihrem Bruder zusammen?«

»O ja«, antwortete er. »Sooft es geht, fahre ich zu ihm, drei- bis viermal im Jahr. Er kommt hin und wieder auch nach Frankfurt, um mich zu besuchen. Israel steht mit sehr nahe, und er mag mich. Er kann zuhören. Das bedeutet mir viel. Ich habe sonst niemanden mehr in der Familie, der bereit ist, mir zuzuhören, weder Schwester noch Schwager, nicht einmal meine Söhne. Alle streiten nur mit mir.«

Ich fragte: »Und Ihre Frau?«

Er machte eine wegwerfende Handbewegung: »Die schon gar nicht.«

Das war das erstemal, daß mir Issy so intime Dinge erzählte. Ich spürte, es war ihm ein Bedürfnis, mit jemandem darüber zu sprechen, und ich spürte auch, wie einsam er war.

*

Drei Jahre bemühte sich Issy um meine Einbürgerung, schickte Schriftsätze ins Regierungspräsidium, telefonierte mit den Sachbearbeitern, randalierte in Vorzimmern und kam keinen Schritt voran. Ich stoppte seine Besessenheit, indem ich ihm schließlich die Vollmacht entzog.

Issy ließ nicht locker. Unzählige Male rief er bei mir an, schrieb Briefe, und wenn ich nicht antwortete, schickte er die Kopie des Briefes noch einmal per Einschreiben. Er flehte mich regelrecht an, ihm zu gestatten, meine Einbürgerung weiter zu verfolgen. Doch er konnte mich nicht umstimmen. Da wurde er böse, beschimpfte mich am Telefon als miesen Kompromißler und Schlappschwanz. Ich legte den Hörer auf. Anderntags kam er zu mir nach Hause, um sich für seine Ausfälle am Telefon zu entschuldigen.

Dann hörte ich nichts mehr von ihm. Er hatte aufgegeben. Wohlgemerkt: nur in meinem Fall.

Issy war außerstande, sich zu ändern. Er war hoffnungslos in einen eisernen Käfig eingesperrt, den er sich selbst geschmiedet hatte. Als ich ihn nach langer Zeit wiedertraf, sagte er mit leiser, bitterer Stimme, die jedoch etwas zu pathetisch klang: »Ich weiß, daß ich verrückt bin. Ein Leben lang habe ich mich gefragt: Warum bin ich so geworden, wie ich bin, ein Verfluchter? Ich weiß, wie viele Flüche auf mich gekommen sind im Laufe der Jahre. – Ob es ein Fluch ist, ein Jude zu sein? Wann habe ich einmal glückliche Stunden gehabt oder auch nur zufriedene? Mich kotzt mein ganzes Leben an.«

Issy tat mir von Herzen leid. Und ich machte mir Sorgen um ihn. Wie aber konnte ich ihm helfen? Ich wußte es nicht.

So ausweglos wie sein selbstgeschaffener eiserner Käfig – verängstigt und verkümmert starb im Sommer 1991 seine Frau – war auch seine finanzielle Situation. Seine Schulden waren ins Unermeßliche gestiegen. Wegen unkorrekter Beschaffung von Rohmaterialien mußte er mehrere Wochen ins Gefängnis. Und je schneller er dem völligen Ruin entgegentrieb, um so labiler wurde sein Gesundheitszustand. Immer häufiger wurde er krank und sein Herz schwächer. Dazu schnitt ihn sein Menschenhaß vollends von seinen Angehörigen und den wenigen Menschen ab, die er seine Freunde nannte.

Bald darauf wurde er wegen betrügerischen Bankrotts und anderer Delikte ein weiteres Mal angeklagt und erhielt eine hohe Geldstrafe. Das Geld konnte er nicht beschaffen, und das Gericht verfügte, er müsse ersatzweise zweihundert Tage ins Gefängnis. Aber Issy wollte sich unter keinen Umständen noch einmal einsperren lassen. »Vorher nehme ich mir das Leben«, versicherte er im Gerichtsgebäude seinen Söhnen.

Als der Termin näherrückte, an dem er seine Strafe antreten sollte, wurde er wieder krank. Sein Herz versagte ihm endgültig den Dienst, in seinem Körper staute sich das Wasser. Sein Zustand wurde so kritisch, daß er ins Krankenhaus eingeliefert werden mußte. Im Krankenhaus weigerte er sich, die lebensrettenden Medikamente gegen das Wasser in seinem Körper und zur Stärkung des Herzens einzunehmen. Er suchte den Tod. Was er angedroht hatte, machte er wahr. Am 5. April 1992 starb Issy Wygoda.

Ich weiß, daß Issy in seiner großen Not um Hilfe gerufen hat, und niemand konnte ihn hören.

*

Zur gleichen Stunde als Issys Herz stillstand, kam aus Paris die Nachricht, sein Bruder Israel sei etwa drei Stunden zuvor einem Herzschlag erlegen. Noch bevor Issy bestattet wurde, trug man Israels Leiche auf dem Pariser jüdischen Friedhof Pantin zu Grabe.

Ich bin außerstande, das Phänomen dieser beiden Tode zu deuten. Welten liegen zwischen dem jüdischen Friedhof in Paris, auf dem Israel seine letzte Ruhe fand, und dem christlichen Friedhof in Langen in Hessen, auf dem Issy bestattet ist – und doch verband beide Brüder noch im Sterben auf seltsame und unerklärbare Weise der gleiche Schlag ihrer Herzen.

Ich hatte lange Zeit keine Verbindung zu Issy gehabt und auch keine Ahnung von seinen letzten tragischen Monaten und seinem elenden Tod. Sein Sohn Hermann rief mich an und sagte es mir. Als ich hörte, daß niemand bereit sei, bei der Trauerfeier für Issy zu sprechen, weder ein Rabbiner, Issy ließ sich auf einem christlichen Friedhof begraben, da er neben seiner Frau liegen wollte, noch ein Funktionär der Vereinigung der Verfolgten des Naziregimes, der er angehörte, übernahm ich diese Aufgabe. Meine Trauerrede kam von Herzen, und ich würde sie auch heute wieder mit den Worten enden lassen: »Und wenn es einen Gott gibt, wird er dich, Issy Wygoda, in die Arme genommen und zu einem würdigen Platz im Garten Eden geleitet haben, in den Kreis der Gerechten. – Dein Leiden, Issy, hat ein Ende – und ich bin sehr traurig.«

Baruch Glückstein oder Das Loch in der Mauer

Am Todestag des Rebben Israel ben Osher aus dem ostpreußischen Städtchen Stolin sollte ich Bekanntschaft schließen mit Baruch Glückstein. Der Rebbe, der noch heute als Heiliger verehrt wird und unter frommen Juden auch als Wunderrabbi gilt, liegt auf dem alten jüdischen Friedhof an der Rat-Beil-Straße im Frankfurter Nordend. Er starb 1921 während einer Herzkur in Bad Nauheim und wurde zur Bestattung nach Frankfurt überführt. Er war ein bedeutender Führer der Chassidim. Seine Anhänger waren fest davon überzeugt, er sei ein Zaddik gewesen. Ein Zaddik ist ein Vollkommener, ein sogenannter Gerechter, ein Mann Gottes, der mit wundersamen Kräften ausgestattet ist. Zaddiks gibt es immer nur sechsunddreißig zugleich auf der Welt.

Baruch Glückstein war mit einer Gruppe Antwerpener Chassidim nach Frankfurt gekommen, um den Rebben zu ehren und von ihm Segen und Beistand zu erbitten. Sie stellten an seinem Grab auf dem orthodoxen Teil des Friedhofs Kerzen des Gedenkens auf, beteten Kaddisch, sangen und tanzten, wie es chassidischer Brauch ist.

Ich stand ganz in der Nähe, an einer Mauer, die sich mitten durch das Gräberfeld zieht und den orthodoxen Teil von dem der Liberalen und Reformer trennt, und schaute fasziniert dem frommen Treiben zu. Als eine brennende Kerze von dem abgerundeten Grabstein abzurutschen drohte, sprang ich hinzu und drückte sie wieder fest. Inzwischen schrieben die Chassidim ihre Kwitls, fromme Wunschzettel, die sie am Grab des Wunderrabbis zurückließen. Sie legten sie entweder auf den Grabstein oder steckten sie in eine lange Röhre, die eine kluge Friedhofsverwaltung am Grabstein angebracht hatte. Viele fromme und wundergläubige Juden wollten ihre

Wünsche nicht nur mündlich dem Gutn-Jidn vortragen, sondern, sicher ist sicher, sie ihm auch schriftlich anvertrauen. Auf dem schmalen, bescheidenen Grabstein allein wäre neben den brennenden Kerzen viel zuwenig Platz für alle Kwitls gewesen, die ständig bei dem Heiligen hinterlegt wurden.

Während die andern noch eifrig mit Schreiben beschäftigt waren, kam Baruch auf mich zu. Er hatte offenbar seinen Wunschzettel bereits dem Rebben Israel ben Osher, der in der frommen jüdischen Welt als Rebbe von Stolin bekannt ist, anvertraut. Neben mir blieb er stehen. Neugierig betrachtete ich ihn. Er war einen guten Kopf größer als ich, spindeldürr und wirkte asketisch. Er trug, wie alle Chassidim, einen Vollbart. Bei den Jungen am Grab des Heiligen war der Bart noch sehr schütter, seiner dagegen war dicht wie die Roßhaarfüllung einer Matratze und pechschwarz. Man konnte glauben, er habe mit schwarzer Schuhwichse nachgeholfen. Die bis auf die Schultern reichenden Schläfenlocken, die sein langes, schmales Gesicht noch länger machten, waren so gleichmäßig gedreht wie Spiralfedern. Ein steifer, schwarzer Hut mit breitem Rand saß ihm ein wenig schräg auf dem Kopf. Weil er unter dem Hut noch die Jarmulke trug, damit er nicht barhäuptig war, wenn er den Hut lüftete, was nach dem Glauben frommer Juden Gott beleidigt hätte, saß sein Hut weit oben und sah so aus, als sei er zwei Nummern zu klein. Baruch hatte wie alle andern Chassidim einen mantellangen schwarzen Kittel an, der von einer doppelten Schnur zusammengehalten wurde. Kein Wunder, daß die ganz in schwarz gekleidete Pilgergesellschaft unter der Septembersonne gehörig schwitzte.

Auch Baruch standen dicke Schweißperlen auf der Stirn. Es nutzte wenig, daß er sich mit einem großen, weißen Taschentuch, das er zusammen mit seinem aufgeschlagenen Gebetsbuch in den Händen hielt und das einen augenfälligen

Kontrast zu dem tristen Schwarz seiner Kleidung bildete, in kurzen Abständen übers Gesicht wischte. Die Schweißperlen wuchsen schnell wieder nach.

Er schaute zu mir herüber, zwinkerte leicht wie zur Begrüßung, wischte sich noch einmal über die Stirn und sagte: »Ein heißer Tag heute.«

Ich nickte. »Ein heißer Tag.«

»Schwitzt Ihr nicht?«

»Nein, ich schwitze nicht.«

»Aber warm ist Euch doch auch?«

»Ja.«

Nach einer Pause: »Ihr seid von hier?«

»Ja.«

»Und kommt oft hierher?«

»Nein.«

»Aber Ihr kennt das Grab vom Rebben Israel ben Osher aus Stolin?«

»Ja.«

»Wißt Ihr auch, weshalb wir hierher gekommen sind?«

»Ich weiß es.«

»So, Ihr wißt es? Seid Ihr auch jiddisch?«

»Ja.«

Nun wurde er noch redseliger. Er schüttelte mir kräftig die Hand, und ohne daß ich ihn danach gefragt hatte, sprudelte er hervor:

»Ich heiße Baruch Glückstein und habe einen Handel in Antwerpen. Meine Eltern kommen aus Polen. Sie konnten vor den Nazis fliehen, gingen erst nach England und als der Krieg vorbei war nach Antwerpen. Ich bin dort geboren. Meine Frau stammt aus Rumänien. Sie ist nicht mitgekommen – aus familiären Gründen.«

Er deutete auf eine zu den Chassidim gehörende kleine Gruppe von Frauen und Mädchen, die, wie es mosaisches Gebot vorschreibt, in einiger Entfernung zusammenstanden und nur durch eifriges Lesen im Gebetbuch Anteil an dem religiösen Zeremoniell der Männer nahmen.

Ohne Pause fragte er: »Seid Ihr verheiratet?«

Ich nickte.

»Habt Ihr Kinder?«

»Ja, drei.«

»Wohnt Ihr in Frankfurt?«

»Ja.«

»Schon lange?«

»Ja.«

Seine Fragerei ging mir allmählich auf die Nerven, und ich machte einen Schritt seitwärts. Das beeindruckte ihn nicht. Schnell hielt er mich am Arm fest. »Und was wißt Ihr von dem Rebben?«

Ich erinnerte mich, schon einmal beim Zusammentreffen mit Chassidim in Jerusalem diesen indiskret wißbegierigen Ton vernommen zu haben, der zudem einen unduldsamen und überheblichen Klang bekam, wenn es um ihre religiöse Gemeinschaft und um Glaubensdinge ging.

Ich antwortete: »Ich weiß einiges über ihn.«

Seine Stimme klang unerbittlich: »So sagt doch, was!«

»Zum Beispiel, daß er nach Pogromen den Flüchtlingen selbstlos geholfen hat und auch vielen anderen Menschen, die in Not waren. Damit brachte er den Chassidim viel Ehre und Anerkennung.«

»Und weiter? He? Er war ein Wunderrabbi. Habt Ihr eine Ahnung von seinen Wundern?«

»Von den Wundertaten des Rebben weiß ich nichts. Aber gehört habe ich schon, daß er ein Wunderrabbi gewesen sein soll.«

»Was heißt, sein soll? Er war es!«

Baruch Glückstein begann sogleich, von den Wundern des Rebben zu erzählen. Eine Geschichte nach der anderen sprudelte aus ihm heraus. Da war von einem Zauberstab die Rede und von einem Wunderamulett, die er besessen habe. Mit dem Amulett habe er jeder Feuersbrunst Einhalt gebieten können, wenn er es den Flammen entgegenhielt. Einmal habe er es plündernden Soldaten, die in das Stoliner Judenviertel eindringen wollten, entgegengestreckt, und sie konnten, gebannt von dem Amulett, keinen Schritt mehr vorwärts tun. So seien die Stoliner Juden vor Schrecklichem bewahrt geblieben. Sein etwa ein halber Meter langer Zauberstab sei mit Schamoth gefüllt gewesen, und mit ihm habe er Menschen, die sich in großer Not befanden, helfen können. Einmal sei ein Kind in den reißenden Fluß Horyn gestürzt, der nahe der Stadt vorbeifließt. Wegen der steilen Böschung habe niemand dem Kind helfen können. Wäre nicht der Rebbe mit dem Zauberstab gekommen, dann hätte das Kind todsicher ertrinken müssen. Er aber habe seinen Zauberstab in Richtung des verzweifelt um sein Leben kämpfenden Kindes gehalten und mit lauter Stimme gerufen: Adonai hilf! Plötzlich habe eine Welle das Kind emporgehoben und auf den schmalen Strand geworfen. Mit dem gleichen Zauberstab und sogar ohne ihn, erzählte Baruch weiter, habe der Rebbe Kranke geheilt, indem er die schmerzende oder wunde Stelle mit dem Stab oder mit der Hand berührt habe. Bekannt sei auch der Fall einer älteren Frau, die so krumm gegangen sei, daß sie nur noch auf den Boden, aber nicht mehr nach vorne schauen konnte. Ihr habe der Rebbe mit dem Zauberstab über den Rücken gestrichen, Zauberformeln gemurmelt und ihr dann befohlen, sich aufzurichten und geradezugehen, und, o Wunder, sie habe es getan.

Als Baruch auch noch anfangen wollte, mir zu erklären, wie der Rebbe Dämonen ausgetrieben habe, unterbrach ich seinen Redefluß. »Nun gut, Reb Glückstein! Auch ich weiß Euch von einem Wunder zu erzählen, das hier auf dem Friedhof geschehen ist«, trumpfte ich auf. »Da wird selbst Euer verehrter Rebbe gestaunt haben.«

Um Mund und Nase des Antwerpener Chassid bildeten sich Unmutsfalten, und er verzog die Lippen. So viel Respektlosigkeit vor einem möglichen Zaddik und seinen Wundertaten hatte er offensichtlich nicht erwartet. »Nun mal langsam, Freundchen, langsam. Natürlich gibt es auch anderswo Wunderrabbis und geschehen Wunder. Aber glaubt Ihr wirklich, unseren toten Rebben, der selbst viele Wunder geschehen ließ, würde das überrascht haben? Warum also müßt Ihr so übertreiben?«

»Ich übertreibe nicht.« Und ich wiederholte mit Nachdruck: »Er hat das Wunder, von dem ich Euch erzählen will, selbst miterlebt – wenn man das von einem toten Gutn-Jidn sagen kann –, denn es ereignete sich, als er schon hier auf dem Friedhof lag.«

»Dann erzählt schon«, sagte Baruch unwirsch und in arrogantem Ton, »ich bin neugierig.«

Und während die anderen Chassidim im Schweiße ihres Angesichts noch einmal um die Grabstätte des Wunderrabbis tanzten, wobei sie, einen Kreis bildend, die Arme auf die Schultern des linken und rechten Nebenmannes legten und die Oberkörper weit nach vorne streckten, so daß sich ihre runden schwarzen Hüte fast berührten, erzählte ich Baruch die Geschichte von dem Loch in der Mauer, in deren Nähe wir standen.

»Es geschah im November des Jahres 1943, mitten im Krieg. Bei einem der Bombenangriffe auf Frankfurt fiel eine Fliegerbombe hier auf den Friedhof. Und diese Bombe, die einzige, die während des ganzen Krieges auf diesen Friedhof niederging, traf genau die Krone der Mauer und riß sie auf einer Breite von zwölf Metern nieder. Bedenkt, Reb Glückstein, dieser Friedhof ist so groß, daß man sich auf ihm verlaufen kann. Vierzigtausend Juden liegen hier begraben.« Ich nahm ihn am Arm und drehte ihn zum Mauerdurchbruch. »Schaut nur genau hin!«

Jetzt erst erkannte er die Bruchstelle, die schwer auszumachen ist, da sie im Laufe der Jahrzehnte von Pflanz- und Wurzelwerk überwuchert wurde. Er ging einen Schritt auf den Durchbruch zu und sagte: »Gut, die Bombe hat die Mauer zerschlagen. Und?«

»Kein und, Reb Glückstein. Diese Mauer ist das sichtbare Zeichen der Spaltung unserer jüdischen Gemeinde. Sie vollzog sich vor über hundert Jahren. Die Gesetzestreuen trennten sich damals von der Stammgemeinde und zogen diese Mauer quer durch den Friedhof. Sie verabscheuten den Bestattungspomp der Reformer und wollten weiter ihre Toten nach alter jüdischer Tradition beerdigen. Die ganzen Jahre über waren die beiden Gemeinden getrennt und sich spinnefeind. Das Aufbrechen der Mauer durch die Bombe war ein Fingerzeig, daß Juden in Zeiten der Not zusammengehören, auch auf dem Friedhof. Ist das nicht ein großes, doppeltes Wunder, Reb Glückstein? Was sagt Ihr nun?«

Baruch Glückstein, der bisher schweigend und aufmerksam meinem Bericht gefolgt war, schob sein verschwitztes Taschentuch in die Kitteltasche, strich sich mit der linken Hand nachdenklich über den Bart, in der Rechten hielt er noch immer sein aufgeklapptes Gebetbuch, und gab zur Antwort: »Von der Bombe und dem Loch in der Mauer höre ich zum erstenmal. Ich muß klären.«

Er strich jetzt mit seiner Hand nicht mehr über den Bart, sondern umklammerte ihn mitsamt dem Kinn, als müsse er sich beim Nachdenken daran festhalten. Nach einer Weile blickte er zurück zum Grab des Rebben von Stolin, und sein Gesicht hellte sich auf. »Nun ist es mir klar. Ihr redet von einem Wunder?« Vielsagend deutete er mit dem Gebetbuch in der Hand zum Grab des Rebben hin. »Da liegt das Geheimnis.«

»Glaubt Ihr etwa, der Rebbe hat etwas damit zu tun?« fragte ich.

Er steckte das Gebetbuch in die Kitteltasche, damit er endlich beim Reden beide Hände frei hatte, und sagte: »Glauben? Ich weiß es. Unser Rebbe war es und kein anderer.«

Sein arrogant-allwissender Ton, der keinen Zweifel am Wahrheitsgehalt seiner Worte zuließ, ärgerte mich.

»Muß denn der Rebbe von Stolin mit allem etwas zu tun haben, was hier auf dem Friedhof geschah und noch geschehen wird?« widersprach ich ihm. »Er ist nicht der einzige Gute-Jid, der hier begraben ist.«

»Kann sein. Aber dafür, daß die Bombe auf die Mauer fiel, kann es keine andere Erklärung geben. Wieviel Schritte sind es vom Grab des Rebben bis zur Mauer? Dreißig? Vierzig? Ist nicht so wichtig. Jedenfalls sah er, seit er hier liegt, die Mauer.«

Baruch schaute mich, bevor er weitersprach, prüfend an. »Euch brauche ich wohl nicht zu erklären, daß ein Heiliger immer alles sieht, was über der Erde geschieht, auch wenn seine irdische Hülle darunten liegt.«

Dabei stieß er den Zeigefinger mehrmals nach unten. »Er, der Rebbe, hatte also die Mauer direkt vor sich und sah Tag für Tag die Schande jüdischer Zwietracht. Und er, der Gerechte, wollte das nicht länger mit ansehen. Als es dann im Hitlerkrieg Bomben vom Himmel regnete, nahm er die Gelegenheit wahr und dirigierte kurzerhand eine Bombe auf die Mauer. Dank seiner überirdischen Kräfte verhinderte er auch, daß weitere Bomben auf den Friedhof fielen.«

Dieses Gemisch von Realität und Mysterium verschlug mir die Sprache. Eine solche absonderliche Art, die Dinge darzulegen, war mir noch nicht vorgekommen. Ich wußte nicht, ob sie typisch für chassidisches Denken war oder nur das alle Fakten verzerrende Geistesprodukt eines einzelnen Mannes. Baruch Glückstein jedenfalls war es ernst mit dem, was er sagte. Unüberhörbar selbstzufrieden verkündete er: »Darauf hättet Ihr auch selbst kommen können, wenn Ihr nur gründlich darüber nachgedacht hättet.«

Mir verging die Lust, weiter mit ihm über den Wunderrabbi und das Loch in der Mauer zu disputieren. Ich sagte nur: »Wenn Ihr das so seht, Reb Glückstein, soll's mir recht sein, ich sehe es anders. Allein die Tatsache, daß die Bombe genau auf die Mauerkrone schlug und die Mauer in Stücke riß, nur das ist das Wunder für mich, nichts anderes. Ihr könnt das meinetwegen deuten, wie Ihr wollt.«

»Gewiß ist es ein Wunder«, lenkte der Chassid ein. »Aber warum seid Ihr so erstaunt über meine Erklärung? Wo sich nur ein paar Schritte entfernt das Grab eines Heiligen befindet?«

Ich wandte mich ab und ging langsam dem Ausgang zu. Die andern frommen Männer hatten mittlerweile ihren Tanz um das Grab beendet und strebten ebenfalls nach draußen. Sie holten mich ein und umringten mich, und ich spürte, in welch fröhliche, ja geradezu ausgelassene Stimmung sie in dieser knappen Stunde am Grab des verehrten großen Meisters gekommen waren. Sie klopften sich gegenseitig und auch mir auf die Schultern, manche hakten sich beieinander ein, andere legten einander den Arm um den Rücken. Und so vergaß ich schnell meinen Unmut über den eigensinnigen und rechthaberischen Baruch Glückstein.

Meine Begleiter waren sehr gesprächig, doch ich konnte nur einen Teil ihres Jiddisch verstehen, da sie im Gegensatz zu Baruch Glückstein ein antwerpenerisch gefärbtes Jiddisch sprachen. Voller Erstaunen hörte ich heraus, daß sie sich schon gar nicht mehr über ihre gerade beendete und regelrecht begeisterte Begegnung mit dem Wunderrabbi unterhielten, zu der sie extra von Antwerpen nach Frankfurt geflogen waren. Ihre Unterhaltung drehte sich statt dessen um Menachem Mendel Schneerson, den steinalten charismatischen Lubawitscher Rebben, dem Oberhaupt der Chabad-Chassidim, einer starken Gruppe von fanatischen Ultraorthodoxen, der in New York residierte. Obwohl die Antwerpener Frommen nicht diesem Zweig der Chassidim angehörten, planten sie, noch am selben Tag von Frankfurt nach New York weiterzufliegen. Rebbe Schneerson hatte wieder einmal angekündigt, die Ankunft des Meschiach, des Messias, stehe unmittelbar bevor. Zwar trauten sie seiner Prophezeiung nicht recht, aber da man nicht wissen kann, ob Rebbe Schneerson vielleicht diesmal doch die Ankunft des Erlösers richtig vorausgesagt hatte, flogen sie nach New York, um, sollte der Erlöser tatsächlich ankommmen, mit dem Rebben gemeinsam das große Ereignis zu erleben.

Von diesem über neunzigjährigen Greis glaubten viele seiner Anhänger, er sei höchstpersönlich der Messias, schränkten aber klugerweise ein, daß er, falls er es nicht sei, doch zumindest den genauen Zeitpunkt wisse, an dem der Erlöser und Heilsbringer erscheine. Dieser Überzeugung seiner Anhänger kommt der Lubawitscher entgegen, indem er alle paar Jahre wieder die Ankunft des Messias prophezeit. Dann machen sich in aller Welt ultraorthodoxe Juden auf den Weg zu seiner Residenz. Wie jedermann weiß, war es doch auch diesmal nichts mit dem Erscheinen des Messias, der Posaunenschall blieb aus.

Dennoch nehmen weltweit die Chassidim dem Lubawitscher Rebben die Pannen bei seinen Prophezeiungen nicht übel. Obwohl sie ihre Hoffnung auf die Ankunft des Messias immer wieder enttäuscht sehen, vergrößert sich sein Ruhm. Auch das ist ein Wunder. Man muß wohl ein Chassid sein, um dieses Wunder verstehen zu können und so unerschütterlich an den Lubawitscher Rebben glauben wie Rabbi Menachem Segal aus Jerusalem, der mir auf meine skeptische Bemerkung, Schneerson habe wieder einmal fälschlicherweise die Ankunft des Messias angekündigt, antwortete: »Auch ein Heiliger kann sich einmal irren.«

Im Juni 1994 ist Rebbe Schneerson in New York gestorben. Und als seinen Anhängern Schneersons Tod mitgeteilt wurde, tanzten sie auf den Straßen und jubelten: Der Tag der

Erlösung ist gekommen. Jeden Augenblick wird sich der Rebbe erheben und als Messias zu erkennen geben. – Es war jedoch auch diesmal nichts mit dem Erscheinen des Messias. Die Chassidim werden weiter auf den Erlöser warten müssen.

*

Zusammen verließen wir den Friedhof und gingen auf den Bus zu, der die Antwerpener Chassidim vom Flughafen hergebracht hatte. Bis zur Abfahrt war noch einige Zeit. Wir standen in Gruppen um den Bus herum, redeten miteinander und tauschten Adressen aus. Die Frauen hatten sich mittlerweile wieder den Männern zugesellt. Plötzlich faßte mich jemand von hinten fest an der Schulter. Ich drehte mich um. Es war Baruch Glückstein. Ich hatte ihn fast schon vergessen.

Er fragte: »Habt Ihr noch einen Augenblick Zeit für mich?«

Ich ging mit ihm zwei Schritte zur Seite.

»Ich muß mich bei Euch entschuldigen«, begann er.

»Warum? Ihr habt mir nichts getan.«

»Doch, doch. Das war keine gute Antwort, die ich Euch drinnen gegeben habe.« Er deutete mit dem Kopf zum Friedhof. »Natürlich ist das Loch in der Mauer ein Wunder, ob Rebbe Israel dabei seine Hand im Spiel hatte oder nicht. Aber Ihr müßt auch mich verstehen. Wenn wir nach Frankfurt kommen, um für den Rebben von Stolin Kaddisch zu beten und seiner großen und edlen Taten zu gedenken, dann sind uns die ganze Zeit das Herz und der Kopf voll mit Gefühlen und Gedanken für und an ihn. Und alles, was hier geschieht, hat automatisch etwas zu tun mit ihm.«

Er machte eine Pause und strich sich wieder wie zuvor über den Bart. Jetzt war keine Spur mehr von Arroganz und Besserwisserei in seinen Worten. Er fuhr fort: »Ich habe gleich gemerkt, daß ich auf Euren Einwand falsch reagiert habe. Er war berechtigt. Ja, ja, er war es. Und ich wollte Euch bestimmt nicht beleidigen.«

»Ich fühle mich nicht beleidigt, lassen wir's gut sein«, wehrte ich seine wortreiche Entschuldigung ab.

»Einverstanden. Dann brauche ich kein schlechtes Gewissen zu haben. Aber wollt Ihr mir einen großen Gefallen tun? Ja? Dann kommt mit zum Flughafen. Ich möchte mich noch mit Euch unterhalten.«

Das sagte er so eindringlich, daß ich spürte, er wolle mir noch etwas Wichtiges sagen. Ich begleitete ihn, und auf dem Weg zum Flughafen erzählte er mir eine merkwürdige Geschichte. Vor ein paar Jahren fuhren sein jüngerer Bruder und dessen Frau sowie er und seine Frau mit dem Auto von Antwerpen nach Brüssel, um an einer Hochzeit teilzunehmen. Auf halbem Weg stießen sie mit einem entgegenkommenden Lastwagen zusammen. Sein Bruder, der das Auto gelenkt hatte, starb noch am Unfallort. Baruchs Frau wurde schwer verletzt ins Hospital eingeliefert, wo sie nach mehreren Operationen ebenfalls starb. Nur die Frau des Bruders und er überlebten.

Einige Monate später, als sie beide von ihren Verletzungen genesen waren, saßen sie, die junge, kaum zwanzigjährige Witwe des Bruders, und er vor dem Ältestenrat der Chassidim und berieten, wie ihr weiteres Leben verlaufen solle. Nach mosaischem Gesetz, das auch heute noch von den Chassidim befolgt wird, war die junge Witwe, da ihre Ehe kinderlos geblieben war, verpflichtet, den verwitweten Bruder ihres verstorbenen Mannes zu heiraten, eine Leviratsehe einzugehen. Baruch war auch sofort zu der Heirat bereit, die Witwe des Bruders jedoch zögerte, sagte weder ja noch nein, doch ihr Verhalten machte ihm deutlich, daß sie ihn als Ehemann nicht mochte.

Dennoch standen sie zwölf Monate später zusammen unter dem Traubaldachin. Die Schwägerin hatte es nicht gewagt, gegen das Gesetz der Leviratsehe, das sich aus der Thora ableitet, zu verstoßen und war die Ehe mit Baruch eingegangen, obwohl sie fast zwanzig Jahre jünger war als er.

Das alles lag über zwei Jahre zurück, die Ehe war bisher kinderlos geblieben und die Fremdheit zwischen Mann und Frau wollte nicht weichen. Baruch war darüber sehr unglücklich. Er hatte geglaubt, die Abneigung der Frau würde in der Ehe geringer werden und der Liebe Platz machen, so wie es bei den Vätern und Vorvätern häufiger gewesen war. Doch nichts dergleichen geschah.

*

Warum Baruch Glückstein ausgerechnet mir, dem er eine Stunde zuvor zum ersten Mal überhaupt begegnet war und mit dem er obendrein einen ärgerlichen Disput gehabt hatte, diese verzweifelte Familiengeschichte schilderte, verwunderte mich sehr.

»Warum erzählt Ihr mir das alles?« fragte ich ihn.

»Nicht, damit Ihr meine familiären Schwierigkeiten kennenlernt. Ich hätte bestimmt keinen Grund dazu gehabt, wenn – ja, wenn nicht der Rebbe Israel ben Osher sich in meine Probleme eingemischt hätte.«

»Der Rebbe hat sich eingemischt?« fragte ich ungläubig. »Wie kann er das? Er ist doch längst tot.«

»Ihr könnt das nicht verstehen, aber er hat tatsächlich in mein Schicksal eingegriffen.«

Ich wurde neugierig. »Wann und wie hat er das getan?«

»Heute, als wir bei ihm am Grab waren.«

»Ihr sprecht in Rätseln.«

»Kann sein, daß auch Ihr etwas damit zu tun habt. Und darum mußte ich Euch meine Geschichte erzählen.«

»Ich versteh' wirklich nichts mehr, Reb Glückstein.«

»Ihr werdet es gleich verstehen. Als Ihr Euch ärgerlich von mir abgewandt habt, ging ich als letzter unserer Gruppe am

Grab unseres Meisters vorbei. Da sah ich auf der Erde neben dem Grab ein Kwitl liegen. Ich hob es auf und sah, daß es mein eigenes war. Ich hatte es nicht in die Röhre gesteckt, sondern oben auf den Grabstein des Rebben gelegt und mit einem Stein beschwert. Ich dachte, so würde der Meister meinen Wunsch am ehesten wahrnehmen.«

»Und von da hat es der Wind hinuntergeweht« sagte ich.

»Wenn man es oberflächlich betrachtet, ja. Aber in Wirklichkeit hat der Meister das Kwitl von sich geworfen. Er will nichts mit meiner Bitte zu tun haben.«

Baruch Glückstein schien ganz in einer schillernden Welt aus Realität und Phantasie zu leben. »Da kann ich Euch nicht folgen«, gab ich ihm zur Antwort. »Eine solche Schlußfolgerung, nur weil ein Kwitl zur Erde gefallen ist, scheint mir mehr als fragwürdig.«

»Mir ist das sonnenklar.«

»Aber sagt doch endlich, was hat das alles mit mir zu tun?«

»Einiges, mein Freund. Ich konnte deutlich sehen, wie Ihr an dem Grabstein hantiert habt.«

»Ja, ich habe eine Kerze zurechtgerückt, die schräg stand und herunterzufallen drohte. Mehr habe ich nicht getan.«

»Stimmt, das habe ich gesehen. Aber da lag mein Kwitl. Direkt neben der Kerze unter einem Stein.«

»Das ist möglich. Was aber schließt Ihr daraus?«

»Ist es nicht sonderbar, daß ausgerechnet Ihr dabei mein Kwitl berührt habt?«

»Berührt haben könnte«, berichtigte ich ihn.

»Das läuft aufs gleiche hinaus. Jedenfalls war das kein Versehen. Ihr wart sein Werkzeug.«

Ich gab es auf, diesen verworrenen Gedankengängen zu folgen und fragte: »Habt Ihr das Kwitl wieder zurückgelegt?«

»Nein.« Er zog einen zerknüllten Zettel aus der Kitteltasche und hielt ihn mir hin, schob ihn aber gleich wieder in die Tasche zurück. »Es ist wertlos geworden. Jetzt ist es auch kein Geheimnis mehr, wofür ich mir Fürsprache vom Rebben Israel erbitten wollte. Ihr könnt es Euch denken. Daß ich endlich eine richtige Ehe führen kann, daß ich Kinder haben werde und einmal ein Kaddischel. Und nun überlege ich, ob ich nicht einen Scheidebrief an das Rabbinat in Antwerpen richten soll. Das wäre nach den heutigen Ereignissen das einzig Vernünftige.«

Nach einer Weile fragte ich: »Was erwartet Ihr eigentlich von mir? Daß ich Euch rate, was Ihr tun sollt?«

»Nein, nein«, wehrte er ab, »mir kann niemand raten, entscheiden muß ich mich selbst. Aber Ihr habt, sicher nicht zufällig, meinen Weg gekreuzt und mein Kwitl vom Grabstein gefegt. Dadurch ist eine Verbindung zwischen uns entstanden. Das konntet Ihr nicht wissen, aber ich habe es sofort erkannt. Ich dachte, wenn ich Euch meine Geschichte erzähle, würde ich wieder klarere Gedanken fassen können. Und dann würde ich eher in der Lage sein, eine Entscheidung zu treffen. – Ja, ich glaube, ich habe sie schon getroffen. Rebbe Israel hat mir dabei geholfen.«

Wir waren am Flughafen angelangt. In der großen Abferti gungshalle tauschten wir schnell noch unsere Adressen aus, und dann begann das große Abschiednehmen mit Händeschütteln, Umarmen und Schalom! Baruch Glückstein umarmte mich und versicherte mir: »Ich habe in Frankfurt einen Freund gefunden.«

*

Lange Zeit hörte ich nichts mehr von Baruch Glückstein. Dann kam schließlich ein Brief von ihm.

»Lieber Herr Senger, mein Freund, Ihr werdet überrascht sein, Post von mir zu bekommen. Ich habe lange geschwiegen, aber oft an Euch gedacht. In der Zwischenzeit hat sich vieles bei mir getan. Und weil ich bald nach Frankfurt komme, mit meiner Frau, und Euch wiedersehen möchte, darum schreibe ich Euch heute. Erinnert Ihr Euch, ich habe damals davon gesprochen, einen Scheidebrief zu schreiben? Das habe ich getan, und das Rabbinat stimmte ihm zu. Meine Frau und ich trennten uns, und bald wurden wir auch standesamtlich geschieden. Wäre ich nicht am Grab von Rebbe Israel ben Osher gewesen und hättet nicht auch Ihr in mein Schicksal eingegriffen, wer weiß, wie anders mein Leben verlaufen wäre. Jetzt aber habe ich mit Gottes und des Rebben Israel Hilfe eine gute, liebe Frau gefunden. Aus Dankbarkeit spendete ich unserer Synagoge einen goldbestickten Vorhang für den Thoraschrein. Aber weil Rebbe Israel das Hauptverdienst an der Wende meines Lebens hat, komme ich im nächsten Monat nach Frankfurt, um auch ihm meinen Dank abzustatten.«

Herr und Frau Glückstein kamen mit dem Zug. Ich holte sie vom Bahnhof ab. Obwohl er wiederum ganz in Schwarz ging, trug er nicht wie bei seinem letzten Besuch in Frankfurt den chassidischen Kittel, sondern einen modischen, schwarzen Wollmantel. Auf dem Kopf hatte er ebenfalls einen weniger auffallenden schwarzen Hut, unter dem jedoch, wie damals auf dem Friedhof, die Jarmulke hervorschaute. Dennoch wirkte er mit seinen lustig im Wind wehenden schulterlangen Schläfenlocken und dem üppigen schwarzen Vollbart wie ein Exot.

Baruch begrüßte mich, als würde er einen alten Freund begrüßen, umarmte und küßte mich, was mir wegen des Barts unangenehm und auch peinlich war. Dann stellte er mir seine Frau vor, die während unserer Begrüßung einen Schritt hinter ihm gestanden hatte.

Sie war gut zehn Jahre jünger als er und einen Kopf kleiner, hatte eine hübsche rundliche Figur und ein rundes Gesicht. Ob sie wirklich blonde Haare hatte, konnte man nicht erkennen, denn sie trug eine Perücke. Ihre großen, dunklen Augen, die so gar nicht zu der Haarfarbe passen wollten, strahlten Güte und Warmherzigkeit aus. Die unpassende Perücke hatte sie sicher für die Reise aufgesetzt. Zu Hause trug sie wie alle chassidischen Frauen bestimmt ein fest gebundenes Kopftuch. Für mich schien sie alle Voraussetzungen für eine richtige jiddische Mamme zu haben. Bis dahin dürfte es auch nicht mehr lange auf sich warten lassen, ihr Bauch wölbte sich bereits unübersehbar unter ihrem Mantel. Sie begrüßte mich mit einem freundlichen Lächeln, aber weit zurückhaltender als ihr Mann, wie es sich für eine fromme Jüdin einem anderen Mann gegenüber ziemt.

Baruch hatte erkannt, daß mir die Schwangerschaft seiner Frau nicht verborgen geblieben war und sagte: »Ja, bald wird sich meine Familie vergrößern und, so Gott will, wird der Erstgeborene ein Junge sein, und ich werde ein Kaddischel haben.«

Zusammen fuhren wir zum Friedhof an der Rat-Beil-Straße. Kurz vor der eisernen Tür, die sich am Ende der Mauer befindet und den Durchgang zu dem abgetrennten Friedhofsteil der Gesetzestreuen bildet, führte Baruch seine Frau und mich vom Hauptweg ab, um mit uns durch das etwa fünfzig Meter entfernte Loch in der Mauer zum Grab des Wunderrebben zu gelangen.

In der Mitte des Durchbruchs blieb er stehen. Er legte seiner Frau zärtlich den Arm um die Hüfte und erklärte ihr: »Das, meine Liebe, ist das Loch, von dem ich dir erzählt habe. Hier hat sich mein Schicksal entschieden. – Er will es nicht wahrhaben«, sagte er, auf mich deutend, »aber wären wir, Reb Senger und ich, nicht wegen dieses Mauerdurchbruchs in Streit geraten, hätte ich nicht mein hinuntergefegtes Kwitl gefunden und es nicht gewagt, den Scheidebrief zu schreiben. Siehst du, Blümel, auch das ist ein Wunder. Und das habe ich allein dem Rebben Israel zu verdanken.«

Da ich Baruchs krause Logik noch von unserem ersten Zusammentreffen kannte, hütete ich mich zu widersprechen. Seine Frau streichelte ihm zärtlich über Wange und Bart und trat einige Schritte zur Seite. Ich tat es ihr gleich. Der Chassid ging zum Grab des Heiligen. Er zündete ein Wachslicht an und stellte es oben auf den Grabstein. Danach zog er sein Gebetbuch aus der Tasche und betete. Dabei schaukelte er mit seinem Oberkörper im Rhythmus des Gebets vor und zurück. Dann schien er mit dem Heiligen zu sprechen, wahrscheinlich dankte er ihm für die Lösung seines Eheproblems. Er mußte dem Rebben Israel sehr viel zu sagen haben, denn es dauerte einige Zeit, bis er zum Ende kam.

Dann holte er ein kleines Notizbuch und einen Kugelschreiber aus der Manteltasche, beschrieb einen Zettel, riß ihn aus dem Block, faltete ihn und schob ihn in die für die Kwitl vorgesehene Röhre. Ich überlegte, was er wohl von dem Rebben diesmal erbeten haben könnte. Ein Kaddischel, der einmal für das Wohlergehen seiner Seele im Jenseits beten würde? Noch mehr Kinder? Ein Grab im Heiligen Land? Wer weiß, vielleicht auch etwas ganz anderes. Die Zwiesprache mit dem Rebben Israel muß ihm sehr gutgetan haben, denn als wir das Grab verließen, war Baruch fröhlich, pries den Heiligen und versicherte mir, er sei sich nun ganz sicher, daß der Rebbe Israel ben Osher einer der sechsunddreißig Gerechten sei.

Für Baruchs schwangere Frau war es höchste Zeit, den Friedhof wieder zu verlassen, sie wirkte überanstrengt und müde. Das Kind machte ihr zu schaffen. Mit einem Taxi fuhren wir zum Parkhotel am Hauptbahnhof, wo sie für eine Nacht ein Zimmer reserviert hatten, denn schon am nächsten Morgen wollten sie nach Antwerpen zurückfahren.

»Das Hotel hat eine koschere Küche«, erläuterte mir Baruch, womit er mir zu verstehen geben wollte, warum er und seine Frau sich ein so teures Quartier geleistet hatten.

Wir saßen noch einige Zeit in der Empfangshalle des Hotels zusammen und erinnerten uns der Stunde unserer ersten Begegnung. Für Baruch Glückstein hatte sich damals in der Tat ein Wunder ereignet, ein ähnlich großes wie es für mich die Zerstörung der Trennmauer darstellt, die von einer Bombe getroffen wurde. Sollte etwa für Mysterien das gleiche gelten, was die Weisen über gute Taten sagen: Eine zieht die andere nach sich? Auf dem Frankfurter jüdischen Friedhof an der Rat-Beil-Straße war das tatsächlich der Fall. Das kann ich bezeugen.

*

Nachzutragen ist, daß Gott Baruchs Bitte erhört hat. Seine Frau schenkte ihm als Erstgeborenen einen Sohn, ein Kaddischel. Kaum ein Jahr später ist sie jetzt mit dem zweiten Kind schwanger. Und nun wünscht sich Baruch, wie er mir kürzlich schrieb, es möge eine Tochter werden. Sollte sich sein Wunsch erfüllen, wolle er ihr in Freundschaft zu mir den Namen meiner jüngsten Tochter, Judith, geben.
PS. Es wurde eine Judith.

Die Vollendung des Hersch Zwi Storz

Er war ein schmalbrüstiger, ein wenig zu klein geratener Junge mit einem in die Länge gezogenen, bleichen Gesicht, unsportlich und linkisch. Hersch Zwi Storz. Auf der Straße wurde er von den anderen Jungen gehänselt und herumgeschubst. In der Schule aber zollten ihm seine Mitschüler wegen seiner Gescheitheit Achtung. Sie hatten Respekt vor seinem Reschel, und er wußte seine Position als Klassenprimus gut zu nutzen. Schon in der Elementarschule war er seinen Klassenkameraden in allen Fächern ein Stück voraus und erst recht später auf der Jeschiwe, der Talmudschule. Die besten Noten erhielt er in den Disputationen, bei denen es um die Auslegung einzelner Sätze oder ganzer Kapitel aus Bibel und Talmud ging. Er war ein rechter Chochem, wie Juden zu sagen pflegen. Von Anfang an hatte er Religionslehrer werden wollen.

Hersch Zwi Storz war nicht nur ein Wissender, er war auch ein tief religiöser Mensch. So wurde er Lehrer an der jüdischen Gemeindeschule. In der hiesigen Gemeinde kümmerte er sich um die religionsgesetzlichen Weisungen für den Lebenswandel der Juden, besonders um die Kaschrut, die Reinheit der Speisen.

In seinem Judentum wie auch im politischen Leben war er ein konservativer Mensch und, wie er von sich selbst sagte, ein deutscher Patriot, und er wäre gern für Deutschland in den Krieg gezogen, den Ersten Weltkrieg. Aber als Hersch Zwi Storz wehrfähig wurde, war der Krieg bereits zu Ende. In den zwanziger Jahren wurde er Mitglied im Centralverein deutscher Staatsbürger jüdischen Glaubens, dessen erklärter Zweck die »unbeirrte Pflege deutscher Gesinnung« war, wie es wörtlich in den Statuten des Centralvereins hieß.

Hitler kam an die Macht, aber Hersch Zwi dachte nicht daran, Deutschland zu verlassen. »Was kann mir so ein Hergelaufener aus Österreich schon antun?« sagte er. »Deutschland ist meine Heimat, mein Vaterland. Hier bin ich geboren, hier bleibe ich. Ich habe keine Angst vor dem Anstreicher Hitler. – Er haßt die Juden? Soll er sie hassen. Genug andere haben auch die Juden gehaßt. Und? – Er wird uns mit Schikanen überhäufen? Soll er. Juden sind Schikanen gewöhnt, nicht erst heute, seit Jahrhunderten, seit Jahrtausenden. Sie werden auch die Schikanen der neuen Machthaber überstehen. – Deutschland ist schon lange kein Nährboden mehr für Judenhaß.«

Und so blieb er Religionslehrer an der jüdischen Gemeindeschule in Frankfurt. Unverdrossen lehrte er an seiner Schule die fünf Bücher Moses und den Talmud und brachte seinen Schülern gottesfürchtiges Leben bei. Er ließ sich auch nicht beirren, daß immer häufiger Lehrer seiner Schule und Freunde von ihm Deutschland verließen. Warnungen Gutmeinender, das Ende des Schreckens sei noch lange nicht gekommen, und er müsse sich auf noch schlimmere Zeiten einstellen, nahm er nicht ernst. Die dringlichen Empfehlungen auszuwandern, schlug er in den Wind.

1936 mußte er die Schule verlassen, bekam nirgendwo mehr eine Anstellung und geriet in finanzielle Not. Doch auch jetzt war er nicht bereit, vor dem Hitlerstaat zu flüchten, sein Traum von einer deutsch-jüdischen Symbiose war noch immer nicht zu Ende geträumt. Nach der Pogromnacht des Jahres 1938 wurden seine Eltern und seine Frau nach Theresienstadt deportiert. Durch einen Zufall entging er der Verhaftung. Er lag zu der Zeit im jüdischen Krankenhaus und wurde dort von der Gestapo übersehen. Im Spätsommer 1939 – wenige Wochen zuvor hatten deutsche Truppen Polen überfallen – erhielt er die Nachricht, seine Eltern seien in Theresienstadt gestorben, zwei Monate später kam die Nachricht vom Tod seiner Frau.

Nun erst erkannte Hersch Zwi, daß ihn seine Hoffnung getrogen hatte und Hitler nicht so schnell wieder verschwinden würde. Im letzten Augenblick gelang ihm die Flucht nach Palästina. Er ließ sich in Jerusalem nieder. Dort lernte er Irma kennen, eine Dresdner Jüdin. Ein Jahr später, 1941, heirateten sie. Irma war wie er streng gläubig.

Zu der Zeit, als Hersch Zwi Storz nach Palästina kam, gab es dort Religionslehrer wie Sand in der Negevwüste und auch genug andere Geistesarbeiter. Doch was man dringend brauchte, waren Arbeiter, die das Land urbar machen, Bauern, die Korn und Gemüse und Obst und Fleisch erzeugen, Handwerker, die Häuser und Straßen bauen und Händler, die die Versorgung der Städte sichern konnten. Hand- und keine Kopfarbeiter waren gefragt.

Der Frankfurter Religionslehrer überlegte nicht lange, nahm die Kelle in die Hand und arbeitete auf dem Bau. Aber Gott sei's geklagt, wie er arbeitete! Er war ein Maurer mit zwei linken Händen. Und es schien, als ziehe er das Verhängnis geradezu an. Innerhalb weniger Wochen hatte er zwei Arbeitsunfälle.

Der erste verlief noch halbwegs glimpflich. Er stürzte von einem Gerüst, kugelte sich einen Arm aus und zog sich eine Platzwunde am Kopf zu. Der zweite war folgenschwerer. Ein aufgeschichteter Haufen Ziegelsteine kam in seiner Nähe ins Rutschen. Hersch Zwi konnte nicht schnell genug zur Seite springen, und die Steine fielen auf ihn. Er trug Brüche an Ober- und Unterschenkel davon. Als er wieder laufen konnte, überlegte er, ob es nicht doch eine leichtere, ungefährlichere Arbeit für ihn gäbe.

Derweil war seine Frau Irma Verkäuferin auf einem Obst- und Gemüsemarkt geworden. Das kam seinen Überlegungen entgegen. Er mietete auf dem kleinen Markt einen offenen Verkaufsstand und verkaufte gemeinsam mit seiner Frau Hühner und Fische. Das war körperlich leichter, als Steine zu schleppen und zu vermauern, aber auch nicht gerade angenehm, denn direkt an seinem Stand schnitt der vom Rabbinat bestellte Schächter nach religiösem Ritual dem Federvieh den Hals durch und ließ es ausbluten. Frische koschere Hühner zu verkaufen war ein recht blutiges Geschäft.

Auch das Töten von Fischen war eine ungewohnte und lästige Arbeit, vor allem für die sensible Irma. Sie mußte lernen, den Fischen mit einem Holzknüppel kräftig auf den Kopf zu schlagen. Sie lernte es, aber es kostete sie ein Leben lang Überwindung. Die Schächtprozedur mit anzusehen und selbst Fische zu töten, gehörten künftig zum täglichen Geschäft von Irma und Hersch Zwi. Schließlich ernährte dieses Geschäft seinen Mann und seine Frau.

Der schwere Unfall auf der Baustelle hatte bleibende Folgen. Der Bruch am Oberschenkel heilte nie mehr richtig zusammen und Hersch Zwi mußte zum Laufen einen Stock benutzen. Das machte ihm nicht sonderlich viel aus. Er blieb bis ins hohe Alter schlank und beweglich und marschierte auch mit Stock flott voran.

Nach zwei Jahren hatten Hersch Zwi und Irma so viel Geld zusammengespart, daß sie sich einen geschlossenen und verglasten Verkaufsstand auf dem gleichen Markt mieten konnten.

In dieser schweren Zeit des Aufbaus und der Provisorien vergaßen die Pioniere eines künftigen jüdischen Staates gar zu leicht, die Regeln und Gebote von Thora und Talmud einzuhalten. Nicht selten wurde die Reinheit der Speisen mißachtet. Zudem gab es in der Zionsstadt zu wenig Kaschrutkontrolleure, die dem Übel Einhalt hätten gebieten können. Gesetzestreue Juden, so auch Hersch Zwi, waren darüber sehr bekümmert. Als das Jerusalemer Rabbinat ihn bat, eine solche Aufgabe zu übernehmen – das war für ihn eine große Ehre, eine Mizwe – sagte er sofort zu. Fortan kontrollierte er bei Schächtungen die Reinheit der Gerätschaften, in den Verkaufsstellen die rituell korrekte Behandlung der Lebensmittel und in den koscheren Restaurants die saubere Trennung von Milch- und Fleischgeschirr.

*

In der Zwischenzeit hatte sich der Überfall der Hitlertruppen auf Polen zu einem Weltkrieg ausgeweitet, und deutsche Soldaten waren tief in das russische Reich eingedrungen. Immer schrecklichere Meldungen über die Greuel der deutschen Truppen und vor allem das gnadenlos mörderische Vorgehen gegen alle Juden drangen nach Palästina.

Hersch Zwi Storz' Traum vom deutsch-jüdischen Zusammenleben war zu Ende. Sein Patriotismus von einst, der unter dem Motto des Centralvereins – »unbeirrbare Pflege deutscher Gesinnung« – stand, klang spätestens jetzt wie Hohn. Aus Hersch Zwis Liebe zu Deutschland wurde Haß. Er wollte kein Deutscher mehr sein. Alles, was ihn an Deutschland erinnerte, entfernte er aus seiner Wohnung, sogar die deutschen Bücher, die er in seinem Fluchtgepäck verstaut oder in Palästina gekauft hatte, die Klassiker, die er liebte, Goethe, Lessing, Hölderlin, entfernte er aus seiner Wohnung. Zuerst wollte er alles vernichten. Das brachte er dann doch nicht über sich. Er packte die Bücher in eine Kiste und schaffte sie auf den Dachboden.

*

Der Krieg ging zu Ende. Einige wenige Überlebende kamen aus Hitlers Vernichtungslagern nach Palästina. Nun erfuhr man auch im Heiligen Land, daß alle bisherigen Berichte über die Greueltaten der Nazis von der Wirklichkeit weit übertroffen wurden. Auch viele Verwandte von Hersch Zwi und Irma Storz waren unter den Opfern. Bei der Nachricht vom Tod seiner beiden Brüder machte Hersch Zwi sich einen Riß ins Jackett, als seien sie erst am Tag zuvor gestorben, und saß

Schiwe. Von jetzt an redete er mit niemandem mehr ein deutsches Wort – außer mit seiner Frau.

*

Viele Jahre später erhielt das Ehepaar Storz einen Brief aus Frankfurt. Der Magistrat der Stadt lud beide zum Besuch der Mainmetropole ein. Hersch Zwi sollte vierzehn Tage Gast in seiner Geburtsstadt sein, aus der ihn die Nazis vierzig Jahre zuvor vertrieben hatten. Seine erste, spontane Reaktion war: »Niemals! Niemals werde ich deutschen Boden betreten!« Und er schlug die Hände vors Gesicht.

Irma antwortete: »Überleg es Dir in aller Ruhe, ob Du die Einladung annehmen willst oder nicht.«

»Ich habe mir geschworen –« widersprach er.

Irma unterbrach ihn: »Das war vor vierzig Jahren, Herschel. Vierzig Jahre sind vergangen.«

»Wird dadurch etwas ungeschehen, was damals geschehen ist?« brauste er auf.

»Nein. Aber die Zeiten haben sich geändert. Die Menschen auch. Solange Du hier lebst, hast Du die Erinnerung an Frankfurt nie verloren. Und auch die Sehnsucht nach Frankfurt nicht. Ich habe es sehr genau beobachtet.«

»Nichts weißt Du«, wehrte er ab.

»O doch! Glaubst Du, ich habe nicht bemerkt, wie Du immer wieder einmal auf den Dachboden geschlichen bist und Dir ein deutsches Buch geholt hast? Oder in Deinem alten Fotoalbum mit den Bildern aus Frankfurt blätterst?«

»Das hat nichts zu besagen«, gab er zur Antwort. »Und jetzt laß mich damit in Frieden.«

»Du mußt mir nicht gleich antworten, Herschel. Aber überleg es Dir gut, ob Du nicht doch noch einmal den Ort wiedersehen willst, an dem Du geboren bist und den Du geliebt hast.«

Nach einer langen Zeit sagte er leise: »Ich weiß nicht, was ich tun soll.«

*

Unter den Passagieren der El Al-Maschine aus Tel Aviv, die am 10. Juni 1981 auf dem Rhein-Main-Flughafen landete, befanden sich achtzig ehemalige Frankfurter Juden. Sie waren der Einladung des Frankfurter Magistrats zum Besuch ihrer alten Heimatstadt gefolgt. Auch Hersch Zwi und Irma Storz waren mit nach Frankfurt gekommen.

Es war schon ein merkwürdiger Zufall, daß exakt an diesem Tag Hersch Zwis achtzigster Geburtstag war. Unsicher gingen er und Irma inmitten der anderen Passagiere, die an das Flugzeug angelegte Treppe hinunter. Erst unten bemerkten sie eine Gruppe von Männern und Frauen, die auf sie zu warten schienen.

Ein Mann löste sich aus der Gruppe und ging auf die Angekommenen zu. »Als Oberbürgermeister der Stadt heiße ich Sie, liebe ehemalige Frankfurter Bürger, herzlich willkommen«, sagte er und drückte danach jedem der achtzig Juden die Hand.

Im VIP-Raum des Flughafens erfolgte dann die offizielle Begrüßung. Noch bevor sich Hersch Zwi setzen konnte, hakte sich der Oberbürgermeister bei ihm ein und sagte: »Kommen Sie, Herr Storz. Setzen Sie sich ganz vorne hin.« Er wandte sich an Irma: »Kommen Sie auch mit, Frau Storz.« Dann führte er beide in die Mitte der ersten Stuhlreihe und bat sie, Platz zu nehmen.

Woher kennt er mich und meinen Namen? schoß es Hersch Zwi durch den Kopf. Und was will er von mir?

Der Oberbürgermeister hob die Hand. Es wurde allmählich still. Er hielt eine kurze Ansprache mit lauter freundlichen Worten. Danach begrüßte ein Vertreter der Frankfurter jüdischen Gemeinde die Gäste. Und dann ging das Stadtoberhaupt lächelnd auf den verdutzten Hersch Zwi zu und sagte laut: »Ihnen, lieber, verehrter Herr Storz, gratuliere ich von ganzem Herzen zu Ihrem achtzigsten Geburtstag« und schüttelte ihm kräftig die Hand.

Erst jetzt erinnerte sich Hersch Zwi wieder an seinen heutigen Geburtstag. In der Aufregung der Ankunft war er ihm völlig entfallen. Blitzlichter zuckten, Kameras surrten, er erschrak, als ihm ein Mikrofon vors Gesicht gehalten wurde. Er konnte nur ein leises »Danke« sagen.

Hersch Zwi verstand kaum etwas. Er war abgelenkt. Ganz andere Gedanken und Empfindungen erfüllten ihn: nach vierzig Jahren wieder die deutsche Sprache zu hören, unter Deutschen zu sein! Und was für ein Spektakel um ihn, ein richtiger Gojim-Naches.

Jemand drückte ihm eine große Schachtel in die Hand, ein Geburtstagsgeschenk. Irma bekam einen Blumenstrauß. Alle Anwesenden klatschten. Da verdrängte Hersch Zwi auch seine trüben Gedanken. Nun war es ihm gar nicht mehr unangenehm, im Mittelpunkt zu stehen. Als ihm dann noch seine Frau die Hand drückte, sagte er zu sich selbst: Warum eigentlich nicht? Immerhin bin ich heute achtzig Jahre alt geworden. Das ist schon etwas.

*

Die jüdischen Gäste wurden in den besten Frankfurter Hotels untergebracht, und ein aufwendiges Programm sorgte dafür, daß keine Langeweile aufkam. Wer wollte, konnte sich von der Gruppe lösen und auf eigene Faust die Stadt erkunden. Viele wollten keine Zeugen bei der Wiederbegegnung mit ihrer Vergangenheit, den Stätten ihrer Kindheit haben.

So auch Hersch Zwi. Seit seiner Ankunft auf dem Flughafen beobachtete er mit höchster Spannung alles, was sich seinen Sinnen bot. Seit seiner Flucht aus Deutschland hatte er sich eine Vorstellung von Frankfurt erhalten, die nicht nur von ihrem Aussehen und ihren Bewohnern, sondern auch von ihren Geräuschen und Gerüchen geprägt war. Aber nun war ihm vieles fremd geworden. Die Straßen und Plätze hatten andere Gesichter bekommen, die Menschen waren nicht mehr die von früher, sie waren ruheloser. Noch nie vernommene Geräusche waren in den Straßen zu hören, und es roch anders, als es das vor vierzig, fünfzig Jahren getan hatte. Seine Erinnerung an die Freßgaß mit dem Geruch einer Obst- und Gemüsehalle, der Opernplatz mit dem Fischgeruch, der aus zwei Fischläden kam, die Konstabler-Wache, über die der wunderbare Geruch aus den Gewürzläden rings um die Börnestraße, der einstigen Judengasse, wehte. Aber auch einzelne Häuser hatten eigene Gerüche, ein bestimmtes Haus in der Hochstraße, die vom Opernplatz abgeht, roch nach Äther, im Souterrain befand sich ein medizinisches Labor, ein anderes, in dem sich der Bäckerladen von Lochner befand, duftete nach frischem Brot. Selbst der Brikettgeruch einer Kohlenhandlung, die auf seinem täglichen Weg zur Schule lag, hatte sich tief in sein Gedächtnis eingegraben. Jetzt aber lag ein penetranter Einheitsgeruch von Abgasen in den Straßen.

Mit großer Erregung machte sich Hersch Zwi am dritten Tag seines Aufenthalts auf den Weg in die Arndtstraße. Dort im Haus Nummer 8, einem Eckhaus, war er geboren worden und hatte dort bis zu seiner Flucht im Jahr 1939 gewohnt. Dieses Haus, sein Elternhaus mit seiner hellbraunen Fassade, den verspielten Erkern, dem Vorgarten, dem Staketenzaun mit den wie Pfeilspitzen endenden Eisenstangen und dem kleinen schmiedeeisernen Tor, war ihm so gegenwärtig, daß er meinte, es ohne Mühe finden zu können.

Ein gutes Stück vorher ließ er den Taxifahrer anhalten. Er wollte die letzten Meter zu Fuß gehen. Bei seiner Frau hakte er sich unter, denn er fühlte sich beim Näherkommen wie beklommen. Sie überquerten eine Straße und gingen langsam vorbei an den Häusern Nummer 14, 12, dann kam ein massiver Neubau mit der Hausnummer 10. Aber wo war das Haus Nummer 8? Es war verschwunden. Es gab kein Haus Nummer 8 mehr in der Arndtstraße.

Offenbar hatte der Neubau sein Elternhaus geschluckt, vielleicht war es kurzerhand abgerissen worden, damit sich der glatte, gesichtslose Neubau ausdehnen konnte, und die Stadtverwaltung hatte vergessen, die Hausnummer 8 wieder in die Straße einzufügen. War das ein Omen für ihn, für seine Zukunft?

»Mir ist nicht gut, Irma«, sagte er und setzte sich vor dem Neubau auf eine niedrige Mauer.

Irma winkte schnell ein Taxi herbei, und sie fuhren ins Hotel zurück.

*

Von dieser Stunde an spürte Hersch Zwi eine Müdigkeit, die er sich nicht erklären konnte, ein angenehmes Gefühl von Leichtigkeit ergriff ihn. Er sprach darüber mit Irma, versicherte ihr jedoch, ihm fehle nichts.

Viele Erinnerungen und neue Eindrücke nahmen ihn gefangen. Er verdrängte das schmerzliche Erlebnis des nicht mehr vorhandenen Elternhauses und er spürte deutlich, wie ihm Frankfurt von einer zur anderen Stunde wieder näherkam, ihm zuwuchs. Er fühlte sich in einer ihm vertraut werdenden Umgebung, als würde er sich in einem fremden Zuhause aufhalten. Und er bekannte Irma: »Nun bin ich doch froh, noch einmal nach Frankfurt zurückgekommen zu sein.«

Im Café Laumer auf der Bockenheimer Landstraße, in dem Hersch Zwi vor 1938 oftmals mit Freunden oder auch allein gesessen hatte, bekam er einen Schwächeanfall. Ein zufällig anwesender Arzt gab ihm eine Stärkungsspritze und riet, er solle sich für ein bis zwei Tage in ein Krankenhaus einweisen lassen.

Zusammen fuhren sie, Hersch Zwi und Irma, ins Krankenhaus. Er lächelte bald wieder und sagte zu seiner Frau: »Mach dir keine Sorgen, ich fühle mich jetzt schon viel besser. Bald ist alles wieder gut.«

Irma blieb bei ihrem Mann am Bett sitzen, bis er eingeschlafen war. Er schlief ruhig, und sie ging erleichtert zurück ins Hotel. Als sie frühmorgens am nächsten Tag ins Krankenhaus kam, schien er immer noch zu schlafen. Mit einem entspannten, zufriedenen Ausdruck im Gesicht lag er im Bett. Aber er atmete nicht mehr. Selbst der Nachtschwester, die mehrmals nach ihm geschaut hatte, war nicht aufgefallen, daß Hersch Zwi für immer eingeschlafen war.

*

Ein Jahr später besuchte ich Irma Storz in ihrer Jerusalemer Wohnung in der Hatibonimstraße. Sie zeigte mir dicke Folianten in hebräischer Schrift, die ihr verstorbener Mann bereits von seinem Vater geerbt hatte, alte Ausgaben von Thora und Talmud, vom Sohar, dem Hauptwerk der Kabbala, und dem Schulchan Aruch, der dickleibigen Sammlung aller religiösen Gesetze, und dazu viele Kommentartexte rabbinischer Gelehrter. Sie füllten fast den ganzen großen Bücherschrank.

Nicht ohne Stolz bemerkte Irma: »In diesen Büchern kannte sich mein seliger Mann aus wie kaum ein anderer. Diese Bücher sind mir heilig, so heilig, wie sie ihm auch waren.«

Dann holte sie ein Fotoalbum aus einer Schublade, und wir setzten uns auf den kleinen Balkon, von dem man einen wunderbaren Blick über die Jerusalemer Altstadt hat. Sie schlug das Album auf, nahm ein Foto heraus, zeigte es mir und sagte: »Das ist das letzte Foto meines seligen Mannes. Es ist zwei Tage vor seinem Tod in Frankfurt aufgenommen worden. Auf dem Foto sieht man, daß ihm sein großer, geheimer Wunsch, noch einmal nach Frankfurt zurückzukommen, erfüllt worden ist. In seiner Vaterstadt ist er gestorben, aber bestattet ist er in heiliger Erde in Jerusalem.« Irma Storz wischte sich eine Träne aus dem Auge, und ein kleines Lächeln huschte über ihr Gesicht. Dann fuhr sie fort: »Was kann sich ein Jude Besseres wünschen, als in Jerusalem bestattet zu werden?«

Ich spürte deutlich: In diesen Minuten war Hersch Zwi ganz nahe bei ihr.

Der beschnittene Engel
oder Die vergessenen Juden in Frankfurt

Ich war acht oder neun Jahre alt, als mir eine große Ehre widerfuhr: Ich durfte in einem jiddischen Theaterstück mitwirken. Es war keine bedeutende Rolle, die man mir antrug, aber immerhin, wann hat schon mal ein Acht- oder Neunjähriger das Glück, in einem Theaterstück für Erwachsene mitspielen zu dürfen? So ist mir mein erster und einziger Auftritt als Schauspieler auch in lebhafter Erinnerung geblieben, die vielen Proben im Hinterzimmer einer Gastwirtschaft weitaus stärker als später die Aufführung im Gräfs Garten, einem bekannten Frankfurter Gartenlokal mit einem großen Saal und einer für Theateraufführungen vorzüglich geeigneten Bühne. Der besondere Vorzug dieses Lokals bestand jedoch darin, daß es nur wenige Schritte neben dem jüdischen Wohnviertel im Ostend lag, in dem viele Ostjuden wohnten.

In dem Theaterstück hatte ich einen armen, verängstigten Judenjungen zu spielen, also gewissermaßen mich selbst. Ich mußte irgend jemanden anbetteln, wurde abgewiesen und zupfte die gleiche Person darum noch einmal am Mantel. Dafür bekam ich eine Ohrfeige und obendrein einen Tritt in den Hintern und hatte mich heulend in die Kulissen zurückzuziehen. Das war mein ganzer Auftritt im Stück, der mir nicht gerade eine große Gelegenheit bot, mein Talent als Schauspieler unter Beweis stellen zu können.

Ich weiß nicht mehr, wen ich anbettelte und wer mir die Ohrfeige und den Tritt gab. Mir ist leider auch entfallen, wie das Stück hieß. Bestimmt aber handelte es sich um etwas Ostjüdisches und Sozialkritisches, denn es waren Mitglieder des Jüdischen Arbeiter-Theatervereins, die es ausgewählt hatten. Das Stück endete dramatisch, zum Schluß starben beide Hauptdarsteller, ein Mann und eine Frau, die das Gute verkörperten. In einem gesellschaftskritischen Drama ziehen am Ende die Guten, die nur das Beste für ihre Mitmenschen wollen, ja immer den kürzeren, während die Bösen triumphieren. Es war wie im richtigen Leben.

Ich weiß noch, daß mich diese Schlußszene furchtbar aufregte. Die junge Frau, die da laut Textbuch zu sterben hatte, war eine bildhübsche Studentin mit samtbrauner Pfirsichhaut, großen dunklen Augen und einem ungestümen Temperament. Sie war ausnehmend freundlich zu mir, und ich verehrte sie, mehr noch, ich war heimlich in sie verliebt.

Obwohl sie hübsch war, schien sie keine gute Schauspielerin zu sein. Anders konnte ich es mir nicht erklären, weshalb Sascha, der Regisseur und Chef der Theatergruppe und in diesem Stück gleichzeitig auch der Hauptdarsteller, ausgerechnet diese Szene immer und immer wieder probte, so daß meine heimliche Geliebte immer wieder aufs neue sterben mußte. Meine Mutter dagegen vermutete, Sascha wiederhole die Sterbeszene, bei der am Ende, während der Vorhang fiel, beide Hauptdarsteller engumschlungen auf der Bühne lagen, nur wegen dieser Umarmung so oft.

In meinem Gedächtnis haften geblieben ist auch eine Auseinandersetzung während der Probearbeiten um das Jiddische. Einige Akteure hatten den wenig originellen Einfall, das Stück in ein auch für Nichtjuden verständliches Kauderwelsch aus Hochdeutsch, Frankfurterisch und Jiddisch umzuschreiben. Dagegen aber wehrte sich die Mehrzahl der Mitwirkenden mit Erfolg. Das war nicht verwunderlich, denn der überwiegende Teil der Mitglieder des Theatervereins waren Juden aus dem Osten und mit der Verballhornung ihrer Muttersprache keinesfalls einverstanden.

Ich selbst war von dem Streit um die Sprache nicht berührt, denn als der Regisseur bei der ersten Sprechprobe meine piepsige Stimme hörte, strich er kurzerhand die zwei kleinen Sätze aus dem Textbuch, die für mich bestimmt gewesen waren. Das betrübte mich, hatte ich sie doch zuvor mit meiner Mutter gründlich einstudiert und mir dabei, wie ich glaubte, eine einwandfreie ostjiddische Aussprache angeeignet.

Daß ich bei diesem Theaterspektakel überhaupt mitmachen durfte, lag offenbar daran, daß meine Mutter Sascha gut kannte. Er war ein junger, kraushaariger Student, der oft zu uns nach Hause kam. Sascha stammte aus einer Frankfurter Schauspielerfamilie, studierte unter anderem Theaterwissenschaften und wollte selbst einmal Schauspieler und Regisseur werden. Die übertriebenen Gesten und die manierierte Sprechweise seiner Vorbilder hatte er bereits angenommen.

*

Meine Mutter war stolz darauf, mit vielen kulturbeflissenen und mehr oder minder prominenten Persönlichkeiten bekannt oder gar befreundet zu sein. Sie war eine äußerst umtriebige Person und vom frühen Morgen bis spät in die Nacht in Aktion, entweder zu Hause oder in politischen und kulturellen Vereinigungen. Besonders intensiv widmete sie sich den Vereinen, die man heute als Zusammenschlüsse jüdischer Alternativ- oder auch Subkultur bezeichnen würde. Sie stellten das Gegenstück zu den Verbänden des etablierten Frankfurter Judentums dar. Der größte dieser Zusammenschlüsse, in dem meine Mutter auch ihre meiste Zeit und größten Energien investierte, war der Jüdische Arbeiterkulturbund. Er hatte mehrere hundert Mitglieder und bot ihnen und auch Nichtmitgliedern neben kulturellen Veranstaltungen eine Reihe von Bildungs- und Fortbildungskursen an, beispielsweise Unterricht in Hochdeutsch. Das war für die Ostjuden und damit dem größten Teil der Mitglieder, sehr wichtig. Außerdem konnte man auch Kurse in Englisch, Französisch, in deutschem Recht oder auch Einführungen in den Marxismus besuchen.

Die Betriebsamkeit meiner Mutter machte unsere Wohnung zum Treffpunkt aller kulturellen, politischen und sonstigen Freunde. Sie kamen gern und oft in die Kaiserhofstraße. Dort, im Hinterhaus, bewohnten wir zu fünft eine kleine Dreizimmerwohnung. Das vordere Zimmer hatten wir außerdem noch an einen Handelsvertreter vermietet, der aber glücklicherweise die Woche über mit Strümpfen und anderen Trikotagen unterwegs war. Dieses Zimmer verwandelten Mutters Freunde in eine öffentliche Wärme- und Teetrinkhalle und in eine Schwatzbude für mitteilungsbedürftige Kulturfunktionäre. Es war erstaunlich, welche Mengen an schwarzem Tee in kürzester Zeit getrunken wurden. Hin und wieder hatten unsere Gäste auch ein Einsehen und warfen einen Groschen, wenn es hoch kam zwei, in eine kleine Blechbüchse, die auf dem Fensterbrett stand, damit neuer Tee gekauft werden konnte. Vom Lohn meines Vaters, er war Metallarbeiter, genauer Revolverdreher, ging ohnehin ein erkleckliches Sümmchen für die politischen und kulturellen Ambitionen meiner Mutter ab. Aber Tee mußte sein. Wie sonst sollten polnische und russische Juden, ohne ständig Tee zu trinken, miteinander reden und streiten können?

*

Zum Verständnis dieser jüdischen Subkultur in der Zeit zwischen den beiden Weltkriegen muß man wissen, daß die Judenschaft in Frankfurt nicht nur seit dem 19. Jahrhundert in zwei Lager zerfallen war. Die orthodoxe Israelitische Religionsgesellschaft hatte sich von der reformbewegten, um Anpassung bemühten Stammgemeinde abgespalten. Hinzu kam, daß sich nach dem Ersten Weltkrieg durch den Zuzug tausender Flüchtlinge aus dem Osten, vor allem aus Polen, eine dritte Gruppe bildete, die weitgehend isoliert blieb. Ihre Größe ist nur zu schätzen, da die meisten Ostjuden illegal nach Frankfurt kamen und dort unangemeldet lebten. Durch den Verlust der polnischen, beziehungsweise russischen Staatsangehörigkeit waren diese Juden fast alle staatenlos. Einem Geheimbericht des damaligen Frankfurter Polizeipräsidenten zufolge kamen allein im Jahr 1919 rund fünftausend Ostjuden in die Stadt und 1920 sollen sich zehntausend Ostjuden unangemeldet in Frankfurt aufgehalten haben. Später erhielten viele von ihnen eine zeitlich befristete Aufenthaltsgenehmigung, die Jahr für Jahr verlängert werden mußte.

Diese Juden hatten mit nichts weiter als dem Hemd auf dem Leib und einem Bündel unter dem Arm ihre Heimat verlassen müssen. Ihnen wurde, wie es der Talmud befiehlt und wie es jüdische Tradition ist, sofort die Hilfe der Frankfurter Juden zuteil. Hilfskomitees bildeten sich, Gelder und Kleidungsstücke wurden für sie gesammelt, Notküchen eingerichtet und Behelfsunterkünfte bereitgestellt. Aber wie Brüder und Schwestern wurden diese Flüchtlinge von den eingesessenen Juden weiß Gott nicht aufgenommen. Im Gegenteil, man begegnete ihnen mit großem Mißbehagen und hielt sie von Anfang an auf Distanz. Das änderte sich bis zur Hitlerzeit nicht.

Die Distanzierung hatte vor allem zwei Gründe. Zum einen kamen die Flüchtlinge, mit wenigen Ausnahmen, aus den unteren sozialen Schichten und bildeten einen Fremdkörper in der wohlsituierten Frankfurter Gemeinde, zum anderen waren viele von ihnen politisch engagiert und hatten dem »Bund«, der sozialistischen, polnisch-jüdischen Arbeiterpartei, angehört. Das behagte den Frankfurter Juden, die in ihrer großen Mehrheit konservativ waren, nicht. Außerdem machte den hiesigen Juden auch das Äußere der ultraorthodoxen und zum großen Teil chassidischen Juden, die mit dem Flüchtlingsstrom in die Mainmetropole geschwemmt worden waren, zu schaffen. Sie waren in der großen Masse der Ostjuden nur eine verschwindend kleine Gruppe, doch sie fielen im Straßenbild durch ihre fremdartige Bekleidung auf. Mäntel,

Röcke und Hosen waren schwarz oder dunkelgrau. Viele trugen schmuddelige Kaftans, auffällige Röhrenhosen und steife Hüte, die bei den meisten um zwei Nummern zu klein waren. Es sah aus, als würden sie die Hüte auf ihren Köpfen balancieren. Durch nichts ließen sie sich bewegen, ihr Äußeres zu verändern, genausowenig wie sie sich auch nur von einer Silbe ihres polnischen oder russischen Jiddischs trennten oder in ihrem religiösen Eifer nachließen. Fast alle erwachsenen Männer trugen mehr oder weniger gepflegte Bärte und lange Schläfenlocken. Die verheirateten Frauen verbargen nach talmudischem Gebot ihre Kopfhaare unter einer Perücke. Das sollte verhindern, daß sie anderen Männern als ihren eigenen den Kopf verdrehten. Die Perücken, Scheitel genannt, verrutschten schon einmal, wenn ihre Trägerinnen es eilig hatten oder sich gar zu temperamentvoll mit einer Nachbarin unterhielten, was die Frauen nicht unbedingt hübscher aussehen ließ. Denen, die statt einer Perücke ein fest gebundenes Kopftuch trugen, konnte ein solches Mißgeschick nicht passieren, und doch fielen auch sie durch ihre einheitlich altmodische Bekleidung auf.

Das alles, befürchteten die Frankfurter Juden, könnte neue Vorurteile wecken und neuer Judenfeindlichkeit Auftrieb geben. Hatten sie sich selbst doch in den letzten Jahren und Jahrzehnten große Mühe gegeben, sich zu assimilieren, den Christen gleich zu werden, und das nicht nur äußerlich, wobei sie oft ihre jüdische Tradition und nicht selten sogar ihren Glauben verleugneten.

Wieviel Anstrengungen hatte es gekostet, den wunderbaren Singsang der jiddischen Sprache zu unterdrücken, ihn gegen das harte, unmelodische Hochdeutsch einzutauschen, um auch noch die letzten Spuren kultureller Eigenheit zu tilgen! Und ausgerechnet jetzt, wo das Gebirge von Unrecht aus jahrhundertelangen Vergewaltigungen und Entwürdigungen durch die kirchlichen und staatlichen Vertreter eben dieses

Christenvolkes in der Mottenkiste der Geschichte ganz zu unterst vergraben werden sollte, kamen ihnen diese jüdischen Sektierer in die Quere. Sie lebten der westlichen Welt vor, daß es noch ein anderes Judentum gab als das der Anpassung um jeden Preis.

Man muß nicht um die Dinge herumreden. Gewiß hatten die Frankfurter Juden Angst vor sich neu belebendem Antisemitismus, aber in Wahrheit schämten sie sich ihrer Exoten. Und sie fanden ein drastisches Mittel, die vermeintlichen Gefahren zu bannen. Sie nahmen einfach keine Notiz von den ungeliebten Paradiesvögeln aus dem Osten. In keiner jüdischen Publikation wurden sie erwähnt, man schwieg sie tot.

Auch die Nachgeborenen, die durch tausend Glücksfälle dem nationalsozialistischen Massenmord Entronnenen, die in Frankfurt eine neue Heimat fanden und eine neue Gemeinde gründeten, taten so, als habe es sie nie gegeben. Das wurde mit solcher Konsequenz betrieben, daß auch ich irre wurde. Ich zweifelte ernsthaft daran, ob das, was meine Eltern mir über das Leben der frommen Gettojuden erzählt hatten, die nach dem Ersten Weltkrieg in Frankfurt eintrafen, den Tatsachen entsprach. Hatten sie nicht immer nur in ironischem Ton über die Ultraorthodoxen und die Anhänger der Lehre des Baal Schem Tow gesprochen oder sich sogar lustig über sie gemacht? Das weckte später mein Mißtrauen. Meine Eltern waren keine gläubigen Juden und darum hatten sie auch keinen Zugang zu diesen jüdischen Sektierern, die in sich geschlossene Gruppen bildeten. Was sie über diese Menschen erzählten, konnten sie demnach nur aus zweiter Hand erfahren haben.

Später fing ich an, nach Hinweisen zu suchen, die Auskunft über das Leben dieser Juden gaben, doch ich fand in keinem Dokument, in keiner Niederschrift etwas darüber. Selbst die voluminöse *Geschichte der Frankfurter Juden seit der Französischen Revolution* von Paul Arnsberg erwähnt sie nur beiläufig, weiß aber nichts Genaueres über sie zu berichten. Was noch merkwürdiger ist, ich fand auch keine Bilddokumente, die das Leben der frommen ostjüdischen Flüchtlinge festgehalten hätten. Warum, fragte ich mich, haben sich zum Beispiel vom Berliner Scheunenviertel, wo ebenfalls jüdische Flüchtlinge aus dem Osten Unterschlupf fanden, Fotos und Berichte erhalten, die sogar zu einem Bildband zusammengestellt werden konnten? Gewiß, war die Gruppe der frommen Ostjuden in Frankfurt viel kleiner, aber es gab sie. Offensichtlich hatte es niemand für wert befunden, sie abzulichten. Hat es ein Mysterium gefügt, daß mit ihrer Ausrottung durch die Nazis, denn sie waren die ersten, die in die KZs und bald darauf in die Vernichtungslager verschleppt wurden, auch all ihre Abbilder verschwanden?

*

Die Zahl der hilfsbedürftigen Juden in Frankfurt war am Anfang dieses Jahrhunderts recht klein. Ihre Betreuung stellte für die Gemeinde kein Problem dar. Es bedurfte keiner aufwendigen karitativen Einrichtungen. Die Armen schienen sich zudem mit ihrem Schicksal, Almosenempfänger und Hinterbänkler in der Synagoge zu sein, abgefunden zu haben. Mit dem Zustrom der Ostflüchtlinge jedoch änderte sich dieses Kräfteverhältnis. Es bildete sich ein bedeutendes »jüdisches Proletariat«. Diese Bezeichnung für die Neuankömmlinge war in den Kreisen meiner Eltern üblich. Die Ostjuden brachten ein eigenes politisches Verständnis mit in den Westen, schufen sich eigene Organisationen und entfalteten ein alternatives jüdisches Kulturleben, unabhängig von den Vereinen der bereits ansässigen Israelitischen Gemeinde. Zur deutlichen Abgrenzung setzten sie »Arbeiter« vor ihre Vereinsnamen: Jüdischer Arbeiterkulturbund oder Jüdischer Arbeitertheaterverein. Mir sind daneben noch ein Sportverein, ein Fotografenverein und ein Gesangsverein in Erinnerung.

Möglicherweise gab es noch mehr solcher »Arbeiter«-Vereine.

Die von den zugezogenen Ostjuden gegründeten Vereine übten eine starke Anziehung auf gewisse Kreise der Frankfurter Judenschaft aus, auf Arme und auf jüdische Studenten und Intellektuelle. Die meisten von ihnen waren in den »Arbeiter«-Vereinen sehr rührig. Dabei war besonders hilfreich, daß sie, im Gegensatz zu den aus dem Osten kommenden »Bundisten« wußten, wie man mit den deutschen Behörden zu verhandeln hatte. Sie ließen sich nicht so leicht abweisen und kannten keine Sprachprobleme.

Diese acht- oder zehntausend Ostjuden, selbstbewußt und gesellschaftlich aktiv, waren den Vorständen der beiden hiesigen jüdischen Gemeinden weitaus ärgerlicher und mißliebiger als die wenigen hundert orthodoxen Exoten. Darum wandten sie auch gegen sie das probate Mittel des Totschweigens an. In keiner Publikation beider Gemeinden wurden sie erwähnt.

*

Eines Tages kam wieder einmal Max Roth, ein etwa vierzigjähriger Bäckergeselle und Vorsitzender des jüdischen Arbeiter-Fotografenvereins, zu uns nach Hause, um wie gewöhnlich mit meiner Mutter und anderen politischen Freunden zu diskutieren und Tee zu trinken. Diesmal aber brachte er etwas Besonderes mit, das mich zutiefst beeindruckte. Auf einem Foto in der Größe einer Postkarte war er in Badehose abgelichtet, allerdings war von seinem Körper der Kopf getrennt. Den trug Max auf dem Foto unterm Arm. Welch eine Hexerei! Nachdem wir das verrückte Foto genügend bestaunt hatten, ließ sich Max dazu herab, uns zu erklären, wie dieses Bild im Fotolabor zustande gekommen sei.

Max Roth, dessen Großvater noch in der alten Judengasse gelebt hatte, wohnte in der Allerheiligenstraße, direkt neben dem Gewerkschaftshaus. Die Gewerkschafter hatten ihm im Kellergeschoß ihres Hauses zwei Räume kostenlos zur Verfügung gestellt, in denen sich das Fotolabor des Vereins befand, und dort hielt Max auch seine Kurse ab.

Es mag verwundern, daß in diesen Zeiten der Not Menschen, die kaum das Nötigste zum Leben hatten, einen Fotografenverein bildeten. Gab es für die Ostflüchtlinge keine wichtigeren, brennenderen Dinge zu tun? Und wer konnte sich den Luxus des Fotografierens überhaupt erlauben? Kaum einer. Dennoch hatten die Kurse von Max Roth großen Zulauf. Vielleicht lag es am Bildungsbedürfnis der Ostjuden, vielleicht nur daran, daß man für ganze zwei Groschen in einem zweistündigen Kursabend viel Abwechslung haben, Interessantes sehen und hören und dabei mit Gleichgesinnten zusammensein konnte. Max kannte die Situation seiner Kursteilnehmer gut genug, er war selbst arbeitslos. Außer fotografieren, entwickeln und vergrößern zeigte er ihnen auch, wie man mit einem Stück Karton, schwarzem Lackpapier und einem Vergrößerungsglas aus einer Zehn-Pfennig-Wundertüte als Objektiv eine Fotobox basteln konnte. Die Frage, ob eine solche Box nachher auch wirklich funktionierte, wage ich nicht zu beantworten.

Maxens Großzügigkeit und seinem guten Verhältnis zu meiner Mutter, die er richtig verehrte, ist es zu verdanken, daß ich einige von ihm geknipste Fotos meiner Eltern und von uns drei Kindern besitze.

*

Das Büro des Arbeiterkulturbunds befand sich in unmittelbarer Nachbarschaft der alten Synagoge der orthodoxen Israelitischen Religionsgesellschaft in der Frankfurter Altstadt. Hinter dem Büro war ein großer Saal, in dem regelmäßig Vorträge und Kurse gehalten wurden. Auch Dr. Selly Hirschmann, ein in der Frankfurter Universitätsklinik tätiger Internist, referierte dort, aber nicht, wie man erwarten sollte, über medizinische Themen, sondern über Marxismus. Er war ein hervorragender Kenner der Sozialgeschichte der letzten hundert Jahre.

Drei Häuser neben dem Büro des Arbeiterkulturbunds wohnte der Uhrmacher Schloime Immerglück mit Frau und vier Kindern. Er war so fromm, daß er jeden Morgen zum Gebet in die Synagoge ging und zu keiner Tageszeit sein Käpplach ablegte. Zudem war er, wenn man seiner Tochter Trude glauben durfte, nicht nur ein gewöhnlicher Meister seines Fachs, sondern ein genialer Bastler, der jede kaputte Uhr, die er in die Hände bekam, wieder reparieren konnte.

Trude, die eine so hohe Meinung von ihrem Vater hatte, machte ihm dennoch großen Kummer. Schloime Immerglück behauptete, seine Tochter habe die Widerspenstigkeit von ihrer Mutter geerbt, die immer ihren eigenen Kopf durchgesetzt habe. Während die Mutter dabei jedoch im Rahmen jüdischer Lebensart geblieben war, sprengte Trude die Fesseln mosaischer und talmudischer Tradition und schloß sich einer Gruppe linksoppositioneller Studenten an, die alles anders und besser machen wollten als ihre Eltern. Vergeblich verlangte der Vater von Trude, sie solle zu Hause bleiben, heimlich verließ sie dennoch die Wohnung und kehrte erst spät in der Nacht zurück. Das führte zu häßlichen Szenen in der Familie, der Vater raufte sich die Haare über die mißratene Tochter und schrie: »Welch ein Unglück! Was soll aus dir noch werden?!«, und die Mutter machte ein übers andere Mal »Oj wej! Oj wej!« Aber Trude, ein ausgesprochener Dickschädel, ein Akschn, wie Juden zu sagen pflegen, änderte sich nicht.

In dieser Studentengruppe lernte Trude den Arzt Selly kennen. Kurz darauf belegte sie im nahen Arbeiterkulturbund einen Marxismuskurs, den Selly leitete. Die Geduld von Schloime Immerglück war erschöpft, als ihm hinterbracht wurde, daß der politisch übelbeleumdete Arzt seiner Tochter nicht nur Marxismus lehre, sondern auch genußvollere Dinge, wozu sich die beiden oftmals heimlich träfen. Schloime wies seiner Tochter die Tür, und Trude hatte keine andere Wahl, wenn sie nicht auf der Straße übernachten wollte, als mit in das möblierte Zimmer des ledigen Arztes zu ziehen.

Die Zimmervermieterin war jedoch eine äußerst honorige Person und kannte den Kuppeleiparagraphen des Bürgerlichen Gesetzbuches sehr gut, sie konnte ihn vor den beiden sogar auswendig hersagen, so daß Trude und Selly kurzerhand heirateten. Und Schloime Immerglück, mit dem Unabänderlichen konfrontiert, lenkte schließlich ein und gab der Tochter zur Heirat den väterlichen Segen.

Trude und Selly hatten schon zum Freundeskreis meiner Mutter gehört, als sie noch nicht verheiratet waren. Sie kamen oft zu uns nach Hause. Trude war eine typisch jüdische Schönheit mit üppigen Formen, schwarzen Haaren, großen dunklen Augen, ausgeprägten Backenknochen und einer edlen griechischen Nase. Ihre durch nichts zu zügelnde Eigenwilligkeit zeigte sich auch in der Wahl ihrer Kleidung. Sie setzte sich unbekümmert über jegliche Mode hinweg, liebte grelle Farben, und ihre Röcke und Blusen waren ähnlich verzottelt wie die der Zigeunerinnen. Dazu trug sie Hüte in so verrückten Ausladungen und Verdrückungen, wie sie kein anderes jüdisches Mädchen selbst zum Purimball aufzusetzen gewagt hätte. Kein Wunder also, daß sie damit überall auffiel und Männer und Frauen hinter ihr hertuschelten. Selly aber muß ihre extravagante Buntheit gefallen haben, denn er versorgte Trude sogar noch, wenn ich den Worten meiner Mutter glauben darf, mit besonders grellen Kleidern und Hüten.

Trude hatte eine schöne Sopranstimme und besuchte das Hochsche Konservatorium. Sie träumte davon, eines Tages als Sängerin einem richtigen Opernensemble anzugehören. Doch Hitler machte ihr einen Strich durch die Rechnung.

Eines Tages gab der jüdische Arbeiter-Gesangsverein ein

Konzert. Trude, sie war zu dieser Zeit noch nicht verheiratet, durfte erstmals in ihrem Leben eine Sologesangseinlage geben. Was sie gesungen hat, weiß ich nicht mehr, nur an eins erinnere ich mich noch: Es hätte fast eine Katastrophe gegeben. Während des Einsingens in einem Garderoberaum hinter der Bühne blieb Trude vor Aufregung plötzlich die Stimme weg. Sie konnte nur noch wie ein Rabe krächzen und war einer Ohnmacht, beziehungsweise einem hysterischen Anfall nahe. Man gab ihr Bonbons zu lutschen, heißen Tee zu trinken, wickelte ihr einen dicken Schal um den Hals. Nichts half. Da kam ein kluger Mensch auf die Idee, nach Selly zu schicken, der bereits als einer der ersten im Zuschauerraum saß. Selly stürmte nach hinten in die Garderobe. Dort kauerte Trude schluchzend in einer Ecke. Er nahm sie behutsam in den Arm und bat alle, die Garderobe zu verlassen. Er blieb mit Trude allein. Fünfzehn Minuten später verließen beide den Raum. Ein Wunder war geschehen, Trude hatte ihre Stimme wieder. Auf der Bühne klappte alles vorzüglich, und sie bekam für ihren schönen Gesang großen Beifall.

Später gehörten Trude und Selly dem Vorstand des jüdischen Arbeiterkulturbunds an. Sie haben beide seine Arbeit maßgeblich mitgeprägt.

*

Nur wenige Menschen aus dem Freundeskreis meiner Mutter entkamen dem Mordrausch der Nazis. Trude und Selly hatten das Glück, rechtzeitig fliehen zu können. Bis zum Einmarsch der deutschen Truppen lebten sie in der Nähe von Paris, tauchten dann bei Bauern in der Provence unter und mußten immer wieder das Versteck wechseln. Selly gehörte der französischen Résistance an. 1947 kehrten beide nach Paris zurück, wo sie bis zu ihrem Tod lebten.

An Trudes Gesangsauftritt erinnerte ich mich, als ich vor einigen Jahren für die Verfilmung meines Buches *Kaiserhof-*

straße 12 dringend die Melodie des polnisch-jiddischen Arbeiterliedes *Huljet, huljet, bejse Windn* ... brauchte. Den Text hatte ich noch im Kopf, aber nicht mehr die Melodie. Ich wußte, daß Trude das Lied kennen mußte und bat sie am Telefon, mir die Melodie auf ein Tonband zu singen. Das tat sie auch, und so habe ich mit diesem von Trude Hirschmann gesungenen Lied eine letzte klingende Erinnerung an die lebendige, kämpferische und auch schöpferische Zeit, die ganz im Zeichen der Kultur des jüdischen, genauer des polnisch-jüdischen Proletariats in Frankfurt stand.

Als ich einige Wochen vor Trudes Tod noch einmal mit ihr telefonierte, erinnerte sie sich daran, in ihrer Fotokiste noch ein Bild vom erweiterten Vorstand des Kulturbunds zu besitzen. Auf meine Bitte hin schickte sie es mir zu. Darauf sind Trude und Selly Hirschmann, der Fotograf Max Roth und der Schneider Horst Diamant zu erkennen. An die anderen Abgebildeten konnte ich mich nicht erinnern. Da Trude in der Zwischenzeit gestorben ist, kann wohl niemand mehr sagen, um wen es sich dabei handeln könnte.

Das Bild ist eines der allerletzten noch vorhandenen Beweisstücke, daß diese jüdische Subkultur existierte. Darum bin ich froh, neben dem kostbaren Tonband mit Trudes Stimme dieses Foto zu besitzen. In Frankfurt ist die Erinnerung an die große Zahl der mittellosen und verachteten Juden, genauso wie das Wissen um die ultraorthodoxen Juden, verlorengegangen.

*

Wenn ich mich nach so langer Zeit an einige Freunde meiner Mutter erinnere, die in einem der »Arbeiter«-Vereine tätig waren, und wenn ich auf diese Weise versuche, ein wenig vom Leben dieser Ostjuden der Vergessenheit zu entreißen, darf ich keinesfalls Leopold Harris unerwähnt lassen. Er war ein wichtiger Mitarbeiter im Kulturbund, uneigennütziger Freund der Ostjuden und kurzzeitig Frankfurter Polizeipräsident. Auch er gehört zu den vergessenen Juden, obwohl er im Buch der Geschichte der Frankfurter Juden einen Ehrenplatz verdient hätte.

Als der Erste Weltkrieg zu Ende ging, gehörte Leopold Harris keiner Partei an, war aber bereits eine maßgebliche Persönlichkeit in der Stadt. Er nahm Einfluß auf das kommunale Geschehen, wurde während der Revolutionstage im November 1918 zum Vorsitzenden des Arbeiter- und Soldatenrats und im April 1919 zum Polizeipräsidenten gewählt. Etwa zu dieser Zeit trat er in die SPD ein. Bis zum November des gleichen Jahres war er oberster Polizeichef am Main. In diesen wenigen Monaten konnte er beachtliche Erfolge bei der Bekämpfung der schlimmen Kriminalität, deren Ursache der verlorene Krieg war, aufweisen. Das ist auch in den Annalen der Stadt dokumentiert. Dann aber trat Leopold Harris zurück. Der preußische Innenminister hatte eine Verfügung erlassen, wonach alle sich in Deutschland aufhaltenden jüdischen Flüchtlinge aus dem Osten, die keine Aufenthaltsgenehmigung hatten, von den örtlichen Polizeibehörden über die östliche Staatsgrenze wieder abgeschoben werden sollten. Das galt auch für Frankfurt. Harris gab folgende öffentliche Erklärung dazu ab: »Mir wurde von Berlin aufgegeben, diejenigen polnischen Juden auszuweisen, die nach Kriegsende nach hier zugewandert sind. Ich werde das niemals ausführen, es ist gegen das Gesetz. Ich bin nicht die Hure einer solchen Politik, ich lege lieber mein Amt nieder, als eine solche Gemeinheit durchzuführen.«

Auch in Harris Biographie, die seine Frau Johanna geschrieben hat und die unveröffentlicht im Frankfurter Stadtarchiv aufbewahrt wird, kann nachgelesen werden, daß dieser Erlaß ihren Mann zum Rücktritt bewogen habe.

Es gibt eine Reihe von Schriftstücken, die die Tätigkeit von Leopold Harris als Polizeipräsidenten erwähnen, aber nirgendwo läßt sich der wahre Grund seines Rücktritts nachvollziehen. Statt dessen heißt es, er habe kein hohes Ansehen bei den Behörden und der Bevölkerung gehabt. Aber das stimmt nicht. Seine kompromißlose Haltung brachte ihn in Schwierigkeiten, auch bei seiner Partei. Die SPD, die zu dieser Zeit den politischen Ton in Frankfurt angab, hätte lieber einen anderen auf dem Stuhl des Polizeipräsidenten gesehen, und die preußische Regierung verweigerte Harris ohnehin die offizielle Ernennung zum Polizeipräsidenten.

Leopold Harris war ein Unbequemer, der kein Blatt vor den Mund nahm, wenn er sich mit seinen Kontrahenten in Verwaltung und Institutionen auseinandersetzte. Seinen Parteifreunden war er zu links. Diese politische Einstellung mag den Repräsentanten der traditionell konservativen jüdischen Gemeinde ebenfalls nicht gefallen haben. Aber auch das hätte kein Grund sein dürfen, seine Verdienste totzuschweigen. Und auch dem jüdischen Historiker Paul Arnsberg hätte es gut angestanden, in seiner Chronik nicht nur die Lebens- und Berufsdaten von Leopold Harris zu erwähnen, sondern auch ein paar Sätze über seine tapfere Haltung gegenüber der Ausweisungsverfügung des preußischen Innenministers und über seine Hilfe für die jüdischen Flüchtlinge aus dem Osten zu verlieren.

Wie kaum ein anderer kümmerte sich Harris um die Nöte der Flüchtlinge aus Polen, vor allem um ihre Wohnprobleme. Die Wohnungsnot der Ostflüchtlinge war unvorstellbar groß. Viele kampierten in primitiven Massenquartieren, oder es wohnten Familien mit sieben oder acht Personen in einem Raum. Immer wieder trieb Harris eine freie Wohnung auf, eine bewohnbare Mansarde oder ein zusätzliches Zimmer. Meine Mutter erzählte wahre Wunderdinge von seiner Fähigkeit, stets von neuem einen Unterschlupf für eine ostjüdische Familie oder einen Platz in einem Pflegeheim für einen Kranken ausfindig zu machen, oder auch eine Abschiebung zu verhindern.

Ich lernte Harris Ende der zwanziger Jahre kennen. Er kam öfter in unsere Wohnung und gesellte sich gelegentlich auch der Diskutier- und Teetrinkrunde zu. Ich mochte ihn. Er war ein kleiner, weißhaariger Mann, so um die sechzig, sah Albert Einstein zum Verwechseln ähnlich und hatte ein gütiges, freundliches Gesicht. Er leitete im Arbeiterkulturbund verschiedene Kurse, als ehemaliger Polizeipräsident wahrscheinlich in Kommunal- und Asylrecht. Es gab kaum etwas Wichtigeres, als die neu zugezogenen und von den Behörden reichlich schikanierten Ostjuden in die Lage zu versetzen, im Paragraphen- und Verfügungsdickicht ihre rechtlichen Möglichkeiten zu nutzen.

Leopold Harris stand auf der Liste der von den Nazis verfolgten Personen weit oben. Ihm gelang jedoch die Flucht nach Straßburg. Dort starb er einige Monate später. In Frankfurt erinnert heute nichts mehr an ihn.

Als Kind sah ich die nur jiddisch sprechenden orthodoxen Ostjuden in der Frankfurter Altstadt fast jeden Tag durch die engen Gassen hasten, kannte die kleinen Läden und Stände, wo sie einkauften und sicher sein konnten, nur koschere Ware zu bekommen. Die drei hebräischen Buchstaben für »koscher« waren sehr oft zu lesen, auch an einer Gaststätte in der Mainstraße, in deren Nähe ich als Junge oft spielte. Ich wußte, daß wegen der zugezogenen Ostjuden, nicht nur der relativ kleinen Gruppe der Orthodoxen, sondern auch der weit größeren Zahl derer, die man jüdisches Proletariat nannte, das Viertel im Volksmund Klein-Jerusalem hieß und daß es dort auch ostjüdische Betstibls gab. In ihnen verrichteten die Chassidim tanzend und laut rezitierend ihre Gebete. Ich wußte das nur vom Hörensagen, weder meine Eltern noch ich haben je ein Betstibl von innen gesehen.

Aber gesehen habe ich den schwachsinnigen Frajim Lulaw aus der Predigergasse. Gibt es außer mir wirklich keinen Lebenden mehr, der sich seiner erinnert? Ob Frajim Lulaw sein richtiger Name war oder vielleicht nur ein Spitzname, weiß ich nicht. Frajim, die Kurzform von Ephraim, war lang und schmal, deswegen konnte Lulaw nach Lulatsch gebildet sein, Lulaw wurde aber auch der Palmzweig genannt, den man an Sukkot, dem Laubhüttenfest, zum Beten mit in die Synagoge nimmt. Jeder Altstädter kannte Frajim und machte seine Scherze mit ihm, wenn er ihm begegnete. Er war ein gutmütiger junger Mann von vielleicht fünfundzwanzig Jahren, der ebenfalls nur das typische Ostjiddisch sprach und so seine polnische Herkunft nicht verleugnen konnte. Den lieben langen Tag trieb er sich zwischen Börneplatz und Rechneigrabenstraße herum, half auch mal den jüdischen Obst- und Gemüsehändlern, Kisten und Kartons wegzuschaffen, wofür er etwas angestoßenes und darum unverkäufliches Obst bekam. Wenn ihm gelegentlich ein Vorübergehender gut gelaunt zwei Pfennige oder gar einen Fünfer schenkte, sang Frajim aus Dankbarkeit ein Liedchen aus der alten Heimat und warf dabei die Arme in die Luft, als jongliere er mit drei oder noch mehr Bällen. Frajim Lulaw gehörte zu Klein-Jerusalem wie die Chassidim, die drei Buchstaben für koscher und die Betstibls.

Ungeachtet meiner wachen Erinnerung an die vergessenen Ostjuden, war ich doch unsicher, ob mir bei der Schilderung der Ultraorthodoxen meine Phantasie nicht einen Streich spielte. Ich war schon entschlossen, aus meinen Aufzeichnungen die Teile über die mosaischen Exoten herauszustreichen, um nichts Falsches weiterzutragen, da kam mir der Zufall zu Hilfe.

Die Vernichtung der letzten Erinnerungsstätte an achthundert Jahre jüdischen Lebens in Frankfurt, die Überbauung des alten Judenmarktes, zu dem bedauerlicherweise auch der Vorstand der jüdischen Gemeinde seine Zustimmung gab, erregte vor wenigen Jahren in der ganzen Welt Aufsehen und Empörung. Bürgerkomitees zur Erhaltung dieses Platzes, der mittlerweile Börneplatz hieß, wurden gebildet, Künstler und Wissenschaftler appellierten an das Gewissen der Stadtväter, spektakuläre Aktionen fanden statt, aber alle Proteste waren vergebens. Heute gibt es den ehemaligen Judenmarkt nicht mehr. Beim Ausbaggern der Fundamente für die Neubauten wurden sensationelle archäologische Funde gemacht, mit deren Hilfe der bisher nicht genau bekannte Verlauf der alten Judengasse rekonstruktuiert werden konnte. Außerdem legte man eine Reihe noch gut erhaltener alter Fundamente, zum Beispiel des Kalten Bades, einer Mikwe, frei.

Während des vergeblichen Kampfes um die Erhaltung dieses historischen Platzes traf ich mit Charles Imerglik aus Paris zusammen. Er hatte bis 1937 unmittelbar am Börneplatz, dem vormaligen Judenmarkt, gewohnt und ist wohl der letzte Jude, der aus eigenem Erleben das Treiben rings um den Platz und in dem dahinterliegenden Klein-Jerusalem in den zwanziger Jahren schildern kann. Charles Imerglik, Bäcker von Beruf, absolvierte seine Lehre in einer jüdischen Bäckerei in dem Viertel um den Judenmarkt. Im November 1988 hielt er im Frankfurter Club Voltaire einen Vortrag über seine Kindheit und Jugend. Er berichtete:

»In unserem Viertel, es war ein Arme-Leute-Viertel, wohnten meistens Ostjuden, aber auch deutsche Juden und natürlich auch Christen. Wir hatten nie Schwierigkeiten mit der nichtjüdischen Bevölkerung. Außerhalb unseres Viertels aber wurden wir verachtet, sowohl von den Christen als auch von den alteingesessenen Juden, den Westjuden. Für die einen wie für die anderen waren wir die Pollacken. Die Westjuden glaubten, als die Nazis an die Macht kamen, Hitler hätte nur etwas gegen uns, die zugezogenen Ostjuden, aber nichts gegen sie, die deutschen Juden, sie würde er in Ruhe lassen. Was für ein verhängnisvoller Irrtum!«

Dann berichtete Imerglik vom Leben seiner frommen Eltern, von seiner Lehre in einer koscheren Bäckerei und gab viele mir bereits bekannte Einzelheiten über die Alternativkultur der Ostjuden zum besten. Er erzählte auch von dem jüdischen Arbeitersportklub JASK, dem er als aktiver Fußballer angehört hatte.

Dann kam Charles Imerglik auf die polnischen und galizischen Exoten in seinem Wohnviertel zu sprechen und bestätigte all das, was meine Mutter nur vom Hörensagen gewußt und mir zum Teil weitererzählt hatte. »In unserem Viertel«, erinnerte er sich, »gab es eine ganze Reihe von Betstibls, vielleicht so sechs, sieben oder auch noch mehr. Sie gehörten chassidischen Gruppen aus verschiedenen polnischen Regionen, die meist ihre eigenen Rabbiner mitgebracht hatten. Da gab es zum Beispiel den Lubliner Rabbiner mit seinem Betstibl in der Mainstraße. Dorthin ging auch immer mein Vater. Auch die Chassidim aus Lodz und Rodomski, aus Pinsk und Schitomir hatten ihre eigenen Betstibls. Die meisten Anhänger und auch das größte Ansehen, so erzählte man sich, habe der Stanislauer Raw gehabt. Seine Gottesdienste, insbesondere am Sabbatabend, waren immer überfüllt. Die aus dem Osten eingewanderten Rabbiner, alle strengorthodox, traten ganz anders auf als die aus dem Westen stammenden. Sie hatten einen starken Einfluß auf ihre Gemeinde. Für ihre Anhänger waren sie wichtige Ratgeber, und kein Jude unternahm etwas, ohne vorher seinen Rabbi um Rat gefragt zu haben. Die Betstibl waren den Frommen ein Schutzraum vor einer fremden, ihnen unverständlichen, sie beängstigenden, nichtjüdischen Welt.«

Charles Imerglik war Sohn des Uhrmachers Schloime Immerglück und Bruder von Trude, der farbenfrohen Sängerin, von denen ich bereits erzählt habe. Er wurde 1921 in Frankfurt als Karl Immerglück geboren und hatte von den Künsten seines Vaters eine ebenso hohe Meinung wie seine

Schwester. Bei seiner Einbürgerung in Frankreich schien es den Behörden bequemer, den Staatenlosen Karl Immerglück in den Franzosen Charles Imerglik umzutaufen.

*

Charles Imergliks Schilderung bestätigte, was ich nur in der Erinnerung bewahrt hatte. Die orthodoxen Exoten teilten das Schicksal aller Ostflüchtlinge. Sie sind dem Vergessen preisgegeben. Nichts zeugt mehr von ihrer einstigen Existenz. Die »Arbeiter«-Vereine sind verschwunden, die Erinnerung an ihre politischen und kulturellen Leistungen radikal ausgelöscht, so radikal, daß kaum noch Spuren zu finden sind. Ein Stück jüdisches Leben ist aus der Geschichte der Frankfurter Juden getilgt – bis auf diesen spärlichen Rest, den ich vor dem Vergessen bewahren möchte.

Es macht mir das Herz schwer, daß die Erinnerung an diese Zeit so vollkommen und unbarmherzig ausgemerzt wurde. Auch ein Stück Leben meiner Eltern verschwindet damit in die Finsternis des Nichts. Dennoch möchte ich dieses traurige Kapitel jüdischer Geschichte nicht so traurig enden lassen. Dazu verhelfen mir Chaim Sperel und Lore Schwarzschild.

Lore Schwarzschild war die wohlbehütete Tochter eines alteingesessenen und angesehenen Kaufmanns. Er gehörte zum Vorstand der israelitischen Gemeinde.

Chaim Sperel war nach dem Ersten Weltkrieg mit seinen Eltern aus dem Stetl einer galizischen Kleinstadt nach Frankfurt gekommen. Sein Vater, Simon Sperel, Flickschuster von Beruf, politisch gehörte er dem »Bund« an, war sehr musikalisch, besaß eine wunderbare Baritonstimme und leitete den Chor im jüdischen Arbeitergesangsverein. Dadurch wurde er mit meinen Eltern bekannt und kam häufig zu uns nach Hause. So erfuhren wir manche Einzelheiten von dem Zores, den er mit seinem Sohn Chaim hatte. Denn dieser folgte weder in der Wahl seines Berufs noch politisch den Spuren des Vaters, und leider war er auch musisch nicht begabt. Er hatte den für einen jüdischen Ostflüchtling völlig absurden Wunsch, einmal Mathematik oder Naturwissenschaften studieren zu wollen. Das Ssechel, das Köpfchen dazu, hatte er. Von Politik aber wollte er nichts wissen. Für Theater oder Gesang interessierte er sich, sehr zur Betrübnis des Vaters, nicht. Statt dessen war er ein hervorragender Langläufer. Darum tummelte er sich lieber im Ostpark, wo die Sportler des JASK trainierten, als in einer Druckerei in der Hanauer Landstraße, in der sein Vater ihm eine Stelle als Packer besorgt hatte. Wenn er schon kein Flickschuster werden wollte und sich darum weigerte, beim Vater in die Lehre zu gehen, gar nicht zu reden von seinen Flausen vom Studieren, sollte er wenigstens ein paar Mark zum Lebensunterhalt der Familie hinzuverdienen. Das war ein verständliches Ansinnen, denn Flickschuster bekommen, wie man weiß, in Ost und West nur ein armseliges Entgelt für ihre Arbeit.

Was aber ist die Arbeit als Packer schon für einen lebenslustigen und tatendurstigen Burschen, wie es Chaim war?

Auf dem ausgedehnten städtischen Gelände des Ostparks, wo die Leichtathletikabteilung des JASK trainierte, übten auch mehrere Frankfurter Sportvereine. Am gleichen Wochentag wie der JASK traf sich auch der Sportverein der etablierten israelitischen Gemeinde »Bar Kochba« zum Training. Zu seinen Sportlerinnen gehörte Lore Schwarzschild, die ebenfalls eine gute Läuferin war. Da die Aktiven weit weniger Berührungsängste hatten als ihre Vorstände, kam es öfter vor, daß Lore und Chaim aneinander vorbei oder auch manchmal in die gleiche Richtung rannten. Nach einiger Zeit kannten sie sich bei ihrem Namen und riefen sich im Vorrüberrennen freundliche Begrüßungen zu.

Erst rannten sie miteinander, dann gingen sie miteinander, und zwar in den Botanischen Garten, der sich unmittelbar hinter dem Ostpark befand. Dort gab es reizvolle und verschwiegene Hecken, zwischen denen ein verständnisvolles städtisches Gartenamt recht bequeme Bänke aufgestellt hatte. Eine besonders versteckte, von Kletterrosen umwucherte, war ihr Ziel.

Den Eltern von Lore und Chaim blieb das Techtelmechtel zwischen den beiden lange Zeit verborgen. Erst als Chaim seine Arbeit immer mehr vernachlässigte, um sich auch an anderen als den Trainingstagen mit Lore zu treffen, und als dem Flickschuster Mahnungen der Druckerei ins Haus flatterten, wurde er auf das Liebesverhältnis seines Sohnes mit einer Bürgerlichen aus dem Lager der Westjuden aufmerksam.

Ein »Bundisten«-Sohn mit einer westjüdischen Kapitalistentochter! Das war nach dem gesellschaftlichen Verständnis des Flickschusters eine unmögliche Verbindung und eine schwere Entgleisung. Er nannte seinen Sohn einen Schlemihl und Taugenichts, der seinem Vater nichts als Schande ins Haus bringe.

Nicht viel besser erging es Lore. Es konnte ja nicht ausbleiben, daß sich ihr Verhältnis zu Chaim auch bald bis ins Frankfurter Westend zum Kaufmann Schwarzschild herumsprach. Auch er machte seiner Tochter heftige Vorwürfe und verbot ihr, Chaim jemals mit ins Haus zu bringen. »Das ist doch wohl das letzte, ein Pollack in meinem Haus!« soll er gezischt haben.

Die Verliebten kamen in arge Bedrängnis, dachten aber nicht daran, ihre Liebe aufzugeben. Lore fand schließlich einen Ausweg aus der mißlichen Lage. Der Sportverein »Bar Kochba« betrieb nicht nur körperliche Ertüchtigung, sondern hatte auch die Aufgabe, jungen Juden das Pionierleben im Heiligen Land schmackhaft zu machen und sie auf die Auswanderung nach Palästina vorzubereiten. Zu diesem Zweck wurden enge Kontakte zu einem jüdischen Gut in der Nähe von Fulda namens Geringshof unterhalten. Auf diesem Lehrgut fanden für auswanderungswillige Juden Einjahreskurse in der Landwirtschaft statt. Sie konnten sich dann mit Unterstützung wohlhabender Mäzene in Palästina niederlassen, um dort »Erez Israel« mitaufzubauen.

Beide, Lore und Chaim, beschlossen, die familiären Brücken hinter sich abzubrechen, in das Lehrgut umzuziehen und später zusammen nach Palästina auszuwandern, um dort in einen Kibbuz zu gehen und zu heiraten. Aber das wahre Leben schreibt nur selten Happy-Ends.

Auf dem Geringshof waren beide täglich zusammen und arbeiteten neben gut zwei Dutzend anderer Jugendlicher in den Stallungen und auf dem Feld. Dieses ständige Beisammensein und die schwere bäuerliche Arbeit, täglich zwölf bis vierzehn Stunden, waren etwas anderes als die Romantik gemeinsamer sportlicher Übungen und die verschwiegene Bank im Botanischen Garten. Chaim verging bald die Lust an dieser Arbeit und am Auswandern nach Palästina. Lore aber fand unter den Burschen offenbar einen, den sie noch lieber haben konnte als den Rennläufer aus dem Ostpark. Sie trennten sich, Chaim kehrte nach Frankfurt zurück und Lore wanderte mit ihrem neuen Freund nach Palästina aus. Dort heirateten sie in einem Kibbuz und schufen sich mit den Jahren eine große Familie, was schließlich auch als ein Happy End betrachtet werden kann, wenn auch nicht das durch die Vorgeschichte erhoffte.

Das alles erfuhr ich von Chaim, dem, als Hitler an die Macht kam, die Flucht über Holland nach Amerika gelang. Er wurde dort tatsächlich Mathematiker. Sein Vater, der Flickschuster Simon Sperel, und dessen Frau wurden in Auschwitz ermordet.

Als Delegierter einer UNESCO-Kommission kam Chaim Anfang der siebziger Jahre zu einer Tagung erstmals wieder nach Deutschland zurück. Die Tagung fand in Frankfurt statt.

Ein merkwürdiger Zufall fügte es, daß wir uns bei einem Empfang des Magistrats zu Ehren der UNESCO-Mitglieder begegneten, bei dem ich als Journalist teilnahm. Es dauerte einige Zeit, bis wir feststellten, daß in der Tat unsere Eltern in den zwanziger Jahren miteinander bekannt gewesen waren. Wir verbrachten den Abend damit, Erinnerungen auszutauschen und uns unsere sehr unterschiedlichen Lebenswege zu schildern. So schloß sich auf wundersame Weise ein Kreis, der uns, Chaim und mich, wieder mit unserer Jugendzeit verband.

*

Ich habe einmal geschrieben, Erinnern sei für mich wie Wasserholen am Brunnen. Ich werfe den Eimer hinunter und ziehe ihn gefüllt wieder hoch. Und jedesmal bin ich aufs neue überrascht, was ich auf dem Boden des Eimers alles entdecke.

So geschah es auch diesmal. Seit ich meine Erinnerungen an die nach Frankfurt verschlagenen Ostjuden niederschreibe, fördere ich aus dem Brunnen der Erinnerung immer neue Geschichten zutage. Auch auf die beiden folgenden Anekdoten bin ich erst während der Arbeit wieder gestoßen.

Die erste Begebenheit zeigt, daß sich der jüdische Arbeiterkulturbund auch als politische Organisation verstand. In den Wintermonaten der Jahre 1929 und 1930 kam es fast täglich zu illegalen Demonstrationen der Arbeitslosen in der Frankfurter Innenstadt und zu Zusammenstößen mit der Polizei. Auch der Arbeiterkulturbund beteiligte sich auf seine Weise an den Protesten. Einige Mitglieder malten auf ein Stück Stoff die Parole »Arbeit und Brot für alle!« und darunter gut sichtbar den Davidsstern und den Schriftzug »Jüdischer Arbeiterkulturbund«. Dann hängten sie das Tuch zwischen zwei Fenster der Zentrale in der Schützenstraße. Die Parole war nicht besonders originell und auch der Ort nicht gerade günstig, denn die Unruhen würden sich kaum einmal bis in die Schützenstraße ausdehnen. Aber die

Protestierenden sollten wissen, daß auch Juden zu ihnen standen.

Das kleine Transparent hing nicht viel länger als eine Stunde an der Fassade. Dann kam die Polizei und beschlagnahmte es. Obendrein erhielt der Kulturbund ein hohes Strafmandat, weil er irgendeinen Notstandsparagraphen übertreten habe. Diese Geldstrafe war ein harter Schlag für den Kulturbund, denn seine Kasse war leer. Meine stets praktisch denkende Mutter hatte die erlösende Idee. Eine Sammlung sollte das fehlende Geld hereinbringen. Auf einem einfachen Abzugsapparat wurden Sammellisten vervielfältigt, dazu ein Beitext, den meine Mutter selbst aufgesetzt hatte. Sie hatte ein kurzes, flammendes Pamphlet gegen die Willkürmaßnahmen der Staatsmacht geschrieben.

Auch mir drückte meine Mutter eine solche Sammelliste in die Hand, und ich zog in den Straßen des Ostends von Haus zu Haus, von Tür zu Tür. Es war ein mühsames Geschäft. Ich bekam da einen Fünfer, dort einen Groschen oder auch zwei, nie aber mehr. Nicht selten wurde mir die Tür gewiesen. An der Aktion beteiligten sich viele Mitglieder des Kulturbunds, und so bekamen wir doch in kurzer Zeit sozusagen groschenweise das Geld zusammen.

Von einem anderen aufregenden Vorfall im Büro des Kulturbunds während der Arbeitslosenunruhen berichtete eines Abends ein Freund meiner Mutter, der direkt vom Ort des Geschehens zu uns nach Hause kam.

Zwei oder drei Stunden zuvor hatten einige Männer einen jungen Arbeitslosen, der eine große Platzwunde am Kopf hatte und stark blutete, in das Büro gebracht. Er hatte sich die Verletzung nicht durch einen Gummiknüppel, sondern durch einen Tschako zugezogen. Die demonstrierenden Arbeitslosen versuchten die anstürmenden Polizisten abzudrängen und ihnen den Tschako vom Kopf zu reißen und anschließend in die Luft zu werfen. Immer und immer wieder.

Jedesmal, wenn der Tschako hochflog, jubelten die Demonstranten. Der junge Mann aber hatte nicht aufgepaßt, und statt in die nach oben gestreckten Hände war der Polizeihelm auf seinem Kopf gelandet. Hätte die Polizei den verwundeten Demonstranten gefaßt, wäre er mit Sicherheit für einige Wochen ins Gefängnis gekommen. Die anwesenden Kulturbundmitglieder verbanden den jungen Arbeitslosen und schafften ihn in das nahe Heilig-Geist-Hospital, wo ihm die Wunde genäht wurde.

*

Zum Schluß möchte ich noch ein kleines Erlebnis erzählen, das noch einmal mit meiner Schauspielkunst zusammenhängt. Bis 1933 richtete der Kulturbund jedes Jahr eine eigene Chanukkafeier aus. Ich nahm immer daran teil. Es war eine fröhliche Feier. Man musizierte und sang, es wurden Sketche aufgeführt, und jedes Kind bekam am Ende des gemeinsamen Gesangs des schönen Chanukka-Liedes ein paar Süßigkeiten.

Einmal, ich mochte neun oder zehn Jahre alt gewesen sein, übte man Anfang Dezember im städtischen Kinderhort in der Bleichstraße, den ich regelmäßig nach der Schule aufsuchte, ein Krippenspiel ein. Nach dem Wunsch der Hortleiterin sollte ausgerechnet ich den Engel spielen, der mit pathetischer Stimme zu sagen hatte: »Fürchtet euch nicht! Sehet, ich verkündige euch große Freude« und so weiter. Das war eine besondere Auszeichnung für mich, und ich war sehr stolz darauf.

Als ich jedoch meiner Mutter erzählte, welche Ehre mir zuteil geworden war, schlug sie die Hände über dem Kopf zusammen: »Du bist wohl meschugge! Du und ein Engel!« Aber ich ließ mich nicht beirren und lernte eifrig den Text. Doch meine Mutter hatte nichts Eiligeres zu tun, als in ihrer Freundesrunde jüdischer Kulturfunktionäre die Geschichte von meiner Rolle als Engel in einem christlichen Krippenspiel zum besten zu geben. Alle Anwesenden amüsierten sich köstlich, nur meine Mutter nicht. Für sie war mein Auftritt eine goische Peinlichkeit. »Was soll das?« fragte sie ärgerlich. »Ein beschnittener Engel!«

Es war David Levin, der zweite oder dritte Vorsitzende des Kulturbunds, der am Abend des darauffolgenden Tages ein dünnes Büchlein mit zu uns nach Hause brachte, mich zu sich rief und mir das Gedicht von Erich Mühsam mit dem Titel »Heilige Nacht« vorlas:

Geboren ward zu Bethlehem
ein Kindlein aus dem Stamme Sem.
Und ist es auch schon lange her,
seit's in der Krippe lag,
so freun sich doch die Menschen sehr
bis auf den heutigen Tag.
Minister und Agrarier
Bourgeois und Proletarier –
es feiert jeder Arier
zu gleicher Zeit und überall
die Christgeburt im Rindviehstall.
(Das Volk allein, dem es geschah,
das feiert lieber Chanukka.)

Es hat nichts genutzt. Ich habe den Engel doch gespielt, wenn auch mit recht blamablem Resultat, denn ich blieb bei dem kurzen Text zweimal hängen.

Glossar

Adonai (hebr.) »mein Herr« – alttestamentarische Umschreibung für den Gottesnamen »Jahwe«, der nach mosaischem Gebot nicht ausgesprochen werden durfte.

Akschn (hebr.-jidd.) hartnäckiger, starrsinniger Mensch

Baal Schem Ton (hebr.: Herr des [guten – göttlichen] Namens) Beiname des Israel ben Elieser, Stifter des Chassidismus, der ab ca. 1740 in Medshibosh (Ukraine) wirkte.

beschickert (jidd.) betrunken

Bocher (jidd.) unverheirateter junger Mann

Chanukka (hebr.) wörtlich »Einweihung«. Achttägiges Lichterfest zur Erinnerung an die Wiedereinweihung (165 v. Chr.) des von den Griechen entweihten Tempels, nach deren Vertreibung durch Juda Makkabi.

Chassid, Pl. *Chassidim* (hebr.) Anhänger einer jüdischen Glaubensbewegung, gegründet 1750 durch Baal Schem Tow, die Gefühl und Sinnlichkeit bei der Religionsausübung betonen.

Chochem (hebr.-jidd.) ein kluger Mann, meist in der Bedeutung von »Neunmalkluger«.

Chochme (hebr.-jidd.) kluge Bemerkung

Chuzpe (hebr.-jidd.) Unverschämtheit

Erez Israel (hebr.) das Land Israels, Palästina – diese Formulierung wird von Juden oft für Israel gebraucht.

Gehenna (hebr.) Hölle

Goi (hebr.) Pl. Gojim, Nichtjude

Guter-Jidd (jidd.) volkstümliche Bezeichnung eines Juden, der sich durch besondere Leistungen im sozialen, wissenschaftlichen oder religiösen Bereich ausgezeichnet hat. Bei den Chassidim auch ein Wunderrabbi.

Jarmulke (jidd.) Samtkäppchen, welches fromme Juden unter dem Hut tragen, um beim Lüften desselben nicht barhäuptig zu sein, was im mosaischen Sinn als unstatthaft gilt.
Jom Kippur, Jom ha-Kippurim (hebr.) Tag der Sühne/Sühnungen, Versöhnungstag, ein Tag der Reue, der mit Gebet und Fasten begangen wird; der höchste jüdische Feiertag.

Kabbala (hebr.) »Überlieferung«, jüdische Geheimlehre, beschäftigt sich hauptsächlich mit dem geheimen mystischen Sinn der Bibel und der talmudischen Religionsgesetze. Hauptwerk: das Buch »Sohar«.
Kaddisch (hebr.) Gebet, das die männlichen Nachkommen für das Seelenheil ihrer verstorbenen Eltern oder nahen Verwandten während des ganzen Trauerjahrs sprechen.
Kaddischel (hebr.-jidd.) der erstgeborene Sohn, der den verstorbenen Eltern das Kaddisch betet.
Käpplach (jidd.) Käppchen, die übliche Kopfbedeckung von Juden bei religiösen Handlungen oder an geheiligten Orten wie Synagoge oder Friedhof.
Kaschrut (hebr.) von koscher, »rein«, alle nach den jüdischen Speisegesetzen zubereiteten Speisen, die dazu notwendigen Gerätschaften und auch die Kontrolle über die Reinhaltung der Speisen.
Kibbuz (hebr.) jüdische Gemeinschaftssiedlung in Israel
klären (jidd.) sich Gedanken machen, überlegen
koscher (hebr.-jidd.) von kascher: »recht«, was nach den Ritualvorschriften genügt, nach den Speisegesetzen zum Genuß erlaubt ist.

»Ma' os zur jeschuati« (hebr.) erste Zeile des Chanukkaliedes »Du mein Schild, Hort meiner Macht«.
Mazze (hebr.) ungesäuertes Brot. An den Pessachtagen darf kein anderes Brot gegessen werden.
Mesusa (hebr.) Pfosten, kleine Schriftrolle in einer Kapsel am rechten Türpfosten jüd. Häuser mit den Worten aus Moses, 6, 4–9, und 11, 13–21.
Mikwe (hebr.) rituelles Tauchbad

Mischpoche (jidd.) Familie, Verwandtschaft

Mizwe, *Mizwa* (hebr.) »Gebot Gottes«, religiöse Pflicht, gottgefällige Tat.

Nachess (Gojim-Nachess) (hebr.-jidd.) eine Narrheit, die man eigentlich nur Nichtjuden (Gojim) zutraut.

Nissan (hebr.) erster Monat im jüdischen Kalender, in der Thora heißt er Ährenmonat. Es ist der Monat des Auszugs aus Ägypten, nach christlichem Kalender etwa März-April.

»Nu sog mir, Afrom ...« (Das Frauenbad oder das Geheimnis der Friedberger Mikwe, S. 46)

Nun sage mir, Afrom, du närrischer Bräutigam,
was hast du in der eiskalten Mikwe gemacht,
als dich Esther, die Braut, dort eingelassen hat
in der kalten, pechfinsteren Nacht.
Du schweigst wie ein Toter? Nun, dann will ich es sagen:
Nicht zu beten dort. – Doch zu was und warum?
Zärtlich zu sein mit seiner herzliebsten Esther.
Hat sich dabei eine kalte Nase geholt.

Pessach (hebr.-jidd.) Fest zur Erinnerung an den Auszug aus Ägypten im Monat Nissan.

Purim (hebr.) Freudenfest zur Erinnerung an die Errettung der persischen Juden (Buch Esther).

Rabbi (hebr.-jidd.) Kurzform von Rabbiner

Reb (jidd.) so wird jede erwachsene männliche Person angesprochen.

Rebbe (jidd.) Gelehrter, Meister, bei den Chassidim auch Wunderrabbi.

Reschel (hebr.-jidd.) kluger Kopf

Schabbat (hebr.) auch Sabbat, jidd. Schabbes. Ruhetag, beginnt mit Sonnenuntergang am Freitag und endet mit Sonnenuntergang am Samstag.

Schalom (hebr.) Friede, Begrüßungswort

Schamoth (hebr.) so heißen losgelöste Blätter aus heiligen hebr. Büchern, z. B. Bibeln, Gebetsbücher etc., welche sorgfältig aufgehoben werden, um die darin vorkommenden Namen Gottes vor Profanation zu schützen.

Schiwe sitzen (hebr.-jidd.) die zweite Trauerphase der Juden. Sie beginnt unmittelbar nachdem der Tote unter der Erde ist und dauert sieben Tage. Schiwe heißt auf Hebräisch sieben. Die Trauernden sitzen ohne Schuhe auf einem niedrigen Schemel und nehmen die Kondolenzbesuche entgegen.

Schlemihl (jidd.) Pechvogel, unbeholfener, einfältiger und von Mißerfolg und Unglück verfolgter Mensch. In die deutsche Literatur eingegangen als Chamissos *Peter Schlemihl*.

Sederabend (hebr.) »Ordnung«. Die Ordnung für die mit einer Fülle von Zeremonien und symbolischen Speisen verbundene Familienfeier an den ersten beiden Pessachabenden. Der Familienvater verliest am Sederabend die Haggada, die Erzählung vom Auszug Israels aus Ägypten (siehe Pessach).

Talmud (hebr.) »Belehrung, Lehre, Studium«, nach der Bibel Hauptwerk des Judentums, Zusammenfassung der Lehren, Vorschriften und Überlieferungen der nachbiblischen Jahrhunderte (abgeschlossen im 5. Jahrhundert n. Chr.), besteht aus zwei Teilen, der Mischna, der Sammlung der jüdischen Gesetze und Gebote, und der Gemara, der Erläuterung zur Mischna mit Legenden und Erbaulichem.

Tate (hebr.) Vater

Zaddik (hebr.) »Gerechter«. In der Bibel werden damit die vollkommenen Frommen bezeichnet. In der Kabbala ist er Mittler zwischen Gott und Mensch. Im Chassidismus wird er als die Verkörperung der Thora angesehen. Bei den Chassidim ist er oft ein wundertätiger Rabbi. Es gibt immer nur sechsunddreißig Gerechte zugleich auf der Erde.

Zores (hebr.-jidd.) Ärger, Leiden, Plage